CORINNE MICHAELS

Retorne para nós dois

Traduzido por Patricia Tavares

1ª Edição

2023

Direção Editorial:
Anastacia Cabo
Tradução:
Patricia Tavares
Revisão Final:
Equipe The Gift Box
Arte de capa:
Bianca Santana
Preparação de texto e diagramação: Carol Dias

Copyright © Corinne Michaels, 2021
Copyright © The Gift Box, 2023

Todos os direitos reservados.
Nenhuma parte do conteúdo desse livro poderá ser reproduzida em qualquer meio ou forma – impresso, digital, áudio ou visual – sem a expressa autorização da editora sob penas criminais e ações civis.
Esta é uma obra de ficção. Nomes, personagens, lugares e acontecimentos descritos são produtos da imaginação da autora. Qualquer semelhança com nomes, datas ou acontecimentos reais é mera coincidência.

Este livro segue as regras da Nova Ortografia da Língua Portuguesa.

CIP-BRASIL. CATALOGAÇÃO NA PUBLICAÇÃO
SINDICATO NACIONAL DOS EDITORES DE LIVROS, RJ
Gabriela Faray Ferreira Lopes - Bibliotecária - CRB-7/6643

M569r

Michaels, Corinnne
    Retorne para nós dois / Corinnne Michaels ; tradução Patricia Tavares. - 1. ed. - Rio de Janeiro : The Gift Box, 2023.
    370 p. (Willow creek valley ; 1)

    Tradução de: Return to us
    ISBN 978-65-5636-307-3

    1. Romance americano. I. Tavares, Patrícia. II. Título. III. Série.

23-86457   CDD: 813
             CDU: 82-31(73)

Para Carrie Ann Ryan e Chelle Bliss. Sem vocês duas, este livro nunca teria sido escrito. Não há palavras para descrever a gratidão que tenho por nossa amizade e nossas manhãs escrevendo juntas. Obrigada.

Capítulo 1

Jessica

Ouço o bing *vindo da cabine do piloto, aquele para o qual treinamos. Aquele que faz meu coração despencar na boca do estômago, porque sei que tudo na minha vida está prestes a mudar. O treinamento é ótimo, mas a realidade é uma merda.*

Existe um problema com o avião.

Levanto o fone e ouço a voz do piloto.

— Falha no motor. Pouso de emergência. Vai ser difícil, Jessica. Segure.

Não respondo a Elliot. Acabei de entrar no modo de sobrevivência. Há apenas um passageiro no avião e preciso garantir que ambos estamos seguros. Claro, ele é uma celebridade famosa, então acho que, se vou morrer, pelo menos será com Jacob Arrowood.

— O que diabos está acontecendo? — Jacob pergunta quando me aproximo.

De alguma forma, mantenho minha voz calma.

— Há uma falha no motor. Vamos fazer um pouso de emergência. Preciso que você se coloque em uma posição segura e tente ficar calmo.

Tenho vontade de rir porque, por dentro, estou tudo menos calma. No entanto, se eu não fizer o que fui treinada para fazer, morreremos. Há uma chance de Elliot e Jose pousarem o avião com segurança. Também existe a possibilidade de que não o façam e, para isso, tenho de lhe dar instruções.

— Onde você está indo? — ele pergunta.

Mantendo meus olhos nele, falo claramente e com tanta confiança quanto posso reunir.

— Preciso ir para o meu assento, mas estarei bem aqui com você. Preciso que saiba como sair do avião se algo acontecer comigo. Essa é a porta. Você precisa puxar a alavanca para cima e então empurrar. Se eu estiver incapacitada, preciso que me desafivele e me tire desta aeronave com você, se puder.

— Nós vamos bater?

— Vamos fazer um pouso de emergência.

Coloco o primeiro dos dois cintos de segurança e, graças a Deus, se eu morrer, não vou deixar para trás um cônjuge ou filhos.

Mas meu coração afunda porque, se eu não conseguir, minha irmã ficará sozinha para cuidar de minha mãe. Espero que ela encontre alguém forte que possa ajudar a carregar seus fardos. Tentei ajudar financeiramente, mas não volto a Willow Creek há anos e agora provavelmente nunca mais voltarei.

E então há Grayson. Grayson Parkerson é meu único arrependimento na vida. Eu o amei muito e, ainda assim, o deixei. Agora vou morrer e ele nunca saberá que o deixar é o meu maior arrependimento.

Todos esses pensamentos se confundem em minha cabeça enquanto tento prender o segundo conector. Meus dedos estão tremendo e me atrapalho com a trava.

Fecho os olhos, tentando me concentrar. Tenho que me amarrar ou a morte é uma certeza.

Verifico os painéis, me certificando de que tudo está bloqueado. A maçaneta da porta desliza para cima e olho para ela, visualizando o que farei se precisar. Meu trabalho é sair deste avião, não me preocupar com todas as coisas que não fiz ou com o amor que perdi.

— Jacob? — chamo, precisando que ele se concentre no que importa. — Você se lembra do que eu disse sobre a porta?

Ele balança a cabeça e vejo o medo em seus olhos. Rezo para que não veja o meu.

— Fique calmo e apenas siga minhas instruções — peço.

O olhar de Jacob permanece em mim.

— Qual o seu nome?

— Jessica.

Meu coração está batendo forte, e a única coisa que me mantém firme é o meu treinamento. Se entrarmos em pânico, não conseguiremos sair daqui. Todos nós teremos que trabalhar como uma equipe, e isso significa que um de nós deve ser a voz da razão. Estou tremendo, sentindo uma sensação de pavor como nunca senti, mas não há nada que eu possa fazer a não ser orar.

A voz de Jacob é muito mais forte quando ele fala novamente:

— Ok, Jessica, é ótimo conhecê-la, e estamos prestes a cair em um acidente de avião juntos, então isso significa que seremos amigos para o resto da vida se sobrevivermos.

Tento sorrir, mas parece estranho.

— Fique em sua posição, Jacob.

Ele concorda.

— Se eu não conseguir sobreviver, preciso que diga a Brenna que a amo e que estava pensando nela.

— Não pense assim.
— Minha família. Preciso que todos saibam que os amo.
— Foco, Jacob. Lembre-se de que sair da aeronave é fundamental.
— Você vai dizer a eles?

Não vou fazer essa promessa. Não vamos nem discutir isso. Há um zumbido final, me alertando que é hora e estamos nos aproximando do solo.

— Jacob. — Minha voz é forte e contundente.
— Estou pronto.

Olho para Jacob, mantendo meu foco nele. Ele imita minha posição e começo a murmurar, o tempo todo rezando para que este não seja nosso último momento.

— Segure. Segure. Segure.

Sento-me, ofegante, segurando minha garganta e lutando para respirar. O suor encharca minha camisa e meu coração está batendo tão forte que me pergunto se isso vai machucar meu peito.

Foi apenas um sonho.

Está tudo bem. Estou bem. Eu sobrevivi.

Estou no meu quarto, na minha cama, e estou segura.

Repito isso várias vezes até sentir que minha frequência cardíaca começa a diminuir. Todas as noites, é o mesmo sonho. O mesmo pânico que faz com seja difícil respirar. Então, a mesma incapacidade de dormir pelo resto da noite.

As últimas três semanas foram um inferno absoluto. Estou tão cansada de estar cansada. O acidente me assombra. As memórias, o medo e a escuridão tornam impossível seguir em frente quando isso é tudo que realmente quero.

Tiro as cobertas das pernas e desço as escadas.

Nas últimas semanas, minha mãe se acostumou com os pesadelos, não acordando mais quando me ouve — ou talvez eu não esteja mais gritando. Se for esse o caso, realmente adoraria se os sonhos simplesmente parassem. Como não vai ser esta noite, começo meu ritual de lidar com algumas horas de descanso.

Preparo uma xícara de chá para mim, pego o cobertor da parte de trás do sofá e sigo para a varanda da frente. O balanço que meu pai pendurou no fim de semana antes de nos abandonar ainda está lá, me dando as boas-vindas para me balançar e ignorar o mundo.

Eu me enrolo, segurando a caneca quente nas mãos e lentamente bebo, sendo rodeada pelo silêncio.

Willow Creek costumava ser meu lugar favorito no mundo. É tranquilo, bonito e permite total reclusão. Estamos cercados por bosques, e até mesmo os membros mais pobres da cidade — minha família — sentem como se pelo menos tivéssemos privacidade.

Eu sentava neste mesmo balanço, sonhando com uma vida igual à que minha mãe e meu pai tiveram. Eu queria o marido, os filhos e a vida sulista perfeita.

Estava tudo lá. Em um mundo perfeito, eu teria aberto uma pousada com Grayson e vivido a vida de que falamos. Tudo estava ao nosso alcance. E então percebi que os sonhos são mentiras com as quais nos alimentamos.

Maridos partem.

Pais deixam de ligar.

E crianças são destruídas por isso.

E eu não quero participar de algo assim.

Em vez disso, queria ver o mundo, o que fiz até tudo acabar com a queda do avião.

Minha cabeça está começando a doer e esfrego minhas têmporas.

Por favor, não deixe que este seja um problema desta vez.

Meu telefone toca com uma mensagem da única amiga com quem mantive contato em Willow Creek.

> Delia: Quer tomar café da manhã?

> Eu: Por que você está acordada?

> Delia: Eu não fui dormir. Então... comida?

Ela trabalha em uma fábrica algumas cidades adiante, que é uma das poucas opções de trabalho por aqui. Acontece que a ideia de sair de casa faz meus olhos se encherem de lágrimas. Há semanas, desde que voltei a Willow Creek, não saí, a menos que fosse para ver o médico. Estive aqui e ninguém sabe realmente que estou na cidade além de minha mãe, minha irmã Winnie e Delia. Sair e ver outras pessoas vai solidificar que falhei e tive que voltar.

Porém, sair para comer cedo pode ser a maneira mais segura de me aliviar.

Minha terapeuta está tentando me encorajar a dar um pequeno passo e, lá no fundo da minha mente, ouço a Dra. Warvel dizer: *"Pegue a mão estendida quando estiver fraca e deixe-a lhe emprestar força"*.

Mordo a unha do polegar, respiro fundo duas vezes e respondo:

> Eu: Claro, mas você vai ter que me buscar. Sabe, traumatismo craniano e tal, significa que não posso dirigir.

Até que os desmaios, as enxaquecas debilitantes e os períodos de confusão desapareçam, não posso dirigir, andar de bicicleta ou fazer qualquer coisa que possa prejudicar meu equilíbrio. Mais um efeito colateral incrível do acidente de avião.

> Delia: Estarei aí em quinze minutos.

Está mais para dez, se conheço bem como ela dirige. Volto para dentro e coloco um moletom, escovo o cabelo e os dentes, e suspiro ao ver meu reflexo no espelho. Os sonhos podem me fazer sentir como se fosse ontem, mas todos os meus ferimentos visíveis foram curados.

Não há mais hematomas no meu rosto, e a cicatriz de onde eles tiveram que drenar o fluido do meu cérebro ainda está se curando, mas está escondida sob meu cabelo. Minhas costelas ainda estão se curando, porém, novamente, isso não é algo que você saberia de olhar para mim. Para qualquer pessoa na rua, pareço a mesma Jessica Walker que estava pronta para conquistar o mundo.

Por dentro, porém, sou outra coisa.

Estou quebrada.

Nem sempre consigo falar corretamente, não consigo dirigir e provavelmente nunca mais poderei voar devido às mudanças na pressão do ar.

Estar aqui é um tipo diferente de pressão. O tipo que me dá outra coisa para ficar ansiosa, o garoto que deixei. O homem que ele se tornou e as pessoas que me fizeram sentir pequena, todos eles ainda estão aqui e provavelmente salivando com a chance de serem cruéis.

"Ela não é boa o suficiente. Nunca fará mais do que esfregar o chão. Você vai ver, ela nunca vai valer nada e vai acabar exatamente como a mãe.

Ouço as palavras, a voz de uma mulher tão enojada com a ideia de estar na minha presença, tocando na minha cabeça como a letra de uma música que não pode ser esquecida.

Alguém bate na porta do banheiro. Abro e vejo minha mãe.

— Ah — ela diz, parecendo assustada. — Não sabia que estava acordada.

— Tive outro pesadelo.

Ela me dá um sorriso triste.

— Pensei que eles tinham acabado.

— Não, bem que eu gostaria.

— Onde você está indo tão cedo? — pergunta, olhando para a minha roupa.

— Delia ligou. Café da manhã. — Eu me paro, sabendo que as palavras não estão certas, e levo alguns segundos. É com isso que não consigo lidar. Meu cérebro diz: Delia está vindo para que possamos tomar café da manhã, mas minha boca diz outra coisa. Minha mãe não diz uma palavra, apenas me dá o tempo que preciso para me recompor e tentar novamente: — Delia está me levando para tomar café da manhã.

— Essa é uma boa ideia? Sair e ver as pessoas da cidade?

E aqui é onde eu quero lutar contra o mundo. Nos últimos quatorze anos, estive sozinha. No dia em que fui para a faculdade, aprendi como sobreviver por conta própria e encontrar meu valor. Passei meu tempo cuidando de mim mesma, provando que não preciso de ninguém para fazer isso.

Mais do que isso, estou melhorando a cada dia. Estou tentando fazer mais para deixar de viver nesta prisão e voltar à vida que desejo.

— Mãe...

Ela levanta as mãos.

— Eu sei, eu sei, você está crescida agora e não precisa que me preocupe com você. Só quero ver você bem, querida. Isso é tudo. Sei como as pessoas aqui são, e há um monte de fofocas sobre você circulando.

Saio do banheiro e me encosto na parede.

— Eu tenho que tentar.

— Sim. Você tem. — Há derrota em cada palavra, mas também um pouco de orgulho. — Tomou seu remédio?

Juro que ela acabou de dizer que não preciso que ela se preocupe.

— Sim.

Se eu não fizesse isso, estaria enrolada em uma bola, implorando para que alguém me tirasse da minha miséria.

— Então, divirta-se, eu acho.

Aproximo-me, aperto sua mão e sorrio.

— Obrigada, mãe.

Ela suspira.

— Estou tentando, querida.

— Eu sei. Nós duas estamos.

— Vá em frente. — Minha mãe beija minha bochecha. — Amo você.

— Também te amo.

Com todas as coisas que minha mãe tem tido dificuldade, dar amor nunca foi uma delas. Meu pai deixá-la foi um golpe do qual ela nunca se recuperou. Winnie e eu sabíamos que minha mãe estava dando o melhor de si. Ela nos amou e fez tudo o que tinha que fazer para garantir que sobrevivêssemos. Seu coração estava partido, mas tudo o que vimos foi força.

Meu pai, por outro lado, é um pedaço de merda. Ele se afastou de suas filhas sem olhar pra atrás.

Desço a tempo de ver os faróis brilhando pela janela. Delia chegou aqui em menos de dez minutos, o que é um tanto impressionante.

Desde que voltei, ela é a única pessoa fora da minha família que permiti que me visse. Os primeiros dias foram terríveis, porque eu estava com muitas dores e os hematomas eram terríveis. Como tudo começou a curar, se tornou mais como uma concha protetora. Ficar aqui significava que eu não tinha que explicar o que aconteceu.

Eu poderia fingir que eram apenas férias prolongadas.

Assim que estou no carro, minhas mãos tremem e o medo começa a me dominar.

Delia se aproxima, pegando minhas mãos nas suas.

— Você está bem. Estamos apenas tomando café da manhã em uma manhã aleatória de terça-feira.

Solto uma respiração profunda e forço um sorriso.

— Vai ficar tudo bem.

— Sim. Vai.

Faço o exercício de respiração e Delia dá ré no carro. Felizmente, ela não me dá tempo para me preocupar muito ao dirigir em direção à cidade. Fecho os olhos, permitindo que meus pensamentos se concentrem nas técnicas que tenho aprendido nas últimas semanas.

Não levamos muito tempo para chegar ao restaurante, já que não somos considerados como estando no lado rico de Willow Creek. Essas casas ficam longe do centro da cidade. Que não é onde Delia e eu crescemos. Somos desse lado da cidade. Aquele que os garotos ricos evitam a todo custo porque não querem ser vistos conosco.

No entanto, sempre houve um menino que nunca me tratou assim. Apesar de seus pais odiarem absolutamente que estivéssemos juntos, Grayson Parkerson não se importava. Ele me amava, embora minha mãe trabalhasse no supermercado, limpasse quartos na pousada e depois no bar apenas para pagar nossas contas. Ele não enxergou riqueza ou pobreza, ele apenas me enxergou.

Bem, se ele pudesse me ver agora.

A última vez que soube, ele era casado e tinha uma linda garotinha, administrando uma das pousadas de sua família em algum lugar do país.

Eu com certeza mostrei a ele.

Sempre poderia perguntar a Delia, mas fizemos a promessa de não fazer uma pergunta que realmente não queríamos uma resposta, e definitivamente não quero saber nesse caso.

Deixá-lo foi a coisa mais difícil que já fiz, mas vi como seria nosso futuro depois que sua mãe me disse que eu nunca faria parte de sua família. Ele iria me deixar, então o deixei primeiro, e isso me quebrou ao meio.

Delia estaciona o carro e se vira para mim.

— Tudo bem, vamos comer um pouco, estou morrendo de fome.

Inalo. Cinco, quatro, três, dois, um. Exalo.

Repito isso três vezes e aceno com a cabeça.

— Ok, vamos lá.

Entramos e, com certeza, a Sra. Jennie ainda está trabalhando como garçonete.

— Bem, se não é Jessica Walker! Quem está vivo sempre aparece, meu Deus. Você está tão bonita quanto da última vez que te vi.

Sorrio, seu calor preenchendo o espaço ao nosso redor. Ela sempre foi doce e amorosa. Eu duvidava que a mulher tivesse uma palavra maldosa a dizer sobre uma alma.

— Você é a melhor parte desta cidade — afirmo, com um sorriso.

— Vernon! — ela grita, por cima do ombro, em direção à cozinha. — Venha aqui e veja quem veio para o seu famoso café da manhã.

Seu marido espreita a cabeça para fora da porta.

— Olá, Srta. Jessica.

Uma sensação de calma se instala sobre mim quando percebo que estive preocupada com uma cidade que me amava e me desejava bem enquanto fugia para evitar ter meu coração partido.

— É bom vê-lo, Sr. Vernon.

Ele me dá uma piscadela e volta para dentro.

— Vou te dar minha melhor mesa. Vamos lá, meninas. — Jennie pega dois menus e nos leva até a única mesa aberta.

— Este lugar não mudou — comento, olhando ao redor.

Ainda há as mesmas cabines vermelhas com mesas de laca preta, piso xadrez preto e branco e camisetas de futebol penduradas na parede.

Jennie sorri.

— Não há necessidade de consertar coisas que não estão quebradas. Esta cidade não mudou porque não precisamos.

Sorrio para ela, pegando o menu de sua mão.

— É bom vê-la.

— É bom ver você também, querida.

— Mesa três! — Vernon grita da cozinha.

— Estarei de volta com sua comida em alguns minutos. Vou pegar o de costume. — Jennie sai correndo antes que eu possa lhe dar outra opção.

Não deveria me surpreender que ela pensasse que eu ainda comia panquecas, mas, na verdade, era tudo que eu queria.

Depois dos jogos de Grayson, todos nos amontoávamos em sua caminhonete e vínhamos para cá, desejando carboidratos e doces. Ele se sentava comigo na mesa do canto, com o braço em volta de mim, que usava sua jaqueta do time. Se eu fosse uma líder de torcida, seríamos aquele casal totalmente clichê americano de que todos falam. Eu não tinha dinheiro para praticar esportes e não havia como mudar isso. Não conseguia sentar nas arquibancadas todas as sextas-feiras porque normalmente estava trabalhando, mas Grayson estava sempre lá no final do meu turno.

Eu não precisava ficar com vergonha, ele simplesmente me amava. As partes pobres, tristes e raivosas em mim foram mantidas unidas por ele.

Só não foi o suficiente no final.

Delia me olha com um sorriso nos lábios.

— Pensando em algo?

Minhas mãos estão cruzadas na minha frente, apoiadas no menu.

— No passado.

— Está em cada fenda deste lugar.

— É isso.

Seu passado ainda é o presente, infelizmente. Ela estava apaixonada por Joshua Parkerson desde que éramos crianças. O mais velho e estranho dos irmãos Parkerson. Ela assistiu, se questionou e sonhou com o momento em que ele a veria como algo mais. Joshua sempre a afastou, exceto por uma noite em que a beijou no corredor, ao lado do telefone público na lanchonete. Um momento ao qual ela se agarrou por anos.

Observo seu olhar se mover para lá, quase como se a memória nos chamasse.

— Como está Josh? — pergunto.

— Eu não sei.

— Ele se foi também?

Seus olhos se estreitam e ela muda.

— Também?

Eu concordo.

— Bem, sim. Os Parkersons não estão todos espalhados agora? Você não precisa que uma família inteira trabalhe no mesmo local. Seus pais sempre tiveram o grande plano de ter sua própria rede. Da última vez, minha mãe disse que eles abriram outra filial em Wyoming e Oliver foi cuidar dela.

Delia acena sutilmente.

— Sim, mas... Quero dizer, nem todos se foram.

— Tenho certeza de que Stella ficou aqui. — Ela era o bebê, mesmo que apenas por seis minutos de seu irmão gêmeo, Oliver, e mimada além da conta. Não posso imaginar que seu pai tenha permitido que ela saísse do seu lado. — Ela e Winnie ainda saem juntas.

Ela morde o lábio inferior.

— Bem, Stella está aqui, sim, mas...

— Alex ficou? — pergunto.

— Não, Alex foi para a filial deles em Savannah — revela.

Posso imaginá-lo amando isso. Alex tem a nossa idade e costumava adorar festas. Savannah seria a mistura perfeita de diversão e seriedade para ele.

— Como ele está?

Delia se recosta no assento, me observando.

— Da última vez que conversamos, ele estava muito bem.

— Eu sempre o adorei.

Delia sorri.

— Alex é o melhor.

Eu argumentaria isso. No meu coração, Grayson era o melhor, mas ela era muito próxima de Alex e sempre ficava na casa dele. Parcialmente porque significava que ela poderia estar perto de Josh, mas não vinha ao caso. Éramos amigos de Alex... o irritante, jovem e estúpido.

Retorne para nós dois

— Sim, ele provavelmente vai voltar para uma visita em breve, todos eles fazem em torno do aniversário de seus pais.

— Sempre foi um grande negócio para eles.

Delia empurra o saleiro para frente e para trás.

— Posso te perguntar uma coisa?

— É claro.

— Por que você terminou com Grayson?

Sinto o sangue sumir do meu rosto.

— Você sabe por que.

— Eu sei o que ouvi, que você terminou as coisas quando foi para a faculdade porque não ia funcionar à distância com ele em um estado diferente.

Ele era dois anos mais velho e eu tinha certeza de que sempre estaríamos juntos. Não por qualquer outra razão que não fosse nosso amor. Certamente, duas pessoas não poderiam se amar tanto como nós e não funcionar. Era uma união impenetrável.

Mas amar alguém quando sua família a despreza é outra coisa. Grayson me protegeu, ou tentou, mas eu ouvi as farpas. Senti seu desdém e, quando a situação chegou, eu sabia que ele os escolheria, porque eles detinham as chaves de seu futuro. Como meu pai, Grayson teria escolhido sua felicidade em vez das pessoas em sua vida. Eu era jovem e burra e pensei que, se o deixasse primeiro, não faria mal.

Isso deu errado. Doeu, e eu era muito imatura para voltar para ele.

— Isso realmente importa? Algum namoro de escola dura para sempre? — pergunto. — Ele se foi e está vivendo o que tenho certeza de que é uma vida perfeita.

Ela olha para baixo, soprando profundamente pelo nariz.

— Como sua irmã passa literalmente todos os dias com Stella e você não sabe de nada?

Antes que eu possa responder ou esclarecer, Jennie traz nossos pratos e meu estômago ronca. Faz muito tempo que não tomo um café da manhã como este.

Fico olhando para o prato, tocando a borda, sem saber como começar ou se isso é real. Antes do acidente, a vida era eficiência. Eu costumava voar de manhã cedo, o que significava que precisava malhar e depois me preparar para a viagem que a celebridade que estávamos levando solicitasse. Não consigo me lembrar da última vez em que me sentei para comer quando não precisasse correr para o próximo compromisso. Muito menos comer carboidratos assim.

— Você está planejando comer ou fazer amor com elas? — Delia pergunta com um bufo.

— Ambos.

Nós rimos e então o sino toca na porta.

Ergo o rosto, sem saber o que me deu para me importar e olhar, mas, quando o faço, é como se não apenas o avião estivesse caindo ao meu redor, mas também o mundo. Um par de olhos azuis, cabelo castanho-escuro e um sorriso que eu não poderia esquecer nem se tentasse estão lá, e não consigo respirar.

Grayson Parkerson está na cidade e olhando para mim.

Capítulo 2

Grayson

Fico parado, olhando para a mulher que amei, e não tenho certeza se estou imaginando coisa. Stella me disse que ela estava de volta, mas passei as últimas três semanas esperando para vê-la e... nada. Achei que ela tinha ido embora tão rápido quanto voltou.

A mão de alguém aperta meu ombro e olho para longe. Eu não deveria me importar se Jessica está aqui. Já se passaram quatorze anos e nós dois seguimos em frente, mas então, se fosse esse o caso, não seria como se eu tivesse levado um soco no estômago.

— Você está pronto para comer? — Jack pergunta.

— Sim.

— Bom, o chamado que acabamos de ter me deixou morrendo de fome.

Eu rio.

— Você está sempre morrendo de fome.

Não importa se respondemos a um alarme falso ou não, Jack acredita que sair da cama lhe faz merecer um pouco de comida como recompensa. Hoje à noite, respondemos a um incêndio na mata que, felizmente, foi acionado antes de ficar fora de controle. Provavelmente os caras do time de futebol fazendo uma fogueira onde não deveriam. Claro, não era como se Jack e eu não fizéssemos merdas idiotas como essa quando éramos jovens...

— Fato.

Uso cada grama de força de vontade que tenho para não olhar para ela. Não que eu não consiga, em momento algum, me lembrar de como ela parece com detalhes perfeitos. Seu cabelo castanho-escuro é liso, olhos cor de mel ricos e sardas nas maçãs do rosto que ela tenta esconder. Como é que ela está ainda mais bonita do que eu lembrava?

Nós chegamos aos nossos lugares e, de propósito, me certifico de que minhas costas estejam viradas para ela. Se eu não fizer isso, vou acabar encarando-a e falhando no meu plano de fingir que ela não existe.

Ela me deixou.

Decidiu que não valia a pena o esforço. Por quatro anos, eu a amei, e ela levou quatro minutos para destruir tudo.

Jack empurra seu menu contra o meu.

— Você está bem?

— Estou bem.

— Ah, é? Porque você está agindo estranho. Não pode ser porque Jessica está três mesas atrás de nós, pode?

Balanço a cabeça com os lábios em uma linha firme.

— Não.

— Não, quero dizer, não é como se ela fosse o amor que se perdeu.

— Ela foi embora.

— Ela foi, e agora está de volta.

— Parece que está. Não dou a mínima — digo, olhando para o menu.

Ele ri uma vez.

— Sim, parece que você não se importa. Quero dizer, você é o epítome de não se importar agora.

— Esqueça isso, Jack.

Realmente não estou com humor para isso. Jessica Walker não é mais minha preocupação. Ela fez sua escolha quando saiu correndo daqui como se seus pés estivessem em chamas. Não importava que eu tivesse dado tudo a ela, incluindo tempo, enquanto estávamos na escola.

Ele ri e começa a olhar o menu.

— Ouvi dizer que ela está de volta de vez.

Solto um suspiro pesado, sabendo que ele é como um cachorro com um osso.

— Stella fala demais.

Ele não levanta o olhar ao acenar com a cabeça.

— Sim, ela falou o motivo ou você a cortou antes que pudesse terminar a história?

— Não importa se ela está de volta por um dia, uma hora ou o resto de sua vida. Não faz nenhuma diferença para mim.

Ele ri baixinho.

— Idiota do caralho.

Quando estou prestes a repreendê-lo, posso senti-la parada ali. Viro a cabeça, me preparando para finalmente encará-la.

Ela tem um sorriso no rosto, mas posso ver a hesitação em seus olhos.

— Oi, Gray.

— Jess.

— Eu... bem, eu queria dizer olá. Como alto para ir... — Ela fecha os olhos, respira algumas vezes, e então fala novamente: — Como você está?

— Bem. — Dou-lhe uma olhada rápida antes de me concentrar em outra coisa. Isso não precisava acontecer. Podemos viver aqui e viver nossas vidas sem nos falar. Passamos quatorze anos sem dizer uma palavra um ao outro, isso deveria ser bastante simples.

— Ah. Que bom. — Ela olha para Jack e depois de volta para mim.

Jack se levanta e dá um abraço nela.

— Jess, é tão bom ver você.

Ela estremece e dá um passo para trás.

— Desculpe. Merda. Eu esqueci que você está ferida. — Jack parece abatido.

— Está tudo bem. É bom ver você também.

Ele se senta novamente, me lança um olhar furioso e, em seguida, vira a cabeça na direção dela.

— Então como você está? — pergunto, realmente não querendo ter essa conversa. Eu me sinto um idiota, mas não consigo me conter. Estou chateado. Ela aparece aqui depois de todo esse tempo, e sinto como se tivesse voltado no tempo. Levei anos para superá-la, e agora, uma porra de uma aparição e meu coração está acelerado.

— Eu estou... bem.

— Fico feliz em ouvir isso.

Delia se aproxima e pousa a mão no braço de Jessica.

— Ei, pessoal. Jess, recebi um telefonema da minha mãe e preciso ir para casa para ajudá-la. Jennie está embalando nossa comida.

Ela acena com a cabeça e depois se volta para mim.

— Foi bom ver você, Gray.

— Sim. Certo. Bom te ver também.

Solto um suspiro enquanto meu melhor amigo me encara. Alguns segundos se passam e ele não diz uma palavra ou desvia o olhar.

— O quê? — pergunto.

— Você foi um idiota.

— Ela merece minha gentileza? Ela me deixou, porra.

Ele ri uma vez.

— O que você é, um garotinho de quinze anos? Supere isso e vista sua cueca de menino grande. Aquela garota passou por um inferno e você foi um idiota, o que... você não é. Desde quando você *age* como um?

Enquanto Jessica e Delia saem, Jess me dá um pequeno aceno e levanto a cabeça. Não tenho certeza do que alguém esperava em relação ao nosso reencontro. Eu amei aquela garota. Teria desistido de qualquer coisa por ela, mas ela foi embora sem olhar para atrás.

Então, agora que a vida dela não deu certo e ela está de volta, devo esquecer o que ela fez? Que pena. A vida não foi exatamente do *meu* jeito também.

Mas algo que Jack disse me incomoda.

— Que diabos aconteceu com ela?

Jack cruza os braços sobre o peito, um sorriso malicioso no rosto. Claramente, estou perdendo algo que todos estão cientes.

— Você se lembra daquele acidente de avião que o cara que interpreta o Navigator sofreu algumas semanas atrás?

— Jacob Arrowood? — Ele é uma das novas celebridades que todo mundo está enlouquecendo. Seu último filme de ação ficou no topo das bilheterias por semanas e o acidente de avião só aumentou sua fama. Esteve em todos os noticiários por dias enquanto procuravam por ele e a tripulação.

Ele concorda.

— Sabe quem mais estava naquele acidente?

Demoro um segundo para somar dois mais dois. Jessica era comissária de bordo. Eu tinha ouvido muito isso quando Winnie estava balbuciando para Stella sobre sua irmã. Eu normalmente evitava qualquer coisa relacionada a ela, mas elas estavam discutindo o quão legal era ela voar com celebridades. Claro, ela tinha acabado de voar com o músico favorito de Stella e Jessica mandou uma foto para Winnie.

— É o quê? — pergunto, quase derramando meu café. — Ela sofreu um acidente de avião? Por que ninguém me disse nada?

O sorriso maroto de Jack me dá vontade de socá-lo.

— Ei, você não *queria* saber de nada. Jessica Walker está na sua lista de "proibido mencionar" junto com...

— Sim, ela também.

— Já pensou que é você, amigo? Quero dizer, duas garotas, dois finais horríveis para sua história de amor. Estou percebendo um padrão.

Inclino minha cabeça para trás porque me pergunto a mesma coisa todos os dias. Amei duas mulheres e ambas foram embora. Jessica e eu éramos jovens e, por mais que eu quisesse casar com ela, dar tudo a ela, não estávamos prontos. Porém, quando conheci Yvonne, foi diferente. Eu estava na pós-graduação e ela perseguia sua carreira de cantora, ambos do mesmo estilo de vida e ela era tudo que minha mãe queria, mas eu lutei contra — só que eu sabia que não estava pronto para namorar com ela, mas fiz mesmo assim.

— Pelo menos Yvonne me deixou com algo que amo e que valeu a pena.

Jack sorri.

— Amelia definitivamente vale a pena.

Embora nunca tenha imaginado a vida sendo assim, não trocaria minha filha por cada estrela do céu.

— Jessica me deixou sem nada.

Ele encolhe os ombros.

— Se não fosse ela fazendo isso, você não teria Melia.

— Verdade.

— Ela está com Stella? — ele pergunta.

— Sim, está tendo outra festa de pijama. É por isso que fui capaz de responder o chamado de incêndio esta noite.

A comida chega e Jennie nos dá um sorriso caloroso.

— Meninos, comam. Vocês precisam manter suas forças se quiserem continuar salvando a cidade.

Jack sorri.

— Veja, Jennie me entende.

— Jennie acha que comida resolve qualquer problema.

Ela me encara, uma sobrancelha levantada, e sorri.

— Sim. Meu Vernon e eu estamos casados há cinquenta e três anos. Não há nada neste mundo que não possa ser consertado com amor, compreensão e um pouco de comida feita com todo coração.

Minha cabeça se vira para onde Jessica estava sentada antes.

— Você acha?

Jennie pisca.

— Ah, eu sei que sim, filho. Às vezes, o que falta quando se trata de perdão é amor. — Antes que eu possa responder, ela ri. — Ou pode ser que você não saiba cozinhar merda nenhuma e precise de outra pessoa para fazer a comida.

Jack e eu rimos.

— Bem, estamos felizes por podermos sempre vir aqui — Jack afirma, comendo seus ovos.

— Sempre, e quem sabe, às vezes você encontra o que precisa mesmo quando não está olhando. — Ela vai embora e fico sentado aqui, um pouco desequilibrado pela primeira vez em quatro anos. Desde o dia em que Amelia foi colocada em meus braços enquanto Yvonne corria porta afora para pegar um voo para a França.

— Café da manhã e conselhos para a vida — reflete Jack. — Preciso dar mais gorjeta a ela.

— Não é tão fácil... o que ela disse.

— Você cozinhando? Ah, eu sei, comi a porcaria que você tenta chamar de comida.

Reviro os olhos.

— O perdão.

Jack se inclina para trás, o garfo apoiado no prato.

— O que guardar toda essa merda está fazendo por você, Gray? Nada. Isso apenas faz você viver neste estado constante de irritação.

— Você sabe por que estou chateado... e não é constante.

Na maior parte, eu apenas lido com isso. Claro, as duas mulheres que eu amava me deixaram. Claro, eu basicamente me recuso a namorar e estive perto do status de monge por alguns anos. Claro, estou criando minha filha sozinho e não tenho nada além dela e do trabalho. Tudo certo.

Está tudo certo.

— Sim, e eu entendo. Mas você tem Amelia e... — ele levanta o garfo, apontando para mim —, se me perguntar, você ganhou um presente, meu amigo. Yvonne queria seu dinheiro, contatos e tudo o que ela pudesse levar. Sua partida foi difícil, mas ela lhe fez um favor por ser uma vadia egoísta e não ficar por perto.

Esta não é a primeira vez que ouço isso. Meus amigos, irmãos — inferno, até sua própria família disse isso. Nós teríamos feito um ao outro infeliz, mas não vi isso na época... ou me importei. Eu queria o que perdi com Jess e me apaixonei por suas mentiras.

— Talvez ela tenha, mas o que dizer a Amelia quando ela perguntar por que não tem uma mãe?

Jack ama minha filha, todo mundo ama. Ela é inteligente, engraçada, tenaz e tem a capacidade de fazer todos sorrirem. Da mesma forma, ela pode quebrar seu coração quando chora.

— Sim, certo, eu nunca vou ser aquele a machucá-la. Um dia, porém, ela verá por si mesma. Sua ex não valia o seu tempo, e ela nunca foi a garota certa para você.

Solto uma respiração profunda e lenta.

— Diziam o mesmo sobre outra pessoa também.

Jessica. Minha mãe não poderia ter ficado mais feliz quando terminamos as coisas.

— O que isso quer dizer? Se algo é certo para você, você deve deixar ir?

— E se for para ser, simplesmente vai voltar — termino, e olho para a porta por onde Jessica saiu.

Parece que sim, mas não tenho certeza se algum de nós é o certo um para o outro.

Capítulo 3

Jessica

— E como você se sentiu ao vê-lo de novo? — Dra. Warvel pergunta, enquanto brinco com a franja do cobertor.

— Foi bom.

— Bom, como?

— Não tenho certeza. Uma parte de mim está feliz que acabou. A outra parte de mim está feliz por ter sido tão ruim quanto foi. Sua mudança funciona menos.

Assim que as palavras saem da minha boca, posso sentir a raiva queimando. É frustrante e me faz sentir inepta por não conseguir fazer minha boca funcionar direito. O dia todo, luto para me controlar e não permitir que isso me incomode, mas nesta sala, posso ficar com raiva.

Ela se inclina para frente.

— Tente novamente, se lembre de ir devagar e ficar calma.

— Eu odeio isso.

— Eu sei. Parte do que estamos trabalhando é fazer com que seu cérebro se empurre contra si mesmo enquanto lida com todas as mudanças em sua vida. É muito para lidar, Jessica. Você se saiu muito bem até agora, mas quanto mais controlar sua raiva, mais provável será que suas palavras saiam corretamente.

Ela está certa. Quando consigo respirar, pensar bem e me concentrar, as palavras saem melhor.

Permitindo que minha raiva deixe meu corpo em um longo suspiro, tento novamente.

— Foi difícil vê-lo.

— Porque você evitou isso?

— Sim. Sempre houve uma parte de mim que se arrependeu de terminar as coisas.

Dra. Warvel se recosta na cadeira.

— Seu primeiro amor é sempre aquele que mais dói. Pelo menos para a maioria das pessoas. Perdê-lo foi sua escolha, certo?

— Era o certo.

Grayson e eu teríamos terminado, era inevitável. Éramos duas pessoas de lugares muito diferentes, embora estivéssemos na mesma cidade. Ele estava há dois anos na faculdade que frequentava em Charlotte, e eu estava indo para a faculdade em Massachusetts. Embora pudéssemos percorrer o trajeto de Charlotte a Willow Creek, a distância seria o nosso fim. Mesmo que eu o amasse, precisava terminar as coisas. Precisava me livrar de sua família e do medo de ele me deixar quando visse que eu não era a garota certa.

— Como as coisas terminaram? — ela pergunta.

Eu me concentro, mantendo meu corpo solto para começar a falar, me preparando para que minhas palavras se misturem, mas esperando que não o façam.

— Quando fui para Massachusetts, disse a ele que não voltaria para Willow Creek... nunca. Ele estava sempre pronto para assumir uma das propriedades de sua família, e não era isso que eu queria.

As propriedades da família de Grayson vinham com amarras, o Sr. Parkerson se certificou disso. Seus filhos deveriam viver com famílias de mesma opinião e financeiramente estáveis. Seus filhos deviam elevá-los na sociedade, não derrubá-los com o lixo da sarjeta como eu.

Não importa que eu amasse seu filho. Não importa que o tratasse com respeito e não o quisesse por dinheiro.

Não importa. Meu pai era um lixo que nos deixou. Minha mãe fazia parte da equipe de limpeza do Park Inn, o que significava que eu era totalmente inadequada.

— Por que você não iria querer isso?

— Porque me disseram que eu não era melhor do que minha mãe, que limpava os banheiros. Eu era pobre e eles nunca me aceitariam. E... não sei... ele iria embora quando percebesse que eu não era boa o suficiente. Queria que construíssemos nossa própria vida, viajássemos, saíssemos desta cidade. Eu queria começar de novo, e ele não.

— Você e Grayson alguma vez conversaram sobre isso?

Neguei com a cabeça.

— Ele nasceu e foi criado para assumir o controle. Isso fazia parte do legado deles e cada um dos filhos de sua família tem algo para cuidar. Ele sempre os escolheria.

Ela escreve algo em seu bloco de notas e, em seguida, coloca na mesa lateral.

— Sabe, eu conheço os Parkersons há um tempo. Não muito bem, mas sei um pouco e depois o que tenho observado. A família é importante para eles, mas não é tudo.

— Era naquela época.

— Então, você o impediu de machucar você?

Eu concordo.

— Exatamente. Eu estava sendo forte, fazendo com que ele não tivesse que me deixar. Eu o deixei. E éramos jovens, então não funcionaria de qualquer maneira.

— Não parece que Grayson os escolheu. Parece que você escolheu por ele e depois foi embora antes que ele pudesse provar que você estava errada.

— Sim, acho que sim.

O sorriso da Dra. Warvel é triunfante.

— Essa foi fácil.

— Eu sei o que fiz. Eu era jovem e estava com medo. Além disso, a partida de meu pai foi horrível para mim e minha irmã. Isso realmente nos confundiu com as regras de namoro.

— Essa é a coisa sobre namoro, as regras mudam e, às vezes, nem sabemos disso. — Ela olha para o relógio. — Nosso tempo está quase acabando, mas vamos falar sobre seus pesadelos. Eles ainda estão causando problemas?

— Sim.

O choque é constante e estou exausta. Estou pronta para que esse pesadelo acabe, mas não importa quais técnicas eu use, eles continuam.

— Entendo. E os métodos de que falamos não estão ajudando? Eles são, pelo menos, menos intensos?

— Não, eles são piores. Eu fico no limite da consciência na maior parte do tempo. Tipo, eu posso senti-los como se fossem reais.

— Ok. Quero que tente algo. Quando você acordar, quero que anote tudo. Cada detalhe do sonho, não o que você se lembra da queda real, mas apenas o que se lembra do sonho.

— Bem, o sonho é a memória do acidente.

Ela levanta um ombro.

— Apenas faça.

— Ok. — Fico de pé e dou um passo antes que ela me pare.

— Gostaria de dizer que tivemos uma conversa muito intensa e que você conseguiu controlar muito bem a sua fala.

Há uma enorme sensação de vitória correndo em minhas veias. Consegui passar por esta sessão muito melhor do que a anterior.

— Obrigada.

— De nada. Parte do que fazemos aqui é lidar com as coisas que enterramos ou não gostamos de discutir. Estou lhe dando um tempo para que não seja pega de surpresa, mas precisamos conversar sobre o seu pai na próxima sessão.

Meu corpo inteiro fica tenso. Fiz tudo o que podia nos últimos dezesseis anos para apagar aquele homem da minha vida.

— Não há nada para falar.

— Então falaremos sobre isso na próxima semana.

Estou deitada no sofá, tentando assistir ao filme que Jacob me enviou quando admiti que nunca assisti seus filmes.

Pego meu telefone e mando uma mensagem para ele.

> Eu: Eles pagaram muito para você fazer este filme.

> Jacob: Ha! E eu não sei disso.

> Eu: Você tem muita sorte de ser tão bonito.

> Jacob: Não se esqueça que cheiro a carvalho e uísque. Provavelmente foi isso.

E agora eu quero morrer. De todas as coisas de que ele se lembra, tinha que ser algo que eu disse. Culpo meu sangramento cerebral por isso.

> Eu: O que é dito durante uma experiência de quase morte não deve ser usado contra aqueles que quase morreram.

> Jacob: Mas você não morreu, portanto essa regra é nula e sem efeito.

> Eu: Diga a Brenna que eu disse que você é um pé no saco.

> Jacob: Eu não preciso dizer, ela sabe.

Desde o acidente, Jacob e eu mantivemos contato. Toda a tripulação de voo o fez. Ele se ofereceu para que eu ficasse na fazenda de sua família na Pensilvânia enquanto me recuperava, mas isso era um inconveniente demais para ele. Em vez disso, estou aqui, vivendo no sofá da minha mãe na Carolina do Norte. Sorte a minha.

> Eu: Bem, eu só queria que você soubesse que seu filme está abaixo da média.

> Jacob: Anotado. Como foi a terapia hoje?

É muito triste que uma estrela de Hollywood saiba toda a programação da minha vida.

> Eu: Foi boa.

> Jacob: Brenna disse que você sempre pode falar com ela.

Porque isso não seria nada estranho. Não há nada nem remotamente impróprio sobre a minha amizade e Jacob, mas não há nenhuma maneira que eu queira derramar minhas entranhas sobre o acidente para Brenna. Ela está lidando com o trauma dele, quer ele saiba disso ou não.

> Eu: Eu agradeço.

Retorne para nós dois

Sinto um leve zumbido no ouvido, que é o primeiro sinal de uma possível enxaqueca. Eu estou superando isso. Estou cansada da minha cabeça e de todas as bobagens que vêm junto com essa lesão. Não há cronograma para recuperação também. Eu poderia acordar amanhã e estar curada ou ainda poderia estar lidando com isso por alguns anos.

Minha neurologista fica dizendo que o cérebro não funciona como um osso quebrado. Não há como dizer quanto tempo levará para curar. Ou se isso vai acontecer.

Levanto, desligo a televisão e vou para a cozinha. Bebo dois copos grandes de água, sabendo que, se estou desidratada, piora. Então tomo meu remédio e vou até o balanço da varanda.

Pego o travesseiro e o cobertor, fecho os olhos e deixo o silêncio me envolver.

— E eu pensei que você nunca cochilasse? — Uma voz profunda faz meus olhos se abrirem.

Sento-me rápido demais, a mão apoiada na garganta.

— Jesus!

— Desculpe — Grayson diz, com um sorriso. — Eu bati e estava me preparando para ir embora quando ouvi você roncar.

— Eu não ronco — declaro, tentando me concentrar em um ponto fixo para diminuir a tontura.

— Da próxima vez, vou gravar você para provar o contrário.

Eu deveria ter escolhido algo diferente de Grayson para ser meu ponto fixo. Agora, parece que estou olhando, o que não estou, pelo menos não pelo motivo que ele provavelmente pensa que estou.

O azul-água de seus olhos se mistura com o verde, fazendo-os parecer o oceano conforme você sobrevoa. Meus lábios se abrem, e sou levada de volta para quando aqueles olhos faziam coisas estranhas na minha barriga. Um olhar dele faria qualquer garota se sentir querida.

E ele me amava. Ele era um ótimo namorado, eu era muito jovem para saber como lidar com os obstáculos lançados em nosso caminho.

— O que você está fazendo aqui? — pergunto, minha voz um pouco ofegante.

— Eu queria vir e realmente conversar. Semana passada... não foi meu melhor momento. — Ele se inclina contra o corrimão, a cabeça inclinada para que repouse no pilar como se tivesse todo tempo do mundo. A postura casual está em guerra com a apreensão em seus olhos.

— Eu agradeço, mas está tudo bem. Você não disse nada de errado.
— Não, Jess, éramos amigos e eu gostava de você. Fui um idiota completo.
— Sim, você meio que foi.
Ele olha para seus pés.
— Sinto muito.
— Eu agradeço.
— Eu não sabia — diz ele, desviando o olhar. — Não sabia sobre o acidente.
— Ah.
Não tenho certeza do que dizer sobre isso. Realmente não importa de qualquer maneira. Ele saber ou não, não muda nada.
Ele se afasta do corrimão se aproximando um pouco mais e depois parando.
— Você está bem?
Não. Nem um pouco.
— Estou chegando lá.
E acho que estou. Aos poucos, vou encontrar meu caminho em meio a isso tudo. Tenho um ótimo sistema de apoio e médicos que estão fazendo o que podem. Enquanto me curo, encontrarei maneiras de ser melhor e mais forte. Pelo menos, essa é a besteira que estou me fazendo engolir.
— Bom. Então, como eu disse, não quero que as coisas fiquem estranhas.
— Você realmente não precisa se preocupar. Foi um choque para nós dois... se reencontrar depois de todos esses anos.
Grayson passa as mãos pelo cabelo escuro e espesso. É mais comprido do que quando éramos crianças. Não é longo, mas se enrola bem nas pontas, dando a ele uma aparência sexy, mas séria.
Depois de vê-lo, fiz Delia contar tudo o que ela sabia. Foram anos de fofoca em torno da família Parkerson que me deixaram chocada. Só posso imaginar como eles lidaram com o drama de sua namorada engravidar e depois ir embora. Seu pai só se importava com o decoro.
— Foi, mas esta cidade é pequena, então nos veremos muito.
— É uma pena — digo, com um encolher de ombros.
— Sim? Por quê? — Ele se endireita, não parecendo mais ter todo tempo do mundo.
Eu sorrio, esperando que talvez, se pudermos brincar um com o outro, poderemos encontrar um caminho para terreno neutro.
— Você era muito mais bonito naquela época.

A risada de Grayson é profunda e rica.

— E você era mais doce.

— Você era mais esperto e nunca diria algo assim.

— Eu também estava tentando te deixar nua.

— O que você fez — eu o lembro.

— Muitas vezes.

Rolo meus olhos com um sorriso.

— Sim, e se bem me lembro, você não era...

— Não diga isso! — Ele ri, se aproximando. — Eu era terrível, mas, em minha defesa, tinha dezesseis anos e éramos ambos um pouco ruins nisso.

Deus, éramos apenas dois adolescentes desastrados, assistindo a filmes realmente ruins sobre o que fazer e não imitamos o ato muito bem.

— Éramos, mas nos amávamos.

A risada de Grayson é mais como uma bufada.

— Nós amávamos. E então você foi embora.

Não adianta nenhum de nós tentar rodeios. Eu o machuquei e, independente de quanto tempo tenha passado, nunca houve um fim.

— Sinto muito.

Grayson olha para cima.

— Lamento não ter vindo visitar quando você voltou. Eu não sabia, Jess... sobre o acidente. Eu teria vindo para ver se você estava bem.

Olho para o seu perfil.

— Por quê? Eu te deixei. Você não me deve nada e não me ofendi com isso.

— Você me deixou há um milhão de anos, certo?

— É claro. — As palavras ficam presas na minha garganta. Sei que isso vai passar, mas tem sido tão bom me sentir um pouco como eu. — Desculpe. Às vezes, meu cérebro precisa fazer uma pausa para que eu possa falar novamente — explico.

— Leve o tempo que precisar.

— Já que nunca pretendo me aventurar fora desta varanda de novo, posso demorar mais do que você gostaria.

— Você está planejando ficar aqui? — Grayson pergunta, com um sorriso.

Encolho os ombros.

— É melhor do que sair agora quando não posso falar, dirigir ou qualquer coisa. Tudo que quero é trabalhar ou ter algo significativo, mas estou quebrada, então vou ficar aqui.

Grayson se senta ao meu lado, me cutucando suavemente.

— Essa não é a garota que eu conhecia. Ela era destemida, pronta para conquistar o mundo.

A tristeza se apodera de mim, cobrindo a brincadeira alegre que estávamos tendo.

— Ela não é mais a mesma.

— Alguém ainda é?

Olho para ele, me perguntando o que fez Grayson ser quem ele é agora.

— Não, acho que não.

Ele me dá um sorriso triste e depois se levanta.

— Eu devo ir. Tenho que pegar Amelia.

— É a sua filha?

Delia me informou, mas nunca mencionou seu nome.

Um sorriso brilhante aquece seu rosto. Deus, ele ainda é incrivelmente atraente quando sorri. A covinha em sua bochecha esquerda faz meu coração doer.

— Sim. Ela tem quatro anos. — Ele pega seu telefone, passando para mostrar a menina em sua tela inicial.

— Ela é linda.

— Ela é um problema.

Eu rio, imaginando o quanto ela provavelmente o tem na palma da mão. Sei que, na idade dela, eu era toda filhinha do papai. Não havia nada que ele me negasse, desde que eu batesse meus cílios e sorrisse.

— A maioria das meninas sabe como enrolar seus pais.

— Ah, ela faz um bom trabalho.

— Ela tem sorte de ter você, Gray.

— Espero que sim, porque sou tudo o que ela tem.

Quero fazer muitas as perguntas, mas estou exausta e não tenho certeza de quanto tempo posso manter meu cérebro cooperando. Eu me inclino contra o travesseiro e expiro.

— Tire um cochilo. Foi bom te ver. De verdade. — Grayson desce os degraus da varanda e chega ao carro. — Agora que você está de volta à cidade e conversamos, vou passar por aqui novamente.

Eu me sento e levanto minha voz para que ele possa ouvir:

— Eu gostaria disso, traga Amelia, adoraria conhecê-la e contar todas as histórias que você preferiria que ela nunca soubesse.

Sua risada profunda enche o ar e então ele entra em seu carro, e vai embora.

Que dia estranho, mas cheio de esperança.

Capítulo 4

Grayson

— Obrigado por cuidar dela, Stella.

Minha irmã se abaixa, tocando o nariz de Amelia.

— Sem problemas. Eu adoro passar um tempo com minha Melia. Sem mencionar que ela ama a tia aqui.

Ela ama porque minha irmã a estraga muito, o que eu acho que é uma das vantagens de ser tia.

— Mesmo assim, você largou tudo e eu agradeço.

— Eu estava indo fazer compras com Winnie, não resolvendo a paz mundial. Além disso, fazer essas coisas me dá oportunidades de cobrar dívidas de você em um futuro muito próximo.

Independente do que diga, Stella é a princesa da família e amou ter quatro irmãos dispostos a matar qualquer dragão por ela. Joshua teria matado a mim, Alexander ou Oliver se alguma coisa acontecesse com ela.

Esta menina é capaz de conseguir o que quiser e adora cada segundo disso.

— Você tem uma memória muito distorcida de sua infância.

Ela ri uma vez.

— Por favor, todos vocês fizeram isso para que eu nunca pudesse me divertir!

— Me lembro de você se divertir um pouco demais em algumas festas.

Por mais que minha irmã gostasse de pensar o contrário, ela era uma bagunceira. Se não fosse por nós a protegendo, estaria em muitos problemas.

— Porque todos vocês eram um bando de santos?

— Nem mesmo perto disso. E era por isso que *sabíamos* o que estava acontecendo quando você tentava nos contar uma de suas desculpas horríveis.

Stella balança a cabeça.

— Eu me sinto mal por você, Gray. Melia vai crescer e ser como eu um dia.

Um arrepio percorre meu corpo.

— Ela vai namorar quando eu morrer.

— Tenho certeza que papai pensava a mesma coisa.

— Papai falhou, eu não irei.

— De qualquer forma — ela fala prolongando as palavras —, ouvi dizer que você encontrou Jessica.

Esta cidade é uma loucura. Tenho certeza que Winnie contou a ela, já que é irmã de Jessica.

— Na verdade, eu parei e a visitei no meu caminho para casa.

— Ah. Ah! Uau. Certo. E? Como foi?

Eu amo que a peguei desprevenida. Uma coisa que ela ama mais do que qualquer coisa é estar por dentro de tudo, e ela não ser a primeira a saber que topei com Jessica provavelmente a irritou.

— Bom. — Pego Amelia, beijo sua bochecha e vou para a cozinha.

Minha irmã geme e luto contra a vontade de rir.

— Papai, estou com tanta fome.

— Tenho certeza que você está. A ideia de tia Stella de uma refeição é M&M e Twizzlers.

— Os de amendoim! — ela diz, me seguindo. — Eles têm proteína.

— Como é que você é tão magra desse jeito quando come como um menino de treze anos? Sério, você consumiu um vegetal nos últimos dez anos?

Stella faz uma careta.

— Não, obrigada. E eu sou tão magra porque malho e tenho ótimos genes.

Amelia segura meu rosto com as mãos.

— Eu também não gosto de vegetais.

— Tia Stella adora, ela estava brincando. Ela vai comer um pouco com você agora.

— Tia Stella tem que ir trabalhar, já que seu pai me colocou no turno da noite porque nossa gerente não apareceu.

— Que conveniente você ter que sair tão cedo — comento, com um sorriso.

— Não é? Eu amo como tudo se encaixa perfeitamente. Mas, de qualquer maneira, estava tudo bem no Park Inn?

O Park Inn é nossa pousada matriz, bem como um dos principais destinos. A maneira como meu pai projetou o prédio foi inteligente. Em vez

Retorne para nós dois

de fazer a curva do terreno até a estrutura, parece que a pousada foi criada a partir da montanha. Ela se encaixa perfeitamente, dando aos hóspedes vistas desobstruídas das árvores, do céu e da natureza.

— Tudo certo. O casal do quarto cinco foi transferido para o oito porque não queria a vista do lado direito da montanha. Fora isso, foi um dia tranquilo.

Stella acena com a cabeça e depois pega sua bolsa.

— Conversou com a mamãe?

— Não, faça isso para que eu não precise.

— Okay, certo. Tenho certeza de que você não terá escolha quando ela pegar Melia essa semana. Ela disse que papai está visitando Oliver esta semana e depois vai para Joshua em Nova Orleans.

— E por que eu me importo?

— Porque isso significa que temos duas semanas em que ela vai nos encher o saco e teremos que entretê-la. Eu lidei com isso da última vez que ele viajou, então ela é toda sua desta vez.

Minha mãe é uma mulher brilhante, forte e feroz — desde que meu pai esteja ao seu lado. Quando ele precisa sair, ela murcha.

Ela também finge que suas viagens não são para visitar as amantes que ele tem em volta das propriedades que possui. É uma pena que seus filhos não tenham a mesma habilidade. Mesmo sem discutirmos sobre isso com ela, meu pai sabe muito bem que sabemos e como nos sentimos a respeito.

— Quando Josh volta para visitar?

Stella dá de ombros.

— Como se eu soubesse dessa merda.

— Merda é palavrão — Amelia interrompe.

— Sim, é. Vamos ter que lavar a boca da tia Stella com sabão.

Amelia acena com a cabeça.

— Uhum.

— Sinto muito, Melia, não vou dizer de novo.

— Ok. — Amelia a perdoa sem pestanejar.

— Agora eu tenho que ir trabalhar e você precisa alimentar sua filha com algo que tenha valor nutricional, vejo você amanhã... na casa da mamãe.

Eu a levo para fora, sem comentar sobre a última parte, porque, se eu tiver que ver minha mãe neste fim de semana, não irei amanhã... não importa as ameaças que minha irmã faça.

— Obrigado novamente, Stell.

— Qualquer coisa pelo meu irmão favorito. — Ela beija minha bochecha e então dá um tapa de brincadeira. — Bem, era Alex, na verdade, mas você é o segundo. Além disso, não pense que não percebi que você evitou minhas perguntas sobre como foi com Jessica.

— Tenho certeza que Winnie vai te contar tudo.

O rosto de Stella se ilumina.

— Ela definitivamente vai, mas eu esperava que você compartilhasse.

— Não há muito a dizer. Foi estranho no restaurante, então fui lá para que ela soubesse que não havia ressentimentos.

Stella ri.

— Ah, me desculpe. Isso é sério?

— Foi há muito tempo.

— Sim, mas Jessica foi *aquela* garota para você. Aquela que assombra seus sonhos e, mesmo quando você estava com Yvonne, todos nós sabíamos que era Jessica quem tinha seu coração.

Discutir com ela sobre isso não me levará a lugar nenhum.

— E com isso, você deveria ir.

— Você desceu um degrau na escada do meu irmão favorito.

Toco meu peito.

— Estou arrasado. Por mais que queira continuar nossa conversa, tenho o dever de papai de garantir que minha filha não sobreviva com sua versão de grupos de alimentos.

— Tudo bem. Amo você, Gray.

— Também te amo.

Assim que ela vai embora, entro para encontrar Amelia sentada no chão com suas bonecas e um recipiente aberto de biscoitos.

— Ei — chamo, e ela olha para cima —, quem te deu isso?

Ela abaixa a cabeça.

— Eu os encontrei.

— Você tem permissão para comer biscoitos antes do jantar?

— Não, mas eu estava com fome, papai.

Seus grandes olhos azuis se arregalam, provando que Stella estava certa... estou totalmente ferrado. Eu a pego e começamos nossa rotina normal. Faço algo saudável para Amelia comer, depois é hora do banho e agora é hora de dormir. Ela está toda confortável em sua cama, a luz da nuvem giratória que Stella comprou está acesa e é hora da história. Lemos o mesmo livro que ela adora, todas as noites e posso recitá-lo sem nem olhar.

Retorne para nós dois

— Você consegue ler com vozes bobas, papai?
— Você promete ficar na cama se eu fizer isso?
— Prometo!
Ela mente, mas tenho dificuldade em negar qualquer coisa a ela.
— Ok.
Abaixo minha voz profundamente e entro no papel do elefante.
— Você tem grandes sonhos, ratinho? — pergunto. — Eu tenho, eu tenho — digo, indo muito mais alto do que é realmente confortável. — E me diga com o que você sonha?
Os olhos de Amelia se iluminam quando ela responde com sua melhor voz de rato.
— Em ser cantor.
Eu sorrio.
— E o que você quer cantar?
— Ópera, como minha mãe faz em Paris.
Meu coração despenca. Essas não são as palavras do livro. De vez em quando, Amelia pergunta sobre Yvonne, e prometi contar a verdade a ela. Embora seja difícil para mim, também não consigo imaginar que seja fácil para ela. Ainda assim, se ela sempre souber a verdade, nunca haverá um momento em que eu tenha que lhe dizer que não fui honesto.
— Melia, essa não é a história.
Ela se aninha mais embaixo das cobertas.
— Eu sei.
Afago sua bochecha.
— Eu te amo mais do que as estrelas no céu.
— Eu te amo mais do que as nuvens.
— Eu te amo mais do que os livros da biblioteca.
Ela sorri.
— Eu te amo mais do que qualquer pessoa no mundo.
— Você é a pessoa que eu mais amo, Amelia. Nunca duvide disso.
Seus longos cílios sobem e descem, e ela se lança em meus braços.
— Amo você, papai.
— Te amo mais. Eu te amo demais.
Eu a abraço, a segurando com força porque, embora não consiga consertar o fato de que sua mãe decidiu deixá-la, posso amá-la por dois e esperar que seja o suficiente.

Hoje é um daqueles dias em que deveria apenas ter ficado na cama. Tem sido alguns dias difíceis, mas hoje, tudo deu errado. Comecei a trabalhar para descobrir que tivemos uma explosão em um cano que inundou um quarto de hóspedes, meu encanador não pode vir aqui até amanhã, o que significa que o pessoal da manutenção não pode consertar o quarto.

E então minha gerente de recepção pediu demissão porque seu marido conseguiu um emprego em Charlotte e eles vão se mudar na próxima semana, e é por isso que ela não apareceu.

Willow Creek é ótimo para visitantes, mas poucas pessoas se mudam para cá, o que significa que encontrar uma substituta adequada será uma tortura absoluta.

Stella chega tarde com sacolas nas mãos.

— Desculpe, foi um dia louco. Recebi seu correio de voz. Parece que temos uma bagunça?

— Sim. Está uma bagunça. Eu poderia ter usado um pouco de ajuda.

— Tenho direito a um dia de folga, Gray.

— Quando foi a última vez que tive um?

Ela zomba.

— Sua escolha é essa, irmão. Você é quem trabalha aqui constantemente e, quando não está, está como bombeiro... por sua própria vontade.

— Alguns de nós temos que ser responsáveis.

Estou sendo um idiota, eu sei disso, e ainda assim, preciso colocar pra fora. Stella coloca as sacolas no chão, seus olhos se estreitam e seus lábios se apertam.

— Bem, posso ver que você vai ser o idiota hoje. Certo. Vá em frente. Me diga como sou mimada, ridícula e infantil. Porque eu trabalho tão duro quanto você, mas nem você nem *eles* reconhecem isso. Quem cuidou de quase toda a reforma? Eu. Quem fez isso sem problemas? Eu. Quem aumentou nossa ocupação mês após mês? Ah, isso mesmo... eu!

— Ninguém te chamou de infantil — respondo.

Ela bufa.

— De tudo isso, você absorveu apenas um ponto?

Corro minhas mãos pelo cabelo e suspiro.

— Eu sinto muito.

— Você deveria sentir.

— Eu sinto.

Stella se senta na cadeira em frente a mim.

— Tudo bem. Vamos dar um passo de cada vez, e vamos dividir e dominar. Sei que você odeia o processo de contratação, então vou cuidar disso. Consegue consertar aquele quarto o mais rápido possível?

— É um plano sólido. E se usarmos a cabana como nosso espaço extra? Posso fazer com que Mateo trabalhe no conserto de qualquer coisa para que possamos mover os hóspedes para lá.

— Essa é uma ótima ideia. Vou olhar isso agora também. Pelo que me lembro, não era terrível e não deve precisar de muito trabalho. Será ótimo, como um *upgrade* gratuito para os hóspedes que reservaram o outro quarto.

A cabana está em nossa lista de reparos há algum tempo. É um pouco afastada e a maioria dos hóspedes deseja privacidade, mas também oferece a sensação de estar em uma casa.

— Sim, e temos um quarto vago pelos próximos dois dias, então ficaremos bem. Vou falar com Mateo agora mesmo. O que você vai fazer sobre a contratação? — pergunto.

Ela encolhe os ombros.

— Eu vou dar um jeito.

— Ok.

— Não se preocupe, Gray. Nós vamos lidar com isso.

Eu rio, ficando de pé.

— Esse deveria ser o lema da nossa família.

— Sim, e nunca se apaixone, você vai acabar destruído. E não foda os funcionários, deveria ser outro lema.

— Eu nunca fodi um funcionário — rebato.

— Eu também não.

— Não, nosso pai está muito ocupado fazendo isso. — Pisco, saindo para encontrar Mateo. No caminho, converso com alguns hóspedes, que me dizem o quanto gostam de ficar aqui, e depois respondo a algumas perguntas da equipe.

Então eu a vejo.

Jessica está parada com sua irmã perto do mirante. Seu cabelo castanho-escuro se move com o vento, e seu sorriso é largo enquanto ela ri. Eu esqueci o quanto adorava fazê-la rir. Ela não se segurava. Era como se nada pudesse impedi-la de ser feliz, e eu vivia para isso. Quero experimentar de novo.

Nossos olhos se encontram, ela levanta a mão em um aceno e faço o mesmo. Winnie toca seu braço, ela se vira e sinto uma dor em meu peito.

Jesus. Eu não tenho mais dezesseis anos. Pare com isso.

Vim aqui para cuidar da pousada, não pensar em como fazê-la rir para que eu possa ouvir de novo. Jessica não foi feita para ficar nesta cidade. Ela tinha sonhos maiores que não podiam ser contidos.

Ela vai se curar e, quando isso acontecer, vai embora.

Além disso, não me importo com ela assim de qualquer maneira.

Encontro Mateo, que tem todas as instruções claras. A cabana não está ótima, mas pode ser consertada. Com Stella no comando da decoração, ela encontrará uma maneira de tornar as rachaduras parte do charme.

Volto para o escritório e olho para onde Jessica estava, mas ela se foi, e me forço a ficar aliviado com isso. Não precisamos nos ver novamente. Tiramos tudo isso do caminho alguns dias atrás.

— Grayson? — Eu a ouço chamar quando estou virando a esquina.

— Ei, Jess.

Ela sorri.

— Você é a única pessoa que ainda me chama assim.

— Mesmo?

— Sim, eu não sei quando ao longo do caminho parei de ser Jess e me tornei Jessica. Talvez tenha sido quando cheguei a Massachusetts ou talvez quando eu…

— Quando você?

Ela nega com a cabeça.

— Nada.

Não tenho certeza se esse é outro problema de memória ou ela simplesmente não quer dizer. De qualquer forma, decido não forçar.

— O que você está fazendo aqui?

— Bem, eu estava aqui porque fui sequestrada por Stella e Winnie para ir às compras hoje. Então Stella disse que precisava vir aqui imediatamente.

Aceno.

— Ahh, entendi.

— Mas eu… bem, eu queria te agradecer.

— Pelo quê?

Seu lábio inferior vai entre os dentes e então lentamente é liberado.

— Por me contratar. Sei que ainda não estou cem por cento, mas acho que isso vai realmente me ajudar. Eu prometo, vou trabalhar duro antes de começar. Minha médica disse que eu precisava voltar a viver e…

A compreensão me atinge como um trem de carga.

Minha irmã.

Ela contratou Jessica. Sem falar comigo.

Fica difícil de puxar o ar pelo pulmão, mas consigo manter um sorriso no rosto. Se eu disser a ela que Stella não pode contratá-la porque vou matar minha irmã, vai parecer que há um problema com Jessica trabalhando aqui, o que não há.

Está tudo bem, porque não sinto nada nem me importo.

Está tudo bem, porque, como eu disse à minha irmã, Jessica e eu não somos nada e deixamos o passado no passado.

Está tudo bem, porque... bem, estou ficando sem motivos.

Principalmente, por causa da maneira como ela está agora que me faz querer dar a ela a pousada inteira. Ela está nervosa, animada e há uma expressão de triunfo que não quero diminuir.

Mas, porra, isso vai ser uma tortura.

Jessica me encara e sei que preciso dizer algo.

— Sim, claro. Estou feliz que isso funcionará para todos nós.

A apreensão em seu rosto desaparece e ela se aproxima, sua mão chegando ao meu braço e apertando ligeiramente.

— Obrigada, Gray.

— Acho que te vejo na segunda-feira?

— Bem cedo!

Ela se afasta, me deixando aqui, olhando para o horizonte e me perguntando como farei minha irmã pagar por isso. E se isso ainda significa que eu nunca fodi um funcionário.

Capítulo 5

Jessica

O caderno dos sonhos está no meu colo, minhas mãos descansando sobre ele e minha perna balançando. Dra. Warvel está sentada em sua cadeira, as pernas cruzadas, esperando.

Não tenho certeza se tenho forças para fazer isso. Corro as palmas das mãos suadas nas pernas.

— É como abrir a caixa de Pandora — digo, finalmente.

— Os sonhos não estão trancados, Jessica. Você está vivendo todos os dias.

— Talvez seja por isso que não quero ler.

Eu *pensei* que entregaria o caderno e *ela* iria lê-lo. Não que eu precisasse rever cada palavra. Depois de escrever no caderno todas as manhãs, não voltei a olhar. Eu não queria ver em preto e branco. É um maldito filme no meu cérebro.

Ela se senta para frente.

— Parte da cura é enfrentar o trauma que você suportou.

— Mas eu não estou enfrentando? Estou aqui, tentando.

— Sim, você está. O objetivo da leitura é reconhecê-lo, mas também para ver se o sonho é realmente o mesmo que o acontecimento ou se você está vivenciando coisas que nem percebe que são diferentes. O objetivo de registrar isso no diário é fornecer a você um registro do sonho para poder compará-lo aos eventos reais.

Minha perna salta mais rápido.

— Eu não estou preparada.

— Está bem então. — Ela se recosta na cadeira e escreve uma nota. — Me diga se algo novo aconteceu essa semana.

Eu posso fazer isso.

— Consegui um emprego.

Seus olhos se arregalam e um sorriso cruza seu rosto.

— Bem, isso é uma grande notícia. Onde é, e fazendo o quê?

— Vou cuidar da recepção do Park Inn.

— O Park Inn? Aquele que a família Parkerson possui?

— O primeiro e único.

Nunca imaginei trabalhar no Park Inn. A verdade é que eu meio que jurei que nunca faria isso, mas eu estava lá e Stella ofereceu. Já se passou um mês desde o acidente e preciso de *algo*. Este é meu primeiro gosto real de ser o que eu era.

Dra. Warvel balança a cabeça lentamente.

— Isso é ótimo, Jessica. Você passou o último mês insegura sobre o que o futuro reserva, e isso a levará um passo mais perto de seu objetivo de voltar ao normal.

Estou um pouco impressionada que ela não mencionou Grayson ou perguntou como me sinto sobre trabalhar com ele. Eu com certeza não vou ser a primeira a mencionar isso.

Ele não parecia incomodado por estar perto de mim, tivemos uma boa conversa na minha varanda e, bem, não pretendo ficar por aqui depois que estiver curada, de qualquer maneira.

— Essa é a minha esperança.

— Tudo isso é emocionante. Tem alguma preocupação que queira discutir?

Na verdade, há apenas uma.

— Estou preocupada com minha cabeça e se eu posso... fazer... *isso*! — grito, frustrada porque não pude falar novamente.

— E isso é válido, mas você não pode controlar como seu cérebro está se curando. Tudo o que pode fazer é ser paciente e lidar com as situações à medida que surgirem. Como você está fazendo agora.

Não consigo controlar minha própria boca.

— Por que isso não para?

— Porque, embora você sinta que um mês é muito tempo, não é. Trinta dias é um pequeno sinal, e você não está apenas trabalhando com novas limitações físicas, mas também com um trauma emocional. — Seus olhos caem para o caderno no meu colo.

Esfrego meus dedos contra o papel, sentindo a ansiedade correndo por mim. Uma parte de mim quer ler, me lembrar de uma maneira diferente. Mas tudo isso era sentimento. Não sou eu apenas contando minha história sobre o acidente de uma forma isolada — sou eu no meu estado mais cru e vulnerável.

— Estou assustada.

— Você não está sozinha. Você não está naquele avião. Você está no chão, segura e viva. — ela me diz. — Um passo de cada vez.

— Uma página de cada vez.

Ela não se move e eu levanto a capa, querendo ser corajosa. Desejando isso por apenas alguns minutos, poder ser a Jessica que era antes do acidente. Aquela que era forte, destemida e pronta para lidar com qualquer situação. Essa versão — a garota assustada que quer se esconder — não é quem eu quero ser.

Posso sentir os tremores movendo-se pelo meu corpo, mas uso todo o meu esforço para me concentrar nas palavras. Eu leio, fazendo de tudo para apenas dizer as palavras, sem realmente ouvi-las ou absorvê-las. São minhas memórias, os sonhos que me perseguem a cada noite, mas não vou permitir que me machuquem.

As palavras saem de mim ao virar as páginas com as mãos trêmulas. Continuo falando, sabendo que, se parar, não poderei fazer de novo. Em algum ponto, não há mais nada no papel para ler.

Depois de um minuto, a Dra. Warvel estende a mão, segurando a minha.

— Jessica, preciso que olhe para mim.

Eu me sinto fria e entorpecida, as lágrimas caindo pelo meu rosto. Quando meus olhos se erguem para os dela, mal consigo distinguir suas feições e me afasto. Vergonha, raiva e frustração com a fraqueza que sinto são demais. Eu deveria ter superado isso, Jacob superou. Ele está feliz e aproveitando seu tempo com Brenna. Elliot acabou de se mudar para morar com sua namorada e Jose se reconciliou com a esposa. Eu sou a única que está desmoronando. Por que todos eles podem encontrar uma maneira de superar isso, mas eu estou… presa?

— Não consigo — confesso. Eu não consigo… nada disso.

— Você consegue. Foi muito bem agora. Olhe para mim. — Eu me forço a encontrar seu olhar novamente. — Você não viveu isso agora, Jess. Você contou a história que foi escrita no papel. Cada vez que puder ler essas palavras, será um pouco mais fácil e veremos onde estão os buracos, taparemos e continuaremos trabalhando. Sei que você está frustrada, mas está progredindo.

Enxugo as lágrimas que continuam caindo.

— Eu n-não sinto que estou.

Ela sorri suavemente e me entrega um lenço de papel.

— Veja o que já aconteceu. Você falou com Grayson, que foi uma grande parte de sua história original, e disse a ele que sentia muito pelo que aconteceu há tantos anos. Você e sua mãe estão passando um tempo juntas novamente e você está trabalhando. Esses não são feitos pequenos. E o maior deles você ainda nem percebeu.

— Qual?

— Você contou toda a história com apenas dois erros em seu discurso.

— Você realmente acha que isso é uma boa ideia? — Winnie pergunta, de dentro do provador, desaprovando cada roupa que experimento.

— Eu acho.

Ela suspira profundamente, balançando a cabeça quando me viro, tentando mostrar a ela como não é tão ruim. Claro, é um pouco simples, mas estou cuidando de uma recepção, não vou a uma reunião do conselho.

— Não tenho tanta certeza, Jess. Você acabou de voltar, se dê algum tempo. Por que você precisa trabalhar mesmo? A companhia aérea não vai ter que pagar uma tonelada por causa do acordo?

Isso vai levar anos. Tenho economias, mas, com o que venho ajudando minha mãe, vai acabar em seis meses. Ela mal consegue se sustentar, então de jeito nenhum eu pediria para cuidar de mim financeiramente. A questão é que, tanto quanto preciso do dinheiro, eu realmente preciso trabalhar, contribuir e viver novamente.

Não quero ser dependente de ninguém.

— Não é tão simples, e eu preciso sair.

— Mas trabalhar para os Parkersons?

— Você os ama.

— Eu amo Stella. E, mesmo assim, embora ela possa ser uma das minhas melhores amigas, só posso aguentá-la em pequenas doses. Todos nós sabemos o que a família dela sente por nós.

Winnie e Stella são amigas desde crianças. Elas passaram por círculos diferentes, mas eram próximas de seu próprio jeito. Acho que está tudo bem para a filha de Parkerson ser nossa amiga, mas não é certo que um de seus filhos se case com uma de nós.

— E aqui estou... a funcionária.

— Isso não é engraçado — Winnie diz, pegando um casaco que ela gosta.

Eu pego, sabendo que minha irmã não vai ceder a menos que eu experimente.

— É a... — luto com as palavras, que novamente não se formam.

— É o quê?

Sigo a técnica, mas não consigo fazer minha boca cooperar. As palavras morrem em meus lábios. *É a verdade. É o que eu sou, e estou bem com isso porque são eles me ajudando.*

Eu tento e tento de novo. Lágrimas de raiva caem pelo meu rosto, e então sinto a pressão de uma dor de cabeça mais forte e mais rápida do que o normal. Meu Deus, isso vai ser horrível.

— Jess? — Winnie dá um passo à frente e minhas mãos agarram os lados da minha cabeça. — Jess? O que está errado?

Fecho meus olhos e afundo no chão.

— Cabeça — grito a única coisa que posso dizer.

Minha irmã fecha a porta do provador porque a dor vem tão rápido que não tenho tempo de me preparar para isso. As luzes são muito fortes e cada som parece estar saindo por um amplificador. Os ganchos de metal raspando, o carrinho rolando... isso machuca muito.

— Jess, shhh — Winnie fala, me puxando para seu peito. — O que eu faço?

— Muita. Luz.

Ela me envolve na escuridão, envolvendo algo em torno de mim, mas não vou abrir os olhos para ver o que é. Eu preciso me acalmar.

— Vou conversar com o gerente para poder te tirar da loja. Fique aqui.

Eu não poderia ir a lugar nenhum se tentasse. Preciso do meu remédio, escuridão e algumas horas de silêncio completo. Winnie se foi e eu deito no chão, segurando meu crânio, odiando que os últimos dias tenham sido incríveis e agora estou aleijada de dor.

Minha médica disse que uma maneira de trabalhar com ela é a contagem regressiva. Deixar os números ajudarem a passar o tempo até eu adormecer.

Eu faço isso. Começo com novecentos e noventa e nove e volto. Quando chego a quatrocentos e trinta e três, ouço a porta se abrir e, ao invés de ouvir a voz de Winnie, ouço uma voz profunda, masculina e familiar.

Antes que eu possa dizer ou fazer qualquer coisa, sou levantada do chão e colocada contra o peito de Grayson. Deus, ele tem o mesmo cheiro.

É uma combinação de ar fresco, especiarias e sândalo que eu poderia reconhecer em qualquer lugar.

Eu me mexo, mas ele me segura com mais força, sua voz baixa.

— Está tudo bem, Jess. Apenas relaxe, vou te levar para casa.

— Estou com a bolsa dela. — Winnie avisa.

— Papai? — uma pequena e doce voz diz ao meu lado. — Sua amiga está bem?

— Ela está — ele sussurra. — Temos que ficar muito quietos, você pode fazer isso?

— Sim — a menina sussurra de volta.

Enterro minha cabeça em seu peito, me permitindo receber um pouco de conforto dele. Minha cabeça ainda está latejando, mas não é tão debilitante quanto há segundos. Continuo contando, sem deixar de lado a monotonia dos números.

— Vou levá-la — diz Grayson.

— O quê?

— Meu carro tem vidros escuros, se é a sensibilidade à luz que a machuca, seu carro é o pior.

Winnie dirige um minúsculo conversível. Não há espaço para se deitar e não há como se esconder do sol ofuscante.

— Não — resmungo, mas Grayson aumenta seu aperto em mim.

— Não discuta, Jess — pede baixinho, antes de dirigir suas palavras para Winnie. — Tire o assento de Melia. — Alguns segundos se passam e então sua voz muda. — Por favor, Winnie.

Ela faz um barulho baixinho, mas deve concordar, porque, um momento depois, ele me coloca em um carro. Não tenho certeza de quem. A porta se fecha e me enrolo no banco de trás, não me importando mais com o veículo em que estou, apenas que estou deitada.

Eu posso ouvir minha irmã lá fora.

— Sério, ela vai odiar isso quando estiver melhor.

— Não duvido disso. Pode levar Melia até a casa da Stella?

— A casa da Stella?

— Sim, vou levar Jess de volta para casa e ficar com ela um pouco.

— Gray, isso não é...

— Papai, posso ir com você? — a menina pergunta.

— Papai vai se certificar de que minha amiga está bem e não precisa ir ao hospital — explica ele.

Jesus. Isso não está certo. Vou ficar bem, só preciso dormir.

— Ela vai precisar de cirurgia?

— Não, querida, só quero ter certeza de que ela não está com dor.

— Então, você estará lá para observá-la e ter certeza?

— Grayson — Winnie interrompe novamente —, isso realmente não é necessário.

A voz da menina é cantarolante quando ela fala:

— Está tudo bem, Winnie. Meu pai é bombeiro e salva pessoas. Ele pode ajudar.

Winnie ri.

— Sim, acho que sim.

— Você conhece a amiga dele?

— Eu conheço — Winnie responde. — Ela é minha irmã.

— Eu gostaria de ter uma irmã!

Alguém pigarreia.

— Seja boa para Winnie e tia Stella.

— Eu vou, papai. Vou poder brincar com a tia?

— Com certeza vai.

— Jess vai ficar tão chateada com a gente — insiste Winnie.

— Tenho certeza que ela vai me dizer.

Eu continuo contando, tentando não me concentrar na conversa porque a dor está latejando novamente. Eu mantenho a jaqueta que cheira a Grayson na cabeça, me mantendo na escuridão total.

Quando ele entra, luto para dizer alto o suficiente para que ele possa ouvir, mas não alto o suficiente para piorar a dor de cabeça. — Remédio.

Grayson está fora do carro um momento depois. Felizmente ele não fecha a porta, mas eu o ouço gritar por Winnie.

Depois de mais oitenta e três segundos, ele retorna.

— Não quero machucar você, mas tenho água e o comprimido que Winnie tirou da sua bolsa. Você pode se sentar para pegá-lo?

Eu preciso. Mantenho a jaqueta em volta da cabeça, abrindo apenas um pouco. Estendo a mão e ele me dá o comprimido e a garrafa de água. Jogo na minha garganta e bebo a água. Ele me deita de volta com cuidado antes de desajeitadamente me colocar no assento.

Começo a contar regressivamente do meu ponto de partida novamente, e adormeço, deixando o cheiro de Grayson me envolver e sabendo que, quando isso acabar, terei que me enterrar para evitar o constrangimento.

Capítulo 6

Jessica

A dor está de volta, mas não é nada como antes. Eu me movo para o lado, me aninhando no travesseiro, o que me faz abrir os olhos, sem saber onde estou.

Quando faço isso, tudo volta, a agonia, a dor de cabeça, Grayson me carregando. A luz faz meus olhos se fecharem. Muito rápido e muita coisa para processar. Se houver um Deus, ele garantirá que Grayson Parkerson não esteja aqui. Que ele me deixou em casa, minha irmã veio, e ela é a figura que juro que vi no canto.

Desta vez, abro os olhos lentamente para não fazer com que a dor de cabeça volte com força total. Quando estou um pouco acostumada, olho ao redor, evitando a área onde sei que há alguém, ainda rezando para que seja Winnie, mas Deus não existe, porque Grayson está lá.

Excelente.

— Ei — digo, com a garganta seca e rouca.

Ele se senta.

— Jess, ei, você está bem?

A tempestade violenta agora está calma, apenas alguns vestígios, mas nada que eu não possa controlar. Eu aceno, engolindo em seco e tentando me sentar.

— Eu estou melhor. Eu... não me lembro do carro ou de como cheguei em casa.

— Chegamos aqui cerca de duas horas atrás, eu carreguei você, e você tem dormido desde então.

— Você está aqui há duas horas?

Isso é ainda pior do que eu pensava.

Ele se levanta, vai até minha cama e se senta na beirada.

— Nunca vi nada assim. Você estava em agonia, Jess, e eu não podia te deixar.

— Acontece às vezes. Costumava ser diariamente, mas não é mais.

— Por causa do acidente de avião?

Eu concordo.

— É parte da lesão por concussão.

Ele solta um suspiro pesado.

— Diariamente?

Aquelas primeiras semanas foram um verdadeiro inferno. Eu não conseguia me mover sem uma dor tão intensa que me jogava no chão.

— Os médicos dizem que elas vão se tornar menos frequentes à medida que eu saro, mas o cérebro funciona em seu próprio tempo e não posso fazer nada para acelerar o processo. A-alguns dias — gaguejo, e então me contenho. — Alguns dias eram tão ruins que eu nem saía da cama.

— Sua família sabe?

— Claro — digo, timidamente.

— Winnie deve ter contado a Stella, mas...

— Mas?

Ele ri baixinho.

— Eu tenho uma regra sobre não falar sobre as mulheres que amo e que me deixaram.

— Ah, bem, acho que nossas duas irmãs podem manter a boca fechada ocasionalmente. Eu tenho as mesmas regras sobre esta cidade e as pessoas que eu amava.

— Então, você não queria saber sobre mim?

Balancei a cabeça suavemente.

— Era... Eu não podia... — Eu tive que fingir.

Fingir que não te amava.

Fingir que não me arrependia de ter partido e que não pensava em você.

Fingir que não cometi um grande erro.

Ele olha para as próprias mãos.

— Estou feliz por estarmos na loja hoje.

Uma memória incômoda começa a surgir.

— Você estava com sua filha?

Grayson sorri.

— Sim, era ela.

— Eu não consegui vê-la.

— Não. — Uma risada suave escapa. — Acho que você não a viu.

— Onde ela está?

— Ela está com sua irmã e Stella, fazendo maquiagens e unhas.

— Enquanto você se senta aqui comigo...

Nossos olhos se encontram por um breve segundo, e parece que um milhão de coisas são ditas sem uma única palavra.

— Acho que é uma daquelas coisas.

— Uma de quais coisas?

Por que estou perguntando isso a ele? Por que eu me importo? Ele e eu não somos nada, e não importa, porém, quando pensei que o mundo estava acabando, ele foi um dos rostos que vi. Não foi a *única* razão pela qual voltei para Willow Creek. É minha casa e, pelo que eu sabia, ele não morava aqui.

O que tivemos acabou anos atrás. Estou sendo idiota.

— Quando se amou alguém uma vez e não consegue se afastar quando vê essa pessoa sofrendo.

E meu coração dispara. Fico olhando para ele, me perguntando se isso é alguma alucinação induzida pelo medicamento. Não seria a primeira vez. Ou talvez, talvez isso seja um sonho. Um que não seja preenchido com metal esmagado e dor quando o avião atinge o solo.

Pisco algumas vezes, para ver se acordo.

— Winnie teria se certificado de que eu estava bem — digo, suavemente.

— Tenho certeza que sim, mas ela não poderia ter carregado você para fora do carro. Então, você estaria no banco de trás agora, em vez de na cama.

Eu sorrio e fecho meus olhos.

— Verdade.

Grayson se aproxima.

— Você está bem? Mesmo?

Lentamente, suspiro e olho para ele de novo.

— Estou. É difícil e geralmente leva um dia inteiro para me recuperar.

— O que causa isso?

— Pode ser qualquer coisa.

Grayson agarra sua nuca.

— Quando foi a última vez que você teve um?

Não quero mentir para Grayson, mas, ao mesmo tempo, não quero perder o emprego antes mesmo de começar. Estou genuinamente animada e pronta para retomar meu senso de normalidade outra vez. Trabalhar me dá propósito e alegria. Eu adorava voar, conhecer celebridades e novos lugares. Agora tudo isso se foi, e não tenho mais certeza de quem sou.

— Já faz cerca de uma semana, mas, quando desencadeia, não há como pará-lo.

— O estresse provavelmente não ajuda — observa. — Tem certeza de que quer voltar ao trabalho?

Eu sabia. A decepção me preenche enquanto me preparo para ter o trabalho tirado de mim.

— Eu posso lidar com isso, Gray.

— Eu não disse que você não podia. Só me preocupo que vai ser muito estresse, longos dias de pé, correndo e lidando com minha família. Não quero que isso acabe te machucando.

Neguei com a cabeça.

— Não, não é bem assim. Eu preciso disso. Me sinto tão inútil e quebrada, por favor, não tire isso de mim.

Ele se move rapidamente, mãos segurando as minhas.

— Eu não estava dizendo isso. Que eu não *deixaria* você trabalhar na pousada. Apenas estou preocupado que isso vá piorar as coisas.

Sento-me lentamente, medindo a dor e a sensibilidade à luz.

— A única coisa que está piorando é não viver. Desde o acidente, estou aqui… sozinha. Eu não consigo dirigir. Minhas palavras… elas ficam presas. Está melhor, porém — adiciono, rapidamente. — Estou melhor, e quando Stella me ofereceu o emprego, foi a primeira vez que me senti bem.

Dizer isso em voz alta me faz sentir estúpida, mas preciso que ele veja que esse trabalho está me salvando.

— E se você ficar com dor de cabeça?

Solto o ar pelo nariz e encolho os ombros.

— Não sei.

Ele solta minhas mãos, suspirando profundamente.

— E se eu encontrar outro emprego para você? Um em que você não precisa se preocupar com as pessoas ou muita coisa, mas ainda pode trabalhar.

— Não. Não sou um caso de caridade, juro, posso fazer isso.

— Eu nunca disse que você era ou que não podia.

— Se eu fosse apenas uma garota qualquer e você não me conhecesse ou soubesse o que aconteceu comigo, você ficaria preocupado assim?

Grayson sorri.

— Você não é uma garota qualquer. Foi a primeira garota que amei, e tentar fingir o contrário é um erro.

— Talvez, mas eu consegui esse trabalho de sua irmã porque você precisa de uma gerente de recepção.

Ele se levanta, andando pelo meu quarto.

— Eu preciso de muitas coisas — ele diz, tão baixinho que não tenho certeza se ouvi direito. Depois de mais algumas voltas, ele para e olha para mim. — Ok. Porém, uma condição.

— Diga.

— Se você sentir uma dor de cabeça chegando ou precisar de um descanso porque está cansada... Quero dizer, qualquer coisa estranha, você me diz imediatamente. Não espere até que esteja ruim ou porque você está no meio de algo. Combinado?

Eu concordo.

— Combinado.

— Bom. Então, vejo você na segunda.

— Segunda-feira. — Tenho uma semana para me preparar para ficar perto desse homem o dia todo.

Ele se senta na beira da minha cama.

— Está bem então. Já que você está melhor, vou pegar minha filha, levá-la para casa e fazer um controle de danos. Tenho certeza de que nossas irmãs a corromperam o suficiente.

É estranho pensar em Grayson como um pai. Ele sempre foi um cara ótimo, atencioso, leal e generoso, e é bom saber que isso não mudou nele.

— Sua filha... ela é como você?

Ele sorri.

— Espero que não.

— Por que você diz isso? — pergunto, com um bocejo. O remédio geralmente me faz dormir intermitentemente por horas.

— Porque eu fui estúpido, confiante e, embora tenha ganhado Melia, que foi a melhor coisa que já me aconteceu, a luta foi difícil, e não quero que seja assim para ela.

— Não vale a pena lutar por tudo?

Um lampejo de arrependimento passa por seu rosto antes que o sorriso tranquilo que me lembro da infância esteja lá.

— E algumas coisas temos que deixar ir, porque não foram feitas para serem conquistadas, certo?

As palavras que eu disse a ele quando fui embora.

— Jess, pare! — Grayson agarrou meu braço, enquanto eu voltava para o meu carro.

Isso não devia doer tanto. Foi minha decisão deixá-lo, mas tudo dentro de mim gritava de dor.

Mas eu ouvi sua mãe. Ouvi a raiva quando ele disse que queria se casar comigo e ela ameaçou tirar tudo dele. Seu pai também estava lá, concordando porque eu não era boa o suficiente.

Eu faria isso antes mesmo de sermos confrontados, com ele tendo que escolher entre sua família e eu.

— Por favor, me deixe ir.

— Temos planos. Temos planos e você está simplesmente desistindo deles.

Eu me virei, lágrimas caindo pelo meu rosto.

— Somos muito novos! Temos planos que nunca darão certo. Nós dois sabemos disso. Tenho dezenove anos e quero viver, Grayson. Quero sair desta cidade estúpida com seu julgamento estúpido. Quero viajar, comer comidas estranhas e fazer escolhas erradas. Eu não posso fazer isso com você.

Ele deu um passo para trás.

— Por quê? Por que eu sou o que está prendendo você?

— Porque eu te amo! Eu te amo, e nunca vou deixar você ou este lugar se não fizer isso agora.

— Nós podemos fazer isso juntos.

Minha cabeça balançou muito rápido, desejando poder dissipar as palavras da minha cabeça.

— Tudo o que vai acontecer é que vamos nos odiar.

— Ah! E me deixar assim vai nos fazer gostar um do outro?

— Eu sempre vou te amar, Gray. Sempre.

E eu amaria. Ele foi o primeiro garoto que eu amei, me entreguei e confiei para me manter segura, o que ele fez. Este momento era a única coisa sobre nós que eu lamentaria. No entanto, eu sabia que era a escolha certa. Grayson estava destinado à grandeza e não a alcançaria se eu estivesse por perto.

Não só isso, eu precisava sair daqui. Não poderia ficar e ser como minha mãe.

Não poderia amar um homem, desistir dos meus sonhos e ser abandonada quando ele percebesse que eu não era o suficiente.

— Não faça isso. Não vá embora. Nós vamos dar um jeito.

— Eu tenho uma passagem de avião para Massachusetts. Vou embora esta noite.

Ele deu um passo em minha direção.

— Esta noite? Você sabia? Você... você veio aqui, nós apenas... e você está indo embora?

Eu precisava dele. Precisava da nossa memória e de todo o amor que compartilhamos. Eu era uma covarde e, mesmo sabendo disso, não me importava. Grayson Parkerson era dono do meu coração, mas era hora de ser dona do meu futuro.

— Eu sei que prometi muito a você e que estou te decepcionando. Sinto muito. Eu tenho que ir e tentar me encontrar.

Suas mãos se fecharam em punhos e depois se soltaram.

— Certo. Estou aqui, tentando lutar para mantê-la quando está claro que você não quer que eu o faça. Eu quero lutar, vencer e ficar com você!

Os últimos sessenta minutos foram os mais difíceis da minha vida. Vim me despedir dele e acabei nos seus braços, beijando, tocando, fazendo amor, e foi aí que eu soube que tinha que ser agora.

— Acho que algumas coisas não são feitas para serem conquistadas em uma luta.

Nenhum de nós tinha ideia do que a vida realmente era ou das adversidades que estavam por vir. A ingenuidade é um presente para os jovens. Nós permitimos que isso nos envolva na ignorância e nos faça acreditar que as coisas são muito mais fáceis do que realmente são.

Não que eu ache que já fui tão boçal quanto os Parkerson. Eles viviam em seu castelo dourado com carros novos e aquecedor todos os meses. Castelo onde varri o chão e aprendi que a fita adesiva realmente pode consertar qualquer coisa se você tentar o suficiente e usar camadas de roupa para evitar o frio.

Com Grayson, porém, eu nunca senti frio, e isso me assustou mais do que qualquer coisa. Minha mãe já viveu naquele estado de dependência.

Eu não seria ela.

— Talvez não conquistadas, mas ser amada não é uma coisa tão ruim

— afirmo, não querendo voltar para algo que não posso consertar.

Seus lábios se curvam e ele se levanta, puxando as cobertas sobre mim.

— Não, não é uma coisa ruim. — Ele se inclina, beijando minha testa com ternura. — Descanse e, se precisar de alguma coisa, é só me ligar.

— Obrigada por tudo — eu digo, a sonolência começando a se rastejar de volta, puxando minhas pálpebras para baixo. Escorrego para os cobertores quentes, sentindo como se já estivesse dormindo. — Eu te amo, Gray. Sempre amei — penso comigo mesma.

— Durma, conversaremos em breve.

— Em breve.

Seu hálito quente desliza pela minha bochecha.

— Eu sempre irei.

Capítulo 7

Grayson

— Parkerson, pegue a mangueira no primeiro andar apenas para garantir — o comandante grita, enquanto minha equipe redireciona a água para onde ele indicou. Foi uma noite louca. Tínhamos dois alarmes falsos consecutivos e agora um incêndio em uma construção.

— Jack, vá mais alto — direciono.

Ele acena com a cabeça, levantando o bico um pouco mais. Quando chegamos aqui, o fogo estava fora de controle, mas depois do trabalho em meu caminhão e em outros dois, finalmente o contemos. Felizmente, os alarmes de incêndio acordaram a família e todos saíram em segurança.

Restam apenas alguns pequenos pontos com fogo e estou exausto.

Trabalhamos para apagá-los e fechamos a água. Jack geme, sua cabeça caindo para trás, e então olha para cima.

— Esse foi difícil.

Aceno, pegando duas garrafas de água e jogando uma para ele.

— Não me diga.

— Me lembre de novo porque te deixei me convencer a fazer isso...

— Acho que foi você quem me convenceu.

— Bem, droga, nós somos burros pra caralho.

— Fato.

Jack e eu bebemos água e depois jogamos as garrafas vazias no caminhão. Um dos novatos pode limpar a plataforma como parte de sua iniciação.

— Estou feliz por termos colocado este aqui sob controle rapidamente — comenta Jack, examinando o que restou da casa.

— Sim, sem vítimas é sempre uma vitória.

Existem dois incêndios que nunca esquecerei. Um em que chegamos e disseram que todos tinham saído, mas as testemunhas tinham visto o pai voltar para buscar o cachorro. Foi meu primeiro chamado como tenente há três anos, um que me assombra. Devíamos ter nos preparado para entrar mais rápido. Poderíamos tê-lo salvado, mas todos tinham certeza de que toda a família estava fora da casa.

O outro foi um que não respondi, mas Jack sim. Foi o fogo que levou sua mãe.

É por isso que *sempre* atendemos aos chamados.

Jack pigarreia.

— Sempre uma vitória. — Ele se inclina para trás, esticando os braços sobre a cabeça. — Então, me fale sobre você e Jess.

Jogo a cabeça para trás.

— Falar o que sobre mim e Jess?

— Ouvi dizer que você a resgatou como um herói de um conto de fadas, a tirando de uma situação perigosa e a salvando como o cavaleiro de armadura brilhante que é.

Reviro os olhos.

— Não sabia que você conhecia a palavra perigosa.

— Eu conheço todo tipo de merda.

— Bem, você não sabe nada sobre isso.

— Claro que não.

Felizmente, um dos meus novatos apareceu, suor escorrendo pelo rosto.

— Capitão?

— O que foi, Riggs?

Riggs é um bom garoto, um pouco ansioso demais, mas vai ser um ótimo bombeiro. Com um sobrenome assim, não esperamos nada menos. Também não faz mal que seu pai seja o comandante. Ele não tem escolha a não ser seguir esses passos, que eu conheço muito bem.

— Você quer que eu comece a enrolar a mangueira?

— Não podemos, já que ainda estão usando.

— Certo.

Jack bufa.

— Você *pode* fazer outra coisa.

Ah, tenho certeza de que isso vai ser bom.

— Tudo o que você precisar, Jack.

— Não fique tão ansioso, garoto, há muitos que vão tirar proveito disso — advirto.

Retorne para nós dois

— Certo. É claro.

Jack nega com a cabeça.

— Apenas fique comigo e nós encontraremos algo para você fazer.

Essa é a pior ideia de todas.

— Por enquanto, apenas certifique-se de que todos os caras tenham água — oriento a Riggs.

Riggs foge, fazendo o que eu peço. Bebo outra garrafa de água e cutuco Jack.

— Covarde.

— Ele é filho do comandante, sou covarde mesmo. Onde estão os outros novatos? Podemos foder com eles.

Quando Jack e eu estávamos subindo na hierarquia, foi muito pior. Éramos basicamente as vadias do caminhão, mas foi assim que fomos recebidos no grupo. A equipe do caminhão é uma família. É onde colocamos nossas vidas em risco por estranhos, mas morreríamos um pelo outro.

— Nada muito ruim.

— Claro que não, mas preciso limpar meu equipamento.

Faço outra checagem no rádio, algo que me ajuda, mais uma vez, a verificar se meus caras estão todos bem.

Assim que o último for confirmado, começamos a desmontar. Trabalhamos como uma unidade e fazemos tudo de forma rápida e correta. É algo que adoro. Fazemos isso do início ao fim porque, se recebermos outro chamado agora, precisamos estar prontos. Tudo é trabalho em equipe e preparação. As mangueiras vão nos mesmos pontos todas as vezes, posso estender a mão às cegas para um machado e saber que estará lá.

Não nos arriscamos. Nunca arriscamos a vida de alguém sendo preguiçosos.

São quase cinco da manhã quando Jack e eu subimos na parte de trás do caminhão para voltar para a estação, e estou totalmente morto.

— Onde está Melia? — Jack pergunta.

— Com a Stella.

— Pensei que talvez ela estivesse em outro lugar.

— Onde diabos ela estaria? Depois que minha mãe toma os comprimidos, ela não acordaria se a casa estivesse desmoronando.

Ele sorri.

— Talvez Jessica?

Ele é um idiota.

— Não há nada acontecendo com Jessica.

— Ok, se você diz.

Eu bufo, frustrado porque, se ele está dizendo isso para mim, então alguém está dizendo para ele. Esta cidade adora um bom escândalo, mas vive em busca de um final feliz. Não que haja um motivo, já que não somos nada.

— Ela precisava de ajuda, Jack. Eu não iria deixá-la sozinha.

— Metade do dia?

— Metade do... — Respiro fundo. — Não foi metade do dia, foram algumas horas, e o que você teria feito?

Seus ombros sobem e depois caem.

— Dormido com ela.

— Eu não fiz isso. Ela estava com dor, então a ajudei.

— Escute, não estou julgando você, mas, se estou ouvindo o povo falar sobre isso, aposto que seu pai ouvirá.

— Foda-se ele.

— Prefiro não fodê-lo.

Nós dois rimos.

— Não dou a mínima para o que ele diz. Quando ele terminar de foder sua amante, pode vir me falar a merda que quiser. Já que ambos sabemos que isso não vai acontecer, realmente não é meu problema o que ele pensa. Jessica e eu começamos a namorar há dezoito anos, e não há nada acontecendo agora.

— Ok, vou esquecer isso.

— Obrigado.

— Vamos ao Jennie's? — Jack pergunta.

— Como se houvesse alguma dúvida?

Nós dirigimos até lá e pegamos uma cabine. Jennie chega à nossa mesa.

— Ouvi dizer que hoje houve um grande incêndio. Fico feliz em ver vocês dois aqui.

Jack se inclina para trás, as mãos na barriga.

— Sua comida alimenta minha alma.

— Que bom. Aqui está um pouco de café para garantir que vocês estejam acordados. Vou trazer o de costume.

O lugar está vazio, exceto Fred e Bill, que estão aqui todas as manhãs às quatro pontualmente. Os dois perderam suas esposas para o câncer por volta da mesma época, seis anos atrás, e começaram a se encontrar aqui para o café da manhã uma vez por semana... antes de se tornar algo diário.

Fred se vira, levantando sua xícara de café para mim.

— Bom trabalho hoje, Grayson.

Retribuo o gesto.

— Obrigado.

— Você também, Jack. Ouvi dizer que foi o primeiro a entrar.

Jack é sempre o primeiro a entrar. É algo que tentei evitar, mas ele é teimoso e se recusa a deixar outra pessoa se arriscar quando está lá.

— Sim, senhor.

— Bom homem — Bill diz, com um aceno de cabeça. — Seu pai ficaria orgulhoso.

— Se você o encontrar, me avise — murmura.

Jack e eu temos pais que preferiríamos não falar sobre, mas a cidade não se preocupa muito com privacidade e nossos desejos e necessidades. Após a morte de sua mãe, seu pai se tornou um bêbado, deixando Jack basicamente para se criar sozinho. Isso significa que ele passou muito tempo comigo, e é por isso que é como um irmão.

— O que é que foi isso? — Bill pergunta.

— Eu disse que estou feliz por você me dizer isso.

Eu rio na minha xícara de café. Eles voltam para sua comida e conversa, esquecendo sobre nós.

— Esta cidade está decidida a transformar meu pai em algum tipo de herói — Jack resmunga.

— Ele era um herói. Foi prefeito por quinze anos, e todos o amam.

— E eles simplesmente não se importam com a destruição que ele deixou quando saiu com sua garrafa de uísque?

Encolho os ombros, sem saber o que dizer.

— Eles realmente só se importam com essa merda quando os afeta.

Jack olha para a porta, negando com a cabeça.

— Vamos falar sobre coisas felizes.

Eu juro, se ele mencionar Jessica, vou matá-lo.

— Tipo?

— Quais as novidades na pousada?

— Consertamos a cabana desde que o cano de água estourou.

— Sim? Isso é bom. Algo mais?

Ele está pescando informação. De alguma forma, ele sabe que Jess vai começar a trabalhar para mim amanhã e tenho certeza de que tem todo tipo de opinião sobre isso.

— Não.
— Tem certeza?
— Você sofreu com a inalação de fumaça ou algo assim? — questiono. Sua sobrancelha se levanta.
— Não? Por quê?
— Porque você está sendo um idiota.
— Se você diz.
— Sim, eu digo.

Jennie chega com nossa comida, e nunca fui mais grato por ele estar muito ocupado enfiando a comida na boca para falar sobre Jessica ou qualquer coisa relacionada a ela. Já é ruim o suficiente estar mentindo para mim mesmo sobre por que fiquei ao lado dela, mentir para todo mundo é mais difícil.

A verdade é que me importo com ela. Sempre me importei, mas vê-la novamente, tocar seu rosto, foi como ser empurrado de volta no tempo quando a vida era fácil e seu sorriso transformava o meu dia inteiro. Ela sempre foi completamente irresistível. Agora, está crescida e é como se nada tivesse mudado. Ela ainda é a mesma.

É por isso que tenho que mantê-la à distância.

Quando a perdi, fiquei muito tempo infeliz e não preciso mais sentir essa merda de novo.

Jack não entende, no entanto. Ele se lança em outro monte de merda que não quero ouvir.

— Olha, você quer negar o fato de que tem alguns sentimentos não resolvidos em torno de Jessica, então, ei, viva em suas mentiras.

— Jesus Cristo, eu não estou mentindo e fingindo. Sei como me sinto e, embora sempre tenha me importado com ela, não há nada acontecendo. Ela estava com dor, uma dor como eu nunca tinha visto, e a ajudei. Stella foi quem a contratou.

— Mas você não a despediu. — Ele aponta o garfo para mim. — Você permitiu que ela mantivesse o emprego.

— Você teria despedido Misty? — menciono a única garota que ele mostrou se importar.

— Circunstâncias diferentes.

— É? Porque eu não vejo dessa forma. Você nunca teria deixado alguém com quem você se importou sentir dor sem ajudar. Mas, quando faço a mesma coisa, de repente estou mentindo para mim mesmo.

Apesar do fato de que eu estou.

— Você está certo, Gray. Eu ajudaria Misty, Stella, Delia... inferno, eu ajudaria qualquer um se eles estivessem tão mal quanto você diz que ela estava. Mas eu te conheço. Sim, desde que tínhamos sete anos, e você está se alimentando de um monte de besteiras se pensa que, quando vê Jessica Walker, uma parte de você não muda. Eu vi isso. Todos nós vimos. Você sempre amou aquela garota de uma forma que não fazia sentido para mim quando eu tinha dezesseis anos, mas ela é a garota certa para você.

Enfio um pedaço de panqueca na boca, quase engasgando para não ter que responder.

Mais pessoas vêm para o café da manhã e nós acenamos, sorrimos e conversamos um pouco enquanto elas passam. Tanta gente aqui tem rádios com a frequência da polícia e detectores de incêndio, que não é surpresa que todos estejam falando sobre o incêndio.

Ele ri.

— Me diga, se você a visse agora, como reagiria? Seu peito ficaria ainda mais apertado?

Reviro os olhos.

— Não. Eu não sinto nada além de amizade por ela.

Jack acena com a cabeça.

— Está bem então. — Um sorriso lento se espalha por seu rosto. Ele acena para alguém quando entra. — Jess está aqui.

Reviro meus olhos de novo. Ele é tão previsível.

— Claro que ela está. Idiota. — Dou outra grande mordida, o ignorando, porque ele está me provocando.

— Venha se sentar conosco — Jack convida.

A primeira coisa que estou fazendo esta manhã é encontrar um novo amigo. Jack está despedido dessa posição.

Quando ele desliza no seu assento, Delia se senta ao seu lado, e percebo que eu estava errado. Lentamente, me viro para encará-la. Seu longo cabelo castanho está trançado e puxado para o lado, olhos cor de mel me encarando e um sorriso hesitante se formando em seus lábios.

Merda.

Eu engulo a comida e tento sorrir.

— Jess, ei.

— Se importa se eu sentar?

Eu me movo ao falar.

— Claro que não.

— Obrigada.

Ela brinca com a ponta de sua trança, sem realmente encontrar meus olhos, e parece exatamente como fazia há um milhão de anos atrás. Nós vínhamos aqui, sentávamos em uma mesa e ambos fingíamos que não estávamos apaixonados um pelo outro. Eu tentaria segurar sua mão, mas ela sempre antecipava e se movia. Não foi até o jogo antes do baile que finalmente tive coragem de beijá-la.

Aconteceu bem do lado de fora desta janela, ela estava encostada no carro, minha jaqueta do time enrolada nela por conta do frio, e levantei seu queixo antes de roçar meus lábios nos dela.

Levanto meu olhar para o dela, apenas para descobrir que ela está focada na janela, e me pergunto se ela está se lembrando da mesma coisa. Quando sorri para mim, tenho certeza que sim.

— Ei.

Ela abaixa a cabeça e sorri.

— Ei.

— Como você está se sentindo?

— Muito melhor. Sem dores de cabeça, eu dormi bem.

— Que bom — eu digo, sentindo alívio. — Pronta para começar a trabalhar de novo?

Ela concorda.

— Sim, estou animada e um pouco nervosa, mas... principalmente animada.

Depois de seu episódio de dor de cabeça, disse a Stella que queria começar devagar. Ela vai trabalhar metade do turno cinco dias na semana. Vamos facilitar sua entrada e isso nos dá a garantia de que ela será capaz de lidar com tudo. Por mais que ela diga que vai me avisar se algo estiver errado, me lembro muito bem de seu lado teimoso.

É apenas por precaução. Além disso, Stella me deve alguns fins de semana para cobrir a pousada.

— Estou feliz que você esteja animada. Espero que durma bem esta noite.

Jessica vira a cabeça, mas percebo o leve rubor em suas bochechas.

Delia pega a xícara de café de Jack e a termina.

— Falando em sono, eu poderia usar uma semana para recuperar quão cansada estou. Mas acho que estamos indo para sua casa de praia neste fim de semana, então isso vai ajudar.

— Quem vai?

— Stella nos convidou algumas semanas atrás — Jess diz rapidamente. — Acho que ela ia com Winnie, mas acabou tendo que trabalhar neste fim de semana, então disse que deveríamos ir. Tudo bem?

Pisco algumas vezes, tentando empurrar para baixo o nó na minha garganta.

— Sim. Não. Eu não sabia.

A casa de praia.

— *Este lugar é lindo, Gray.* — *Jessica sorriu, caminhando pela sala.*

— *É privado.*

Seus olhos encontraram os meus enquanto ela traçava um dedo sobre sua clavícula.

— *É, acho que é o que nós dois queremos, certo?*

Eu só a queria. Meu Deus, eu a queria pra caralho. Não sei como tive a sorte de convencê-la a me amar, mas ela me amava e eu nunca a deixaria. Esta noite, eu queria fazê-la feliz, dar-lhe tudo e mostrar como me sentia.

— *Jess, não precisamos fazer isso* — *falei, rezando para que ela não mudasse de ideia.* — *Podemos apenas passar o fim de semana na praia.*

Ela se moveu em minha direção, seu vestido balançando a cada passo.

— *Não temos que fazer nada, mas eu realmente quero.*

A noite foi perfeita. Nós dançamos, rimos e tive a garota mais linda do mundo como meu par na formatura. Cada cara ali estava olhando para ela, me odiando e invejando. Eu não os culpava, Jessica era perfeita e era minha.

Eu queria me casar com ela. Queria passar todos os dias da minha vida com ela, porque aquela garota era tudo que sempre desejei. Eu soube disso na primeira vez que a vi.

Esta noite, planejava fazer amor com ela e mostrar-lhe como éramos bons juntos. Eu a puxei para perto para que suas mãos delicadas descansassem no meu peito.

— *Você sente isso?*

— *Seu coração está batendo tão rápido.*

— *Porque estou muito nervoso.*

Seus cílios escuros descansaram em suas bochechas e ela mordeu o lábio.

— *Por que você está nervoso?*

Por tudo. Era a nossa primeira vez. Eu não queria machucá-la ou assustá-la.

— Quero fazer isso ser bom para você — confessei.

Ela soltou um suspiro trêmulo.

— Tudo com você é bom. É você, Grayson. É você quem torna as coisas perfeitas. Eu te amo e quero estar com você sempre.

Não importava que eu fizesse dezoito amanhã e ela tivesse apenas dezesseis. Eu sabia, sem sombra de dúvida, que essa era a garota com quem eu deveria ficar para sempre. Meus pais se conheceram quando tinham quinze anos e ainda estavam juntos. Eu sabia que isso poderia acontecer, e aconteceu com ela. Sempre seria ela. Eu iria para a faculdade em alguns meses, e ela estaria em casa, mas nós sobreviveríamos.

Inclinei-me, beijando-a suavemente.

— Eu amo você. Eu te amo muito, Jess.

Suas mãos subiram pelo meu peito, empurrando a jaqueta dos meus ombros para que ela caísse no chão.

— Me mostre.

Jack chuta meu pé por baixo da mesa.

— Você está bem aí?

— Sim, estou bem — digo, rapidamente. — Eu apenas... — Olho para Jess, que está olhando para mim, um leve rubor em suas bochechas.

— A casa de praia — comenta.

— A casa de praia.

Delia ou Jack limpa a garganta.

— Suponho que algo aconteceu na casa de praia? — A voz de Jack quebra o momento.

— Ah, sim, é onde Jess perdeu o selo para Grayson — Delia o informa, muito prestativa.

— Delia!

— O quê? Você perdeu. Por favor, toda a escola sabia disso. Vocês voltaram da praia sem bronzeado nenhum e com muitos sorrisos.

Jess abaixa a cabeça.

— Eu odeio essa cidade.

— Você odiava que todos nós soubéssemos, só isso. — Delia sorri.

— De qualquer forma, chega de falar da casa de praia...

Jack se inclina para trás, jogando o braço para trás de Delia.

— Todos nós deveríamos ir.

— O quê?

— Sim, não vamos há muito tempo, e tenho certeza que Melia adoraria uma viagem para a praia. Vai ser divertido. Você forçou Stella a trabalhar para que pudesse ter uma folga. Não há razão para não irmos todos juntos.

Delia olha para Jack e acena com a cabeça.

— Sim, será como nos velhos tempos. Nós quatro, curtindo o sol. Além disso, Jess está de folga neste fim de semana, então esta é realmente sua única chance de fazer algo divertido.

Uma sensação torturante percorre meu peito.

— Não sei...

— Por que não? Stella vai estar cuidando do trabalho, você não tem planos e o tempo vai estar bom.

Eu olho para Jack, querendo sufocá-lo.

— Não vai ser nada estranho, certo?

— Porra, não, não vai. Existem quatro quartos e muito espaço.

É isso, ele está morto. Não tenho certeza de como vou matá-lo, mas vai acontecer.

— Haverá cinco de nós.

— Você e Jess podem dividir um quarto.

Jessica cospe seu café, o enviando direto no rosto de Jack. Eu fico um pouco feliz com isso.

— Sinto muito — ela disse, tentando não sorrir ao lhe entregar um guardanapo. — Não acredito que fiz isso.

— Ele mereceu.

Delia mal consegue conter a risada.

— Jess e eu vamos dormir juntas, vai ficar tudo bem. Somos todos adultos e Jack tem razão, costumávamos fazer isso o tempo todo. Vamos, Gray, vai ser divertido.

Jess olha de volta para mim.

— Está tudo bem por mim se para você estiver — ela me assegura suavemente.

Não há como sair dessa sem parecer um idiota.

— Sim, você está certa. Vai ser ótimo.

Ou a porra de um pesadelo completo.

Capítulo 8

Jessica

— Você está pronta para isso? — Winnie pergunta, enquanto chegamos ao Park Inn para o meu primeiro dia.

— Estou.

— Tomou seus remédios?

Eu concordo.

— Sim, mãe.

— Por favor, você cuidou de mim como uma mãe durante toda a minha vida, é bom estar do outro lado, para variar.

Não tive escolha que não fosse ser mãe dela, porque a nossa estava trabalhando.

— Minha mãe disse alguma coisa sobre isso?

Winnie dá de ombros.

— Quem se importa com o que ela diz?

Descansando a cabeça para trás, eu gemo. Eu sabia que ela teria problemas com isso. Os Parkerson sempre foram legais com ela, mas tem sido difícil. Minha mãe já foi amiga de Eveline Parkerson. Elas estavam juntas na Associação de Pais e Professores e ambas ajudavam em eventos de caridade, mas então meu pai foi embora, mudando toda a nossa situação financeira. Não estávamos mais fazendo… bem… éramos pobres. Comprar coisas novas não era mais algo que discutíamos, e minha mãe não tinha tempo para almoços ou caridade. Ela tinha que trabalhar, alimentar suas filhas, e Eveline não se associava com "nossa espécie".

— Considerando que moro com ela, eu me importo.

— Você sempre pode vir ficar comigo.

Sim, isso não vai rolar.

— O dinheiro que estou dando à nossa mãe vai ajudá-la. Ela não aceitaria se eu não estivesse morando lá.

— Ok, eu poderia usar o seu dinheiro também — brinca Winnie.

— Você está indo muito bem.

Winnie conseguiu uma bolsa completa para a Universidade da Carolina do Norte. Ela saiu da faculdade com um emprego e trabalhou duro por tudo o que tinha. Estou incrivelmente orgulhosa do trabalho que ela faz como diretora do clube juvenil, porque está ajudando essas crianças de uma forma real, garantindo que tenham os recursos para crescer.

— Estou orgulhosa de você, Jess. Queria dizer isso antes de você entrar lá.

— Orgulhosa pelo quê?

— Você está saindo de casa novamente. Está trabalhando e indo para a terapia. Tudo isso são coisas boas porque, quando chegou aqui, você meio que se fechou. Estou orgulhosa de você por dar passos para viver novamente.

Pego a mão dela, apertando suavemente.

— É assustador.

— Tenho certeza de que é, mas você está fazendo isso.

— Obrigada pela carona.

Ela sorri.

— Obrigada pelas milhões de vezes que você me deu carona quando éramos mais novas. Se não fosse por você, Jess, eu não teria sido capaz de chegar onde estou.

Minha irmã era jogadora de softball em todos os estados. Ela era incrivelmente talentosa, e foi isso que lhe rendeu a bolsa de estudos, junto com suas notas máximas.

— Tudo bem. Acho que devo entrar.

Eu saio do carro, minhas pernas parecendo um pouco gelatinosas, mas permaneço ereta. Falei com a Dra. Warvel ontem à noite, e repassamos alguns passos a tomar se eu sentir uma dor de cabeça chegando. Tenho meu remédio e um plano — é tudo o que posso controlar.

Quando empurro as portas, Stella está lá, conversando com alguém. Ela me vê e corre.

— Jessica! Você está maravilhosa. Amei sua roupa.

Aliso minha saia-lápis e sorrio.

— Obrigada. Estou animada por estar aqui e começar.

— Me deixe mostrar a área de trabalho e apresentá-la a todos.

O pessoal é amigável. Há uma pessoa que está sempre na recepção, atendendo os telefones e fazendo o check-in das pessoas. Stella explica como eles têm outra pessoa que trabalha lá e é capaz de cobrir se houver algum problema. Meu trabalho será garantir que a recepção esteja funcionando bem, lidar com quaisquer surpresas, bem como me certificar de que os pedidos dos hóspedes sejam atendidos e executar relatórios de que Stella ou Grayson precisam em relação à ocupação.

— Você tem alguma pergunta?
— Acho que estou pronta, mas, se tiver problemas, a quem devo reportar?
— Grayson.

É com isso que eu estava preocupada.

— Ok.

Stella se encosta na mesa.

— Você sempre pode vir a mim, se preferir. Dividimos as tarefas aqui e ambos podemos cuidar de qualquer coisa, mas ele é muito melhor com o pessoal e o funcionamento do dia a dia do local. Eu faço muito mais do lado da recreação.

— Que significa?

Ela suspira.

— Garanto que haja entretenimento, deixando os convidados felizes. Então, é como se ele lidasse com a parte antes da viagem, o estoque do inventário, pessoal e material de manutenção, e eu trabalho durante a viagem, assim que eles chegam aqui.

— Posso ver como isso funciona — digo, com um sorriso. Stella é sociável, divertida e adora festas. Ela seria uma planejadora de eventos incrível. Grayson é organizado e gosta de ordem e disciplina.

— É uma sorte para mim que Grayson é quem queria ficar por aqui e não Oliver.

Falando de seu irmão gêmeo...

— Como está Oliver? Ele está gostando de onde quer que esteja agora?
— Sim. Não. Quero dizer, ele queria ir para a nova propriedade depois que ele e a namorada terminaram. Ficou em Sugarloaf, na Pensilvânia, por um tempo.

Mordo meu lábio, me perguntando se eu deveria compartilhar essa informação. Oliver é gêmeo de Stella, e eles são muito próximos. Pode ser de qualquer maneira, mas decido que é melhor colocar para fora.

— Na verdade, conheço alguém em Sugarloaf que conheceu Oliver.

— Você conhece?

Eu concordo.

— Ele estava com uma garota chamada Devney, certo?

— Sim! Como você sabe disso?

— Sou amiga de alguém que mora lá, e Oliver namorou agora a cunhada dele.

Stella agarra meus braços.

— Você conhece um Arrowood?

— Eu conheço.

— Ai, meu Deus! Isso mesmo! Ai! Meu! Deus! Você conhece Jacob! — Cada uma de suas palavras fica um pouco mais alta conforme sua excitação aumenta.

— Shh — peço, quando alguns convidados se viram para olhar para nós. — Jacob e eu estávamos naquele acidente de avião juntos.

— E Oliver namorou Devney, que eu *amava* pra caralho.

— Eu não a conheço, mas toda a família é superdoce e me ajudou muito.

Jacob tem boas pessoas em sua vida. Ele não é apenas um amigo incrível, mas também sua família fez muito para que eu me instalasse aqui. Brenna, sua namorada, me indicou a Dra. Warvel. Sydney, sua cunhada, conseguiu um advogado para ajudar gratuitamente com o lado jurídico de tentar obter um acordo para cobertura médica, pela qual a companhia aérea está brigando contra. E os outros enviaram cartões ou presentes para me agradecer. Eu apenas fiz meu trabalho, mas eles parecem pensar que foi mais.

— Sim, eu a conheci quando eles começaram a namorar, visitei algumas vezes. Os Arrowood ainda não estavam lá, acho. Fiquei arrasada quando eles se separaram, mas — sua voz cai para um sussurro — eu amo meu irmão e tudo, mas, se eu tivesse que escolher entre ele e Sean... não há escolha.

— Eu não sei se alguma mulher o rejeitaria.

— Certo? — Stella suspira dramaticamente. — Eu só amava beisebol por causa dele.

— Você gosta de esportes?

Seu rosto se enruga.

— Não. Eu simplesmente gosto *dele* no esporte. Há algo sobre bumbuns em um uniforme de beisebol. — Ela empurra a borda da mesa. — De qualquer forma, seu escritório é aqui atrás, vou mostrar a você e prepará-lo.

Sei que é muita coisa para absorver, então eu gostaria que você aproveitasse esta semana para se ajustar e se adaptar com a equipe e a pousada. Então trabalharemos com números e outras coisas assim que aumentarmos suas horas na próxima semana.

— Ok.

— Como está a sua cabeça? — uma voz profunda interrompe a conversa, fazendo com que nossas cabeças se virem para o lado.

— Grayson? O que diabos você está fazendo aqui? — Stella pergunta.

— Eu trabalho aqui.

— É o seu dia de folga — pontua, com a cabeça inclinada para o lado. Seus olhos se estreitam ligeiramente.

— É amanhã.

— Não, eu tenho tipo, cem por cento de certeza que é hoje, já que você esteve de folga todos os domingos e segundas desde que começamos a trabalhar juntos.

— Eu não sabia que era segunda-feira — diz ele, lançando um olhar penetrante para a irmã.

Ela cruza os braços e levanta uma sobrancelha.

— Sério? Que engraçado.

A atenção de Grayson se volta para mim.

— Como está a sua cabeça?

— Está bem.

— Sem dores?

É a minha vez de ficar irritada.

— Estou ótima, mas obrigada por se preocupar, *chefe*.

Eu posso ver que chamá-lo assim o incomoda.

— Estou apenas tendo certeza.

Stella dá um passo na direção dele.

— Por que você está aqui?

— Eu precisava dar uma olhada na cabana, então deixei Melia na casa da mamãe por algumas horas. Achei melhor verificar como tudo estava indo.

— Certo. Bem, isso foi muito legal da sua parte… desnecessário, mas legal.

Os olhos de Grayson encontram os meus e meu pulso acelera. Por quê? Por que me sinto assim quando ele olha para mim? Não somos mais nada e não vou ficar aqui. No minuto que eu puder viajar, dirigir, me mover, estarei fora desse lugar. Não quero meu coração estúpido sendo amarrado ao dele novamente. Não é bom para nenhum de nós.

A mão de Stella bate no meu antebraço.

— Vamos, podemos ir ver alguns dos quartos, cada um tem um tema diferente agora. Muita coisa mudou desde que éramos crianças.

Reprimo os sentimentos em relação a Grayson e penso sobre o trabalho. Estou aqui por um emprego que me deu um propósito e quero manter isso.

Nós passamos por ele, e seus dedos roçam os meus. O momento, que é tão pequeno e aparentemente insignificante, de alguma forma não se parece assim. É como se meu coração soubesse que esse homem é o que preciso e não há como voltar atrás. Minha garganta está seca e me sinto desequilibrada. Foi apenas uma fração de segundo, mas parecia que uma vida inteira se passou entre nós.

Quando saímos da sala, me volto para ele e, quando ele flexiona a mão, me pergunto, o que diabos vou fazer sobre isso?

Dra. Warvel está extremamente observadora hoje. Não que ela normalmente não esteja, mas há algo que me deixa nervosa no jeito que ela está me olhando. É como se pudesse ver coisas que não quero que veja, e não gosto disso.

— E como é trabalhar com Grayson, já que faz cerca de três dias agora?

— É bom. Eu disse que não era grande coisa quando aceitei o trabalho.

Sua cabeça balança.

— Eu sei disso, mas é uma coisa completamente diferente quando de fato acontece.

— Eu só o vi no primeiro dia.

— Ele não está trabalhando?

Ah, ele está trabalhando. Acabou ficando muito bom em evitar onde estou.

— Não nos cruzamos com muita frequência.

Ela escreve algo, e quero estender a mão por cima da mesa de centro e pegar seu caderno.

— O que você está escrevendo?

— Apenas notas e coisas que eu quero lembrar. Não é nada ruim.

— Sinto que Grayson é algo importante para você por algum motivo.

Dra. Warvel abaixa o bloco de notas antes de se sentar um pouco mais alto.

— Eu acho que ele é importante para você, Jessica. Há uma razão pela qual o mencionei, e quanto mais dançarmos em torno do assunto, conseguiremos pouco nessas sessões.

Minha respiração sai do meu peito com pressa.

— Eu não sei o que você quer dizer.

— Vamos voltar ao acidente.

— Eu não quero.

— Eu sei, mas acho que é importante. Especialmente antes de você sair para a viagem neste fim de semana, que é outra coisa que devemos discutir.

— Eu vou com Delia.

Ela levanta a sobrancelha.

— E quem mais?

— Gray e Jack estarão lá, mas não há nada a fazer. São apenas amigos, e sua filha estará lá.

— O acidente, Jessica. O que você escreveu sobre seus pensamentos a respeito de Grayson?

Grayson Parkerson é meu único arrependimento na vida. Eu o amava muito e o deixei. Agora vou morrer e ele nunca saberá.

Lamento ter lido aquela porra no caderno para ela mais do que qualquer coisa.

— Sim, naquele momento, eu tinha arrependimentos em torno dele, mas... não é assim agora.

— Por quê? O que mudou?

Eu bufo.

— Há... a... Eu sei o que... sofá... — Puta que pariu. Já se passaram dois dias desde a minha última gagueira assim, mas aqui estou eu, atrapalhada de novo.

Em vez de seu método normal de tentar me acalmar, ela apenas espera e eu conto, respiro e fecho os olhos. Eu estou bem. Posso fazer isso. Só preciso relaxar e não me incomodar. Após alguns minutos respirando fundo, abro os olhos.

— Isso foi muito bom — elogia ela.

— Nada mudou.

Seus lábios são suaves e há um pouco de simpatia em seus olhos.

— Não, nada mudou além do fato de que você está aqui e pode

Retorne para nós dois 75

enfrentar isso. Quando somos forçados a lidar com um evento que altera a nossa vida, as coisas às vezes se tornam claras ou turvas. Como você está preparada para lidar com seus pesadelos durante a viagem?

Essa é a parte que tem sido um problema. Delia sabe sobre eles, e quando seríamos nós e a Stella, eu estava bem com isso. Se elas me ouvissem gritar, não seria um problema, mas com Grayson e Jack, não sei o que fazer.

— Estou esperando que eu simplesmente não vá dormir. Talvez eu possa tirar uma soneca durante o dia.

Os lábios da Dra. Warvel baixam.

— Jessica, isso não é um plano.

— É o melhor que tenho.

— Ok, e se você fosse honesta e contasse a eles sobre os sonhos? Tenho certeza que qualquer pessoa nesse grupo entenderia, já que não é uma ocorrência incomum após um trauma.

Tenho certeza de que isso é verdade, e não acho que alguém desse grupo jamais me julgaria por isso.

— Já expus minha fraqueza ao falar, quero torcer para que talvez meus sonhos não sejam tão ruins.

— Eles diminuíram?

Solto um suspiro pesado.

— Em algumas formas. Não estou acordando todas as noites suando frio. Na noite passada, sei que sonhei, mas não me lembro do pânico.

Ela sorri, a esperança iluminando seu rosto.

— Isso é maravilhoso. É um bom sinal.

— Eu ainda sinto.

— Mas não na extensão que sentia antes, isso é uma coisa boa. Enfrentando isso, você foi capaz de começar a lidar com o pânico, e é por isso que continuo te pressionando em outras coisas. Olha, você pode ter superado Grayson completamente e foi uma pequena parte do seu subconsciente pregando uma peça em você ou você ainda se arrepende. Só você sabe o que é. No entanto, a única coisa que não vou te deixar fazer é mentir para si mesma sobre como se sente, e até que enfrente isso e realmente cave fundo, você não pode responder com honestidade.

Murcho em meu lugar, sentindo um milhão de coisas ao mesmo tempo. Eu não quero lidar com isso. Não quero me importar ou amar ou sentir falta dele.

— Não somos as mesmas pessoas, e o menino que eu amava se foi.

Viro minha cabeça para olhar para ela.

— Não, e a garota que ele amava também não é a mesma. Isso não significa que você ainda não tenha sentimentos. Considerando o fato de que o nome dele apareceu muito aqui, em seu diário de sonhos, acho que é algo que você vai ter que pensar.

Ela está certa. Sei que está certa. Quando o vejo, quando estou perto dele, é como se algo dentro de mim estivesse tentando sair. Grayson é o cara para mim. Ele é a pessoa com quem fiz esses planos, sonhos e esperanças. Ele era mais do que apenas meu primeiro amor, pelo menos eu pensei que fosse, mas o medo se tornou algo muito mais forte do que o amor.

— Grayson me assusta — digo a ela. — Meu coração sempre foi dele. Nunca fui capaz de dar meu coração a outra pessoa, porque ninguém era tão bom quanto ele. Eu estava tão... triste quando terminei o namoro.

— Então por que você terminou o namoro?

Fico lá parada, tentando ter certeza de que as palavras não se misturem na minha cabeça.

— Porque perdê-lo nos meus termos era melhor do que perdê-lo de qualquer outra maneira.

Dra. Warvel se inclina para frente.

— E se você nunca o perdeu, Jessica? E se ele estivesse aqui esperando e seu coração soubesse disso?

Capítulo 9

Grayson

Eu sou um idiota por vir aqui. Jack sabia exatamente como seria estar nesta casa de praia com Jessica, e o idiota me puxou para isso.

— Papai, podemos ir para o mar? — Amelia pergunta, enquanto a desamarro de sua cadeirinha.

— Podemos ir amanhã, mas hoje, temos que abrir a casa.

— O que isso significa?

— Isso significa que temos que limpar a casa e deixá-la pronta para todos os nossos amigos que estão vindo.

O sorriso de Melia é largo.

— O tio Jack está vindo?

— Está. — Eu me agacho para ficarmos da mesma altura. — Além disso, duas amigas chamadas Delia e Jessica estão vindo. Você se lembra na loja quando ajudei minha amiga que estava doente?

Ela acena com entusiasmo.

— O nome dela é Jessica.

— Ela é sua namorada?

— Não, mas ela foi há muito, muito tempo.

Não tenho certeza de como diabos conduzir essa conversa, mas acho que a honestidade é uma coisa boa. Nunca seremos mais do que amigos, e Amelia às vezes é muito inteligente para seu próprio bem.

— E Delia?

Agora isso é engraçado.

— Não, Delia está apaixonada por outra pessoa. Somos todos apenas amigos. — Essa outra pessoa sendo meu irmão mais velho.

Meu telefone toca e tenho que rir quando o nome de Josh pisca na tela.

— E aí, irmão mais velho?

— Nada demais. Só estou checando para ver como as coisas estão.

— Quem é? — Amelia pergunta.

— Tio Josh.

— É minha princesinha? — A voz de Josh é alta o suficiente para que ela possa ouvir.

— Sou eu! Sou eu!

Eu rio quando o telefone apita para mudar para uma videochamada. Assim que aceito, a cara feia do meu irmão preenche a tela.

— Tio Josh! Eu senti muito sua falta. — Amelia pega o telefone e faz seu melhor beicinho.

— Eu também sinto sua falta, princesa. Estava pensando em visitar você em algumas semanas. Você tem planos?

Ela balança a cabeça.

— Não. Nós estamos na praia.

— Ah, é?

Puxo Amelia em meus braços para que eu possa ver também. — Descemos para a casa de Cape.

Josh sorri.

— Legal. Aposto que vocês dois terão um ótimo fim de semana.

— Os amigos do papai estão vindo.

— Ah, é? Quem?

Amelia responde antes que eu possa.

— Tio Jack está vindo e também a namorada do papai.

— Eu disse que ela não é minha namorada, Melia.

O queixo do meu irmão cai antes de seus lábios se esticarem em um sorriso de merda.

— Ah, é? Namorada. Qual é o nome dela, Melia?

— Jessica.

Os olhos de Josh se arregalam e não há nada que eu possa dizer agora.

— Jessica tipo, Jessica Walker?

— A própria. Mas, como eu disse, ela é uma amiga e está machucada, então ela está em Willow Creek até se recuperar.

— Ou ela está de volta — Josh acrescenta, de forma muito inútil.

— Posso ver a areia, papai? — Amelia pergunta, e a coloco no chão.

— Apenas fique perto da varanda.

Ela foge, me deixando preso na videochamada com meu irmão. Sim, isso vai ser ótimo.

— Não há nada acontecendo — afirmo, antes que ele possa dizer qualquer coisa.

Joshua não parece convencido. Vejo os pensamentos girarem em sua cabeça e incliná-la para o lado.

— Certo.

— Não há.

Josh sorri.

— Não. Nada. É apenas uma viagem para a praia, certo?

Olho para meu irmão mais velho, sabendo que esse comportamento leve de merda é apenas isso... merda. Ele não acredita em mim ou em uma palavra que eu digo.

— É apenas uma viagem para a praia, Josh.

Ele franze os lábios e sei que isso vai acontecer. Ele está oscilando sobre a necessidade de estar certo e me avisar.

— Parece que vai ser bom para vocês todos fugirem um pouco. Essa casa é um lugar especial, onde as coisas acontecem para você.

Eu posso matá-lo. Gemo, precisando que isso acabe para que eu possa provar meu ponto.

— Basta dizer.

— Não tenho nada a dizer além de que, de verdade, gosto de Jess, sempre gostei. Papai e mamãe não ficarão felizes, mas, novamente, quem se importa com o que eles pensam?

— Não há nada para pensar porque somos apenas amigos... mais ou menos. Não sei o que somos, ex-amantes civilizados?

Ele ri disso.

— Que estão por acaso de férias na praia. Sim, o que poderia acontecer?

— De qualquer forma, você não ligou para saber sobre isso, ligou?

— O pai ligou para você?

Meu pai me ligou seis vezes e ignorei todas elas. Prefiro me comunicar com ele por e-mail para ter um registro do que foi dito.

— Eu não atendi.

Todos nós temos um relacionamento muito complicado com nossos pais. Josh, no entanto, odeia o homem. Ele não quer nada com ele e tem tentado comprar a parte do nosso pai na pousada que Josh administra, mas meu pai nem mesmo aceita. Há algo acontecendo que Josh não quer nos contar e que o deixa tão inflexível sobre precisar largar os negócios da família.

Aos vinte e cinco anos, cada um de nós foi presenteado com ações da empresa. Temos o suficiente para opinar, mas não o suficiente para realmente substituí-lo. A cada ano, ele nos dá mais uma fatia, mas sempre com o cuidado de manter o equilíbrio a seu favor. No entanto, nós cinco, juntos, possuímos 49% da empresa. É o suficiente para fazê-lo suar.

— Eu também não. Só queria ver se você sabia o que ele queria.

— Tenho certeza que, quando eu voltar para Willow Creek, a mãe vai me dizer.

Ele ri uma vez.

— Se tiver alguma coisa a ver com ele, ela não vai.

— Você está certo. Ei, escute, preciso abrir a casa antes que Jack e as meninas cheguem aqui. Falo com você depois.

— Tudo bem. Seja inteligente e use camisinha. Você não precisa de outra criança. — Ele desliga antes que eu possa dizer qualquer coisa.

Vou para a varanda da frente e vejo Melia sentada na areia, seu cabelo castanho esvoaçando suavemente no ar salgado. Ele pode estar certo de que não preciso de outro filho, mas estou feliz por ter essa. Yvonne me deu algo que ela nunca conhecerá a verdadeira alegria.

— Pronta para ajudar? — pergunto, a fazendo pular.

— Ok!

Entramos na casa, que está vazia há meses. Nunca foi assim quando eu era criança, porque sempre vínhamos aqui, nós cinco correndo como loucos, brincando na piscina ou no mar. Então, à medida que envelhecemos, paramos de vir. As viagens aqui eram então apenas com minha mãe. Meu pai saía muito, ela estava sozinha e foi quando começamos a perceber o quão fodido era o relacionamento de nossos pais.

Amelia e eu nos movemos de cômodo em cômodo, tirando os lençóis, abrindo as janelas e limpando um pouco o lugar. Ela ria enquanto a perseguia com o lençol, a cobrindo e a girando.

Quando a viro pela última vez, Jessica está lá, nos observando girar. Seu sorriso é brilhante quando se encosta no batente da porta.

— Oi.

Pego o lençol de Amelia, que está se contorcendo.

— Ei.

Amelia olha para cima.

— Eu sou Amelia Jane Parkerson. Você é Delia ou Jessica?

Jess se aproxima.

— Eu sou Jessica. É muito bom conhecer você, Amelia.

— Você era a namorada do papai.

Os olhos de Jessica se movem para os meus rapidamente e eu rio.

— Eu disse a Amelia que éramos amigos e ela achou que isso significava outra coisa, o que me levou a ter que explicar.

Ela concorda.

— Ahh, entendi. Bem, há muito tempo eu era.

— Ele não tem namorada agora — explica Amelia.

— Isso é muito ruim, porque seu pai é um cara muito legal.

Amelia sorri.

— Ele é o melhor. Ele salva pessoas.

— Ele com certeza salva. — Ela limpa a garganta e então volta sua atenção para Amelia. — Este é o seu quarto?

— Espero que sim. É rosa, é bonito e eu adoro.

Eu a coloco no chão depois de dar um beijo rápido em seu nariz.

— Você pode ficar aqui se quiser.

— Yay!

— É Melia que estou escutando? — Jack chama do corredor, e antes que eu possa me virar, Amelia está correndo para fora.

— Ela ama o Jack — justifico.

— A maioria ama. Ele é como uma criança gigante.

Ela está definitivamente certa sobre isso. Ele também vai pagar por este fim de semana de várias maneiras. Depois de um momento, Jessica fica de pé e começa a se mover pela sala.

— Deus, faz tanto tempo que não venho aqui.

— Você não viajou para a praia? — pergunto.

— Sim, mas não esta praia.

Eu também não. Já se passaram quase quinze anos desde que pus os pés aqui. Depois que terminamos, tentei, mas as memórias estavam por toda parte. Meus irmãos vinham e eu dava algum motivo para evitar. Na maioria das vezes, a desculpa era válida, mas a verdade é que era muito difícil.

— Por que não? Esta casa é…

— Nossa. — A palavra escapou, mas eu deveria ter mantido minha maldita boca fechada. Só que estar aqui, neste lugar para onde fugíamos quando a vida era demais, está me fazendo lembrar.

Jessica me encara, seu peito subindo e descendo em um ritmo constante.

— Eu ia dizer especial.

— É especial.

— Gray…

Amelia entra correndo, segurando a mão de Jack e puxando-o junto.

— Ei, vocês dois.

— Tio Jack, este é o meu quarto.

Ele sorri para sua afilhada.

— É muito impressionante. Mas eu queria o quarto rosa.

Ela ri.

— Não, bobo, você pode dormir no quarto com os beliches.

— Beliches? — Jack parece ofendido. — Quem vai dormir no beliche de baixo?

— Papai!

— Você tem tudo planejado, hein? — pergunto a ela.

Ela acena com a cabeça uma vez, caminha até Jessica e a direciona para a cama.

— Você e o tio Jack podem dormir nos beliches e, assim, a senhorita Jessica e a senhorita Delia ficarão em seus próprios quartos. É o que os meninos devem fazer.

Jess sorri, olhando para minha filha.

— Acho que é uma ótima ideia. Você é uma menina muito inteligente.

— Eu sei. Meu pai diz que sou como a tia Stella.

Uma risada escapa de seus lábios.

— Então você vai dar uma trabalheira.

— O que significa uma trabalheira?

— Significa que você é perfeita e vai tornar a vida muito divertida para o seu pai — explica Jessica.

— Gosto de você.

— Eu também gosto de você.

Amelia se vira para mim.

— Você pode se casar com ela, papai.

Quase engasgo enquanto Jack começa a rir e os olhos de Jess se arregalam.

— Eu não… ela tem essas… — procuro as palavras e depois desisto. — Ninguém vai se casar. Vamos arrumar a casa para podermos nadar, o que acha?

Ela pula da cama e coloca a sua mão na de Jessica.

— Vamos, Srta. Jessica, vou lhe mostrar a casa.

Jessica conhece esta casa melhor do que ninguém. Amelia nunca esteve aqui, mas Jess vai junto, deixando minha filha puxá-la. Jack põe a mão no meu ombro.

— Você está tão fodido, meu amigo. Tão fodido.

Sim, não me diga. Minha filha decidiu que posso me casar com a garota que sempre desejei ter.

Capítulo 10

Jessica

Amelia é a criança mais linda e precoce que já conheci. Ela adora conversar e explorar. Ela também se agarrou a mim. Estamos construindo uma casa de areia porque os castelos são para criancinhas, e ela definitivamente não é pequena.

— E papai disse que ter um príncipe resgatando você é apenas um conto de fadas.

Parece um bom conselho.

— Entendo, mas seu papai resgata pessoas, certo?

Ela franze os lábios, olhando para onde Grayson está parado com os pés na água.

— Sim, mas isso é uma emergência.

— Totalmente diferente — concordo.

— Mas eu não quero um príncipe, vou me casar com o tio Jack ou com o tio Oliver.

— Eles são um pouco velhos para você, não acha?

Amelia encolhe os ombros.

— Tio Oliver tem a mesma idade que a tia Stella.

— Sim, é verdade, mas talvez você conheça um garoto da sua idade.

Sua cabeça se inclina para o lado enquanto ela me olha.

— Papai tem sua idade?

— Ele é dois anos mais velho do que eu. Nós nos conhecemos quando ele estava no terceiro ano do ensino médio e eu no primeiro ano.

— Tio Oliver é muito mais velho.

Eu rio suavemente.

— Sim, e o tio Jack é ainda mais velho do que ele.

Ela parece concordar e voltamos a esculpir a casa de areia. Ela é tão parecida com o pai que é uma loucura. Ele sempre soube o que queria e como conseguir. Amelia é quase da mesma maneira. A casa inteira já está desenhada em sua cabeça, todas as peças se encaixando do jeito certo.

— Você conheceu minha mãe?

Meu coração dá um salto e nego com a cabeça.

— Eu não a conheci.

— O nome dela é Yvonne, e ela é uma cantora de ópera em Paris.

Eu realmente quero sair desse tópico.

— Você já esteve em Paris?

Amelia suspira dramaticamente.

— Não, e eu nunca vou. Bem, não até que eu seja muito mais velha e possa ir sozinha.

— Não?

Isso é estranho. Por que ela não iria ver sua mãe?

— Yvonne não queria filhos, então ela me deu ao papai.

Minhas mãos param de se mover. Meu Deus. Quem poderia não querer essa menina? Eu mudo minha expressão, me certificando de não revelar nada porque não sei nada além do que uma criança de quatro anos está me dizendo.

— Você tem muita sorte de ter um pai tão bom.

— Ele é minha pessoa favorita. Eu me casaria com ele, mas ele diz que é ilegal e eu não teria uma mãe se ele casar comigo.

Tento não rir, mas sua lógica é tão inocente e doce.

Ela olha para o pai e, embora esteja de costas para nós, há uma sensação de proteção emanando dele. Grayson sempre teve esse senso de dever e devoção para com aqueles que precisavam. Quando estávamos na escola, ele se oferecia todas as semanas para trabalhar com crianças com deficiência. Formou uma equipe inteira de atletas que doaram seu tempo para ajudar aqueles que não podiam jogar competitivamente.

Ele disse que era injusto que eles tivessem que ficar de fora por causa de algo que não podiam controlar. Queria dar a eles a experiência de ouvir a multidão torcendo por eles e a emoção de praticar um esporte.

Amelia volta para sua tarefa, mas então franze a testa e pergunta:

— Jessica? Você pode colocar mais areia aqui? — Quando pego o balde, ela me para. — Tem que ser areia muito úmida do mar.

— Ok — digo, com um sorriso. — Vou pegar a areia bem molhada.

Caminho até Grayson, que está apenas olhando para a extensão do oceano.

— Se divertindo?

Eu me curvo, colocando a areia no balde.

— Estou. Sua filha é realmente maravilhosa.

Ele olha para ela.

— Não sei o que faria sem ela. — Há tantas perguntas que quero fazer sobre sua mãe, mas não tenho certeza se estamos nesse ponto em nossa nova amizade. — O que fez você se aventurar no mar? — ele pergunta. — Se bem me lembro, você não gosta da água *do* mar.

Eu me levanto e me viro para encará-lo.

— Eu não, não posso ver seus pés. — Estremeço. Não suporto não ver o que está se escondendo ao meu redor. — Ela me deu instruções muito específicas sobre o tipo de areia que quer, então estou aqui para cumprir suas ordens.

Ele sorri.

— Ela é muito exigente ao executar uma tarefa.

— Muito parecida com o pai.

— Gosto de fazer bem as coisas — diz ele, divertido.

— Você é um mestre nisso.

— Nós também nos divertimos. Nem sempre foram apenas tarefas.

Meus olhos se arregalam e balanço a cabeça.

— Você *não* era divertido. Você era um pé no saco ao exigir que fizéssemos do seu jeito, porque era a única maneira correta de fazer.

— Você está me fazendo parecer um ditador. — A voz de Grayson está cheia de indignação fingida.

Cruzo os braços e dou a ele um sorriso irônico.

— Você era.

— Isso não é verdade, e você estava apenas sendo um bebê que não gostava de seguir instruções perfeitamente normais.

Ele é louco e está completamente errado.

— Você fez Kate Murphy chorar porque ela não usou a tinta certa na pedra principal.

Ele bufa e imita minha pose.

— Estava tudo planejado, a maldita pintura estava numerada. Se ela apenas tivesse seguido o que eu...

— O que você disse? — termino por ele.

— Ela deu uma de rebelde. Eu lidei com ela.

Nós dois começamos a rir e descubro que estamos de alguma forma mais perto do que estávamos um momento atrás.

CORINNE MICHAELS

— Essa não foi a única vez.

Os lábios de Gray se transformam em uma linha reta.

— Você está exagerando.

Parece que ele precisa ser lembrado um pouco mais.

— E quando Stephen Dettler vetou sua pegadinha de veterano?

— Ele era um idiota e, novamente, eu estava mostrando a ele o erro que iria acontecer.

— Não estou negando isso, mas você não estava muito feliz.

Ele se aproxima um pouco mais.

— Você estava lá para me acalmar.

— Eu fazia muito isso — acrescento, o cutucando de brincadeira.

— Você tornou as coisas melhores.

— Você também — admito, minha voz quase um sussurro.

Houve muitas noites em que eu escapava e encontrava Grayson no mirante. Ele estava aninhado na floresta entre nossas casas, onde os ricos encontravam os pobres e nós estávamos no meio. Não havia casas ao redor, e isso nos deu uma visão do mundo que não podia nos ver. Éramos iguais lá e podíamos ver as estrelas que pareciam tão próximas que dava para simplesmente estender a mão e agarrá-las.

Grayson ia lá quando precisava ser ele mesmo, e eu ia quando precisava escapar da minha família.

Éramos apenas duas crianças que precisavam um do outro.

— Jessica! — Amelia grita, me fazendo virar.

— Já vou — digo, acenando.

O momento em que estávamos compartilhando parece ter passado, e eu gostaria de ter sido corajosa antes e lhe contar a verdade.

Mas não vai mudar nada.

Grayson e eu sempre seremos o passado, e isso é parte do que estou lamentando. A garota que tinha grandes sonhos e amava o céu antes de tudo desabar.

— Eu devo ir. — Minha voz falha um pouco.

Ele concorda.

— Ela gosta de você.

— Eu gosto dela também. Ela é ótima e estou feliz por você, Gray. Estou feliz que você a tenha e ela tenha você.

Grayson estende a mão e pega uma mecha de cabelo que caiu no meu rosto, colocando-a atrás da minha orelha.

— E quanto a você, Jess? Você está feliz com a forma como as coisas acabaram?

Não. Nem um pouco. Sinto sua falta e odeio isso. Pensei em você quando achei que estava morrendo.

— As coisas estão como eu esperava — minto, não querendo tornar as coisas estranhas para nós.

— Que bom. É melhor você voltar com a areia muito molhada porque Melia está de olho em nós, e isso nunca é uma coisa boa.

Eu me viro para ela, minhas pernas parecendo instáveis enquanto me afasto dele. Luto para não olhar, para ver se ele está me observando, e mantenho meu foco para frente porque não importa o quanto eu quero poder voltar, eu não posso. Preciso me lembrar disso.

— Amelia está dormindo? — Delia pergunta a Grayson, de onde ela está aninhada com Jack no sofá. O braço dele envolve seus ombros e ela descansa a cabeça em seu peito.

Os dois me confundem. Nenhum dos dois sente nada pelo outro além da amizade, mas você poderia jurar que eles tinham algo mais. Ele diz que Delia é apenas uma garota de quem gosta de estar por perto e que não há nada além de uma sensação de conforto. Sempre houve algo sobre ele, porém, algo que diz que há alguém por quem ele não está disposto a admitir sentimentos.

Mas, novamente, isso foi há muito tempo, e não conheço esse novo Jack muito bem.

Grayson olha para eles e depois para o único lugar que pode sentar — ao meu lado. Ele concorda.

— Ela capotou. Teve um dia agitado.

Jack ri.

— Sim, a brisa do mar e a construção de uma vila inteira de castelos e casas de areia fazem isso.

— Nós nos saímos muito bem, obrigada — interrompo.

— Saíram mesmo. Estou impressionado.

— Você apenas executou a visão dela.

Delia suspira profundamente.

— Eu amo crianças. Realmente pensei que estaríamos todos casados e fazendo bebês agora.

Jack estremece.

— Eu não.

— Por favor, era você quem queria se casar ainda mais do que aqueles dois. — Delia aponta para mim e Grayson.

Endireitei-me.

— Grayson e eu não planejávamos nos casar.

— Não?

Eu me viro para ele.

— Quando planejamos?

— Não sei... nas dez mil vezes que falamos sobre a vida?

— Aquilo eram apenas sonhos, não planos.

Os olhos de Grayson escurecem, e ele cerra os punhos antes de liberá-los.

— Certo. Acho que estava enganado.

Jack se senta, forçando Delia a fazer o mesmo.

— E eu pensei que vocês tinham superado tudo. Sabe, e que essa merda toda estava no passado.

— Está — Grayson garante, com um tom cortante.

— Claro, parece totalmente assim — Delia acrescenta. Eu me viro para minha melhor amiga, um pouco irritada por ela estar encorajando o assunto. — O quê?

Jack se levanta, oferecendo a mão a ela.

— Por que não vamos dar um passeio, Deals?

Ela o segue, se voltando para mim e murmurando: "desculpe".

Excelente. Agora estamos sozinhos nesta casa com sua filha dormindo no quarto ao lado, nós dois nervosos depois do que Jack disse. O que poderia dar errado?

Uma vez que eles vão embora, eu me viro para Gray, querendo suavizar a situação. Hoje foi um dia ótimo. Eu me diverti muito, e não acho que minhas palavras ficaram embaralhadas nenhuma vez. Foi o melhor que já me senti no último mês e meio, desde a queda.

— Sinto muito. Não tive a intenção de minimizar nada que compartilhamos.

Ele suspira.

— Você não minimizou. É apenas esta casa.

Eu entendo isso mais do que tudo. Está cheio de nós, a parte boa e a ruim, e provavelmente é por isso que não estive no quarto que recebi. O quarto principal é exatamente como me lembro.

Retorne para nós dois

Ao abrir a porta, senti como se tivesse levado uma pancada no peito e isso impossibilitou que eu desse um passo para dentro.

Então, minhas malas ficaram logo ao lado da porta. Sou tão covarde que me troquei no banheiro no final do corredor.

Não quero ter medo, mas não sei se posso contar tudo a ele, então começo onde me parece mais seguro.

— Mesmo quando esquecemos as coisas ou nos obrigamos a tentar, é como se o mundo nunca fosse realmente liberar. Depois que terminamos, houve momentos em que eu ouvia uma música e voltava para um momento que compartilhamos. Ou eu ouvia uma risada e jurava que era você.

— Você queria que fosse?

Engulo em seco e olho para longe.

— Às vezes eu... Fiquei triste quando acabou.

Grayson se move para que sua mão repouse na minha coxa.

— Responda a pergunta, Jess. Você queria que fosse eu?

O calor de seu toque, a maneira como sinto isso na minha alma, torna difícil pensar. Meu cérebro está confuso, posso sentir as palavras.

— Você. Nós. Pular.

Ele toca meu queixo, o virando suavemente em sua direção. Posso ver as perguntas nadando naqueles olhos azuis. Eu reconheceria essa cor única em qualquer lugar. Se eu fechasse os olhos, seria capaz de desenhá-los perfeitamente. O azul profundo no centro que fica mais claro à medida que avança, e as manchas verdes que se desgastam nas bordas. Tão perfeitamente ele.

— Pare um segundo. Respire — orienta.

Eu faço. Concentro-me, permitindo que os pensamentos se formem de forma mais concreta. Meus cílios levantam, e seu rosto está tão perto que faz meu peito doer. Em vez de falar, nos movemos ao mesmo tempo, e seus lábios estão nos meus ou os meus estão nos dele.

O passado flui ao nosso redor, nos envolvendo nesta casa onde fizemos amor mais vezes do que posso contar. Sinto isso se movendo entre cada respiração, me lembrando de tudo o que éramos — as promessas, as esperanças, os sonhos. Este beijo é diferente dos que vieram antes dele. É mais áspero, urgente e exigente. Sinto a busca por perguntas enquanto sua língua toca a minha.

Deus, é diferente e ainda assim o mesmo.

Ele ainda é Grayson. *Meu* Grayson. O menino que roubou meu coração e me deu esperança de que talvez nem todos os homens fossem como meu pai. Foi uma época em que éramos mais que dois adolescentes, crescemos juntos, nos encontramos e então me libertei.

Meus lábios se separam, virando minha cabeça enquanto procuro por ar.

— Jessica...

— Por favor — digo, porque não posso conseguir nada mais do que isso.

Ele se afasta um pouco, permitindo a distância necessária. Mantenho meu olhar baixo, sabendo que, se eu olhar para ele, vou me perder novamente.

— Eu não posso te beijar — declaro.

— Ok.

— Porque eu gosto de você. Sempre gostei de você. E sempre irei.

— E é por isso que você não pode me beijar?

Aperto minhas mãos, as torcendo e tentando explicar.

— Não posso te beijar porque não posso ser quem eu era antes.

Grayson se move, sentando na mesa na minha frente.

— Não sei o que foi isso, Jess, mas não me arrependo de ter beijado você.

Eu olho para ele, me arrependendo instantaneamente.

— Eu beijei você.

Ele ri.

— Tem certeza?

Eu sorrio.

— Tudo bem, nós nos beijamos.

— Olha, a gente está nessa casa, falando sobre merdas antigas, foi apenas nostalgia. Eu prometo que não vou te deixar me beijar mais.

— Bem, isso é reconfortante.

Eu me inclino para frente e Grayson pega minhas mãos nas dele.

— Eu alguma vez quebrei uma promessa a você?

— Nenhuma vez.

— Ótimo, então ficaremos bem.

Sim, completamente bem. Eu não vou beijá-lo. Ele não vai me beijar. E, em algumas semanas, encontrarei uma maneira de sair desta cidade e seguir em frente como antes.

Capítulo 11

Jessica

Meu coração está batendo forte e posso sentir o suor escorrendo pelo meu rosto ao me debater de um lado para o outro.

Está acontecendo. Não, eu não posso fazer isso.

Acorde, acorde, acorde!

Grito comigo mesma, sabendo como isso acaba. Isso nunca vai parar e não quero sentir de novo. Não quero viver isso agora, nesta casa, nesta cama.

Os sons começam primeiro, enchendo meus ouvidos com o arranhar inconfundível de galhos contra o casco do avião. O som de vidro quebrando e o gemido do metal dobrando. Os pilotos gritam e dão ordens. Elliot está nos dizendo que está chegando e para estarmos prontos.

Jacob Arrowood, o amigo mais improvável que já fiz, apavorado, mas fazendo um bom trabalho em esconder isso. Assim como eu. Mas, Deus, fingir é uma coisa difícil quando também sei, muito provavelmente, que não sobreviveremos. Ninguém sobrevive a um acidente de avião.

O medo que estou trabalhando tanto para derrubar está subindo pela minha garganta, me fazendo querer gritar porque vou morrer. Todas as coisas que eu nunca disse e nunca direi, porque acaba aqui. Há uma razão para eles nos treinarem, mas poucos vivem para explicar como realmente funciona.

Posso ouvir mais barulhos de batidas. Mantenho meus olhos em Jacob e me forço a fazer meu trabalho.

Com uma voz estrangulada, digo a ele as últimas palavras que tenho:
— *Segure, segure, segure.*

— Jessica, Jess, acorde. — Ouço a voz de Grayson ao meu lado. Sinto suas mãos sacudindo meus ombros. — Jess.

Meus olhos se abrem e as lágrimas inundam minha visão. Deus, isso aconteceu de novo. E foi ruim. Eu estava lá, à beira de estar acordada, mas não conseguia parar. Devo ter gritado alto o suficiente para ele entrar correndo.

Sem pensar, me agarro a ele, o segurando em busca de conforto.

A mão de Grayson embala minha cabeça contra seu peito. O som constante de seu batimento cardíaco é o que foco. Respiro com ele, usando o tamborilar sob meu ouvido para medir o meu próprio, e permito que ele me faça desacelerar.

— Está tudo bem, Jess. Você está segura. Está tudo bem.

Agarro o tecido de sua camisa, os dedos envolvendo com toda a sua força para ficar presa a algo real e estável.

Ele se acomoda ao meu lado, me puxando ainda mais perto.

— Você está bem — Grayson me tranquiliza mais e mais.

Estou bem. Eu sei disso, mas os sonhos, eles não permitem a racionalização. Quando volto a mim mesma, relaxando um pouco mais a cada respiração, a vergonha e o constrangimento tomam conta de mim.

Aqui estou eu, deitada nesta cama, segurando Grayson como se fosse minha preciosa vida.

Meus dedos relaxam e tento me empurrar para cima, mas ele não desiste de seu aperto.

— Estou bem agora — garanto.

Seus braços se afrouxam o suficiente para que eu possa me sentar.

— Você estava gritando. — Sua voz está cheia de preocupação.

— Eu tenho esse sonho. Bem, é mais como um pesadelo.

— Sobre o acidente?

— Sim.

Ele se senta, as costas apoiadas na cabeceira da cama, e coloco minhas pernas embaixo de mim.

— Quer falar sobre isso? — pergunta.

Por que esse homem é tão doce? Por que ele não pode ser um idiota que me odeia? Seria muito mais fácil. Mesmo assim, ele me ouviu gritando e veio. Ficou aqui e até agora está sendo gentil.

— Não realmente — admito. — Obrigada por vir me acordar.

Ele ri uma vez.

— Você achou que eu não viria?

— Eu esperava não sonhar.

Grayson se mexe e limpa a garganta.

— Com que frequência eles acontecem?

Mesmo que ele provavelmente não possa ver meu rosto bem, eu me afasto, me protegendo de sua visão.

— Todas. As. Noites.

Sinto a cama se mexer, e então sua mão está nas minhas costas. Ele a move até meu ombro, apertando suavemente antes de me puxar contra seu peito. Minha necessidade por este homem não conhece limites. Eu deveria afastá-lo, dizer que estou bem e ler algo até o sol nascer. Em vez disso, me inclino em seu corpo e deixo seus braços fortes me envolverem.

— O que eu posso fazer?

Enterro a cabeça em seu peito, inalando seu cheiro almiscarado de sabonete.

— Isso é suficiente.

Isso é tudo.

Eu tenho minha mãe, mas ela parou de me acordar algumas semanas atrás. Não conseguia, e eu ainda estava com muita raiva. Eu choraria com ela, gritaria sobre o quão injusto isso é. E há a Dra. Warvel, mas nenhuma conversa afastou os sonhos.

Nos braços de Grayson, parece que estou protegida, o que é absolutamente ridículo, porque... não somos nada.

— Quer que eu fique? — ele pergunta.

Inclino minha cabeça para trás para olhar para ele.

— Ficar?

— Com você... esta noite. Eu posso... quero dizer... nós podemos apenas... dormir.

Cada músculo do meu corpo trava e me empurro para cima.

— Isso seria... — Desta vez, não é meu cérebro que não permite que as palavras venham, é meu coração.

Eu quero dizer sim. Senti-lo me abraçar com força e afugentar o sonho, mas eu o beijei hoje. Estar perto dele está bagunçando minha cabeça e tudo que posso ouvir é minha terapeuta falando sobre como Grayson e eu temos problemas não resolvidos.

Seria uma burrice incrivelmente fazer isso.

— Sim — Grayson termina. — Você estar aqui é difícil o suficiente. Não acho que eu poderia fazer isso.

— Eu tentei trocar com Delia.

— Acho que eles estão tentando foder com a gente.

Eu rio suavemente.

— Estou certa disso.

Grayson limpa a garganta.

— Se precisar de mim...

— Você está no final do corredor — completo, com um sorriso. — Eu juro que já ouvi isso antes.

— Ei, eu era um cavalheiro da última vez que viemos aqui.

— Você era. Você me deu este quarto e disse que, se eu quisesse você, eu só tinha que ir lá e bater.

Grayson assentiu.

— Eu esperei a noite toda, apenas no caso de você bater.

— Eu nem bati uma vez antes de você abrir a porta — provoco.

— Ouvi seus passos.

Levei duas horas inteiras para criar coragem. Não importava que já tivéssemos dormido juntos, eu estava nervosa. Passamos o fim de semana do baile aqui, aprendendo como amar e o que significava se entregar a outra pessoa. Então, voltamos para casa, onde o mundo — mais especificamente, seus pais — não queria que ficássemos juntos. Por semanas, nós dois fomos envolvidos em eventos, festas e eventos escolares que nos separaram.

Tentamos fugir, mas estávamos tão cansados de correr o dia todo que nem chegamos ao mirante.

Então Grayson e eu voltamos aqui, mas havia uma parede que tinha sido erguida e tivemos que derrubá-la.

— Eu te amei, Gray. Realmente amei.

Ele afasta meu cabelo do rosto, segurando minha bochecha.

— Eu sei.

— Deixar você não foi fácil.

— Perder você foi mais difícil — ele admite.

Minha mão envolve seu pulso, segurando quando eu deveria estar o empurrando.

— Você encontrou outra pessoa.

Sua mão cai e eu sinto frio.

— Eu não encontrei. Encontrei o que meus pais queriam que eu encontrasse.

— Você pode falar comigo... se quiser.

Ele estala o pescoço e há tensão em sua voz.

— Yvonne era tudo o que eles esperavam. Ela era rica, inteligente, talentosa e egoísta além da medida. Embora, eu realmente não me importasse com isso. Eu estava com raiva de você, e estar com ela era... Não sei, porra, foi simplesmente idiota. Nós nos conhecemos na pós-graduação. Eu estava sendo preparado para assumir o Park Inn e ela cantava. Meu objetivo era ser melhor do que meu pai. Ganhar mais, ter uma esposa, família e um trabalho. Era tudo que me importava. Yvonne se encaixava porque era como eu.

— Como assim?

Ele vira a cabeça, olhando pela janela.

— Ela tinha pais horríveis e me disse que queria provar que eles estavam errados. Então, nós namoramos; foi cerca de dois anos depois, estava na hora.

— Hora de se casar? — pergunto.

Os olhos de Grayson encontram os meus, o luar fazendo-os parecer quase cinza e vazios.

— Sim, mas não tínhamos planos, Jess. Não deitamos na cama, ela em meus braços enquanto eu traçava padrões em suas costas, sonhando com a vida que teríamos. Não falei sobre filhos e esperanças com ela. Conversamos sobre dinheiro e coisas materiais que ela queria.

Meu coração despenca, porque foi isso que fizemos. Por horas, nós nos escondíamos e contávamos ao universo qual vida nós queríamos, porque então poderia ser verdade.

E eu neguei isso antes.

— Então por que você queria se casar com ela?

— Porque se eu não fosse me casar com a mulher que amava, poderia muito bem me casar com aquela que queria se casar comigo.

A dor em meu peito lateja.

— Isso é...

— A verdade, Jess. No entanto, estava preparado para começar minha vida, porque você não voltaria. Você estava voando ao redor do mundo e curtindo a vida. Eu estava em Willow Creek, vivendo a vida que era exigida de mim. Mas Yvonne, ela não era horrível, não até descobrirmos que ela estava grávida.

Eu fico quieta, tentando manter minha respiração silenciosa, já sabendo que essa parte da história termina com Grayson sendo um pai solteiro.

Grayson não diz nada, então me estico para ele, descansando a mão na sua.

— Você não precisa dizer mais nada.

Seus olhos se fecham quando ele se inclina, beijando o lado da minha cabeça.

— Todos nós sofremos com diferentes formas de pesadelos. Os seus assombram seus sonhos, e o meu vive em Paris. — Ele se levanta, seu corpo alto bloqueando a luz da lua, mas posso sentir seu olhar. — Nós dois precisamos dormir. — Ele puxa as cobertas, as segurando para que eu possa ficar por baixo.

Não tenho certeza do que me dá para obedecer ao seu comando silencioso, mas obedeço. Eu entro e ele puxa as cobertas em volta de mim.

— Braços para dentro ou para fora?

— Dentro — respondo. Ele começa a enrolar os cobertores em volta de mim, começando pelas minhas pernas e subindo até eu estar em um casulo. — Confortável como um inseto no tapete — digo, na esperança de melhorar o clima.

Ele ri.

— Aprendi que as meninas gostam de ser abraçadas com força e, como é uma má ideia dormir aqui, esta é a segunda melhor opção.

— Obrigada de novo — falo, meus braços incapazes de mover um mínimo.

Grayson não reconhece isso. Ele apenas pressiona seus lábios na minha testa, e eu gostaria que fossem meus lábios.

— Eu falei sério; se você precisar de mim, estou no final do corredor. E estarei me forçando a ficar bem aqui.

Delia e eu estamos andando lado a lado pela costa. Eu não poderia mais estar naquela casa. Todo mundo ainda estava dormindo quando entrei sorrateiramente em seu quarto, acordando-a e forçando-a a vir comigo.

— Então, o pesadelo foi ruim?

Eu assinto.

— Era como se eu estivesse do lado de fora.

— Isso é normal?

— Nem um pouco.

— Ok, por que você acha que foi diferente então?

— Eu beijei Grayson — admito.

Delia para em seu caminho, me fazendo recuar.

— Você o quê?

Eu a coloco em movimento novamente e conto sobre todas as coisas que aconteceram depois que ela e Jack saíram.

— Como sua melhor amiga, sinto que é meu dever dizer que você é uma idiota.

— Bem, obrigada. Eu já sabia disso.

Delia bufa e puxa meu braço para me impedir.

— Não, não porque você o beijou, mas porque vocês dois são tão óbvios sobre o que sentem um pelo outro. Grayson fica olhando para você o tempo todo. Quando você se move, é como se ele subconscientemente te rastreasse, sempre observando, que é como era quando éramos mais novos.

— Não era assim.

— Ok, se você diz.

Tento pensar no passado, mas não me lembro de termos sido tão intensos.

— Passamos dois anos separados — eu a lembro. — Não éramos assim.

Delia ri e balança a cabeça.

— Não eram o caramba. Na verdade, era ainda pior. Você estava na escola e ele voltava para casa todo fim de semana. Eu perdia você porque, se Gray estivesse por perto, você definitivamente não estava. Se ele não voltasse para casa, você estava em seu dormitório.

— Sim, mas não éramos assim… em sincronia.

— Vocês dois eram como ímãs se movendo em uníssono. Era realmente incrível, para ser honesta. É por isso que tantas pessoas ficaram em choque quando você terminou as coisas. Mas a grande questão é, o que isso significa para você agora? Ambos são mais velhos, viveram muito e são solteiros.

Com a maturidade e a idade, também surge a necessidade de sermos honestos sobre isso.

— Não vou brincar com ele.

— Não estou dizendo para você brincar.

— Como é que tenho trinta e dois anos, sou solteira, não tenho filhos e estou uma bagunça? Não deveria ter sido assim para mim na casa dos vinte anos?

Delia ri.

— Bem, eu estou no mesmo barco, mas um pouco mais patética que você. Tenho trinta e dois anos e nunca tive um relacionamento real porque estou apaixonada por um homem que mora a dois estados de distância e nem sabe que eu existo. Ah, e já se passaram quatro anos desde que transei.

— Você é patética.

Ela me cutuca enquanto nós dois rimos.

— Quanto tempo faz para você?

— Ah, tenho quase certeza de que sou virgem de novo.

— Tanto tempo?

Eu concordo.

— Eu estava namorando o piloto, Elliot, alguns anos atrás. Nós ficávamos quando estávamos em um voo juntos, mas parou quando ele percebeu que eu nunca seria mais do que casual. Ele recentemente foi morar com sua namorada, e ela é fantástica.

Estamos quase chegando à casa de praia quando a mão de Delia agarra meu braço.

— Jess, você e Gray... vocês sempre foram o que as pessoas esperavam encontrar por si mesmas. Vocês se amavam de uma maneira realmente pura e honesta. Você acha que estar de volta aqui é algum tipo de sinal? Você poderia se dar a oportunidade no amor de novo?

Olho para o deck a tempo de ver Melia abrir a porta e sair correndo, acenando com a mão para nós. Levanto a minha e permito que as imagens indesejadas de um possível futuro avancem. Grayson, Amelia e eu de férias aqui. Outra aparece de nós em uma peça da escola ou em uma caminhada para mostrar a ela o nosso mirante que fizemos há tantos anos.

Ele emerge com uma xícara de café na mão, olhando para mim com tanta intensidade que parece que pode ver dentro da minha cabeça.

Mas a realidade volta, me lembrando de que isso é temporário. Eu não quero morar aqui — nunca. Grayson e eu temos fantasmas que nunca irão embora, e vi em primeira mão o que elas fazem aos homens.

Isso faz com que eles abandonem.

Olho para trás para Delia, desapontada por querer tanto algo não torna isso possível.

— Sim. Não. Eu não sei. Não é uma questão de me dar a chance de amar novamente. — Eu o observo, odiando as palavras. — É que não quero ficar aqui. Quero voltar para minha vida na Califórnia. Quero voar novamente e viajar. A verdadeira questão é, eu poderia desistir de tudo por uma *chance*? E a resposta é... não sei.

Capítulo 12

Grayson

— Yaya, quer que conhecer minha nova amiga, Srta. Jessica?

Eu realmente gostaria que a babá — também conhecida como minha mãe — não insistisse em deixar Melia uma hora mais cedo, antes de eu ter que deixar a pousada. É a hora mais movimentada do dia para mim e minha filha não entende o que significa trabalhar. Além disso, não contei à minha mãe sobre Jessica trabalhar aqui.

— Jessica? Quem é ela?

— A nova gerente de recepção — respondo.

Amelia agarra a mão dela.

— Ela é bonita, inteligente e ela e o papai se apaixonaram uma vez.

O rosto de minha mãe empalidece.

— Jessica Walker?

— A própria.

Seus lábios se abrem e ela respira fundo.

— Grayson, por quê? Por que você faria isso?

— Faria o quê?

— Contrataria aquela garota — ela diz, com os dentes cerrados.

Um dia, posso ver meus pais como pessoas gentis e amáveis que não davam valor às coisas materiais, mas hoje não seria esse dia. Minha mãe ignora as indiscrições de meu pai, desde que ele a mantenha coberta de diamantes e etiquetas. Depois de cada uma de suas "viagens de negócios" ele retorna com algum presente ridículo que ela ostenta e usa para provar aos amigos como seu casamento é maravilhoso.

É tudo uma merda.

Papai fode por aí. Mamãe bebe e finge que é uma rainha, enquanto meus irmãos e eu assistimos com nojo.

A pior parte de Eveline Parkerson é a maneira como ela desdenha os outros.

— Não vejo por que você se importa.

— A mãe dela já foi minha amiga, é por isso.

— Sim, ela foi, e então ela deixou de ser, por quê?

Mamãe limpa a garganta e olha em volta.

— A mãe dela ainda está trabalhando aqui?

Ela sabe muito bem que a mãe de Jessica não trabalha mais aqui. Ela desistiu na época em que Jessica foi embora.

— Não vejo por que isso é problema seu. Você também não trabalha mais aqui.

Amelia puxa sua mão.

— Yaya, podemos ir?

Apesar de todos os defeitos de minha mãe, e há uma lista do tamanho do Texas, ela é uma avó maravilhosa para Amelia. Cuida dela três vezes por semana para mim, não porque ela tem que fazer, mas porque a ama e é sua única neta.

— Eu adoraria, princesa, mas Yaya precisa começar a trabalhar.

Os olhos de Melia se estreitam.

— Você trabalha?

— Bem, eu ajudo muitas organizações em Willow Creek e, em dois dias, teremos um jantar para a organização juvenil que ajuda as pessoas a endireitar suas vidas. — Os olhos da minha mãe encontram os meus. — Conhecemos pessoas que precisam disso, não é?

Ela quer dizer Jess.

— Agradeço a Deus pelas pessoas que podem ajudar quando eles precisam — respondo.

Minha mãe se endireita um pouco mais, empurrando os ombros para trás.

— Sim, bem, acho que você conseguiu seu lado caridoso de mim.

— Não há caridade no trabalho.

Não que minha mãe saiba muito sobre trabalho. Ela ajudou meu pai a projetar este lugar e comprou tudo para equipá-lo, mas foi aí que acabou. Ser uma esposa troféu era a aspiração de minha mãe na vida, e ela veste bem esse papel.

E então, Jessica sai do escritório da frente, carregando papéis, e Amelia corre para ela.

— Jessica!

— Amelia. — Ela sorri para minha garotinha e se inclina para abraçá-la. — Você está muito bonita hoje.

— Você também! Yaya me levou às compras hoje e comprou este lindo vestido, já que o vovô está viajando de novo.

— Quem é Yaya? — Jessica parece um pouco confusa, mas então vê minha mãe e se levanta. — Sra. Parkerson.

— Olá, Jessica. Já faz muito tempo.

Jess põe um sorriso no rosto, mas posso ver que não é real.

— Sim, faz. É bom te ver de novo.

Minha mãe vira o rosto ligeiramente.

— Você é a ajuda agora?

— A o quê?

— Você trabalha aqui, para minha família.

— Mãe — eu digo, em um aviso.

Jessica não parece perturbada.

— Sim, na verdade, acabei de começar.

— Engraçado como sua mãe começou a trabalhar aqui depois de seu casamento fracassado, e agora você está aqui depois de sua carreira fracassada.

— Você. Eu... que... acidente.

Aquele pancada vai exatamente onde deveria, e não vou deixar Jessica ficar chateada e gaguejar na frente dela.

— E você está indo embora — eu digo, colocando minha mão em suas costas. — Sei que você tem um dia muito agitado e precisa se preparar para ser caridosa. Tenho certeza de que o esforço de que precisa para fazer isso é muito importante para desperdiçar aqui.

Minha mãe dá um tapinha na minha bochecha.

— Eu vou deixar você, e... não vou perder mais tempo. Seu pai retorna amanhã de uma visita a Oliver, por favor, apareça por volta das seis. Estaremos jantando e ele precisa falar com você e Stella.

Não há como escapar deste jantar. Meu pai não aceita desculpas e vai aparecer na pior hora para fazer uma cena se eu decidir não comparecer.

— Certo. Eu levarei Melia.

Ela se inclina, a beijando na bochecha.

— Seja uma boa menina.

— Sempre, Yaya.

Minha mãe se vira, começando a se afastar antes de parar.

— Jessica, passe em casa ainda esta semana, acho que tenho um cheque para o salário da sua mãe que ela nunca recebeu. — Ela vai embora, e eu nunca odiei tanto a mulher.

Jessica está lá, seus olhos cheios de dor e raiva. Minha necessidade de consertar é muito grande para ficar longe dela, que é o que fiz nos últimos três dias.

Eu me viro para Amelia.

— Por que você não vai para a cozinha e pega alguns biscoitos e, em seguida, encontra a tia Stella e dá alguns para ela.

Seu rosto se ilumina.

— Ok, papai!

Depois que ela sai, me viro para ver Jessica ainda parada lá. O olhar em seu rosto me faz querer matar dragões.

— Jess...

Ela balança a cabeça, saindo do transe.

— Está bem. Está tudo bem. Eu sabia.

— Não, não está nada bem.

— Eu deveria ter — ela respira profundamente pelo nariz — dado uma boa resposta.

Eu quero rir, porque Jessica não era assim. Ela nunca foi, e ser rude e mesquinha nunca foi sua praia. Sem mencionar que não há ninguém tão bom em ser horrível quanto minha mãe.

— O que você teria dito? — pergunto, me aproximando.

— Algo sobre o cabelo dela.

Luto contra um sorriso.

— Ela teria odiado.

A cor está de volta em seu rosto e ela solta um suspiro profundo.

— Não sei por que ela me aborrece tanto.

— Porque ela é uma pessoa horrível e sempre te tratou como uma merda.

— Como você veio dela? Você, seus irmãos e irmã são todos maravilhosos e gentis.

Descanso contra a parede, então estou perto dela, mas não tão perto que ela não tenha espaço.

— Minha avó era uma santa, e estava por perto quando éramos pequenos.

Ela mexe o lábio inferior.

— Eu me lembro de você falando sobre ela.

Dói pensar nela. O amor não era uma arma com Nana. Ela era afetuosa quando meus pais eram frios e sempre apontava os motivos pelos quais eles eram ótimos pais.

— Quando meus pais se casaram, quando realmente podiam ser tolerantes um com o outro, Nana morava conosco. Ela era a mãe de minha mãe e amava seus netos mais do que tudo. Passava horas com cada um de nós, tentando nos proteger do ódio que viu vindo de meus pais e nos dando um modelo melhor a seguir.

Houve tantas vezes que minha avó apenas falava sobre amor e aceitação. Estávamos aprendendo com ela, mesmo quando não sabíamos disso.

— Ela fez um bom trabalho.

Eu sorrio melancolicamente.

— Sim, espero que ela fique feliz com a forma como acabamos.

Jessica caminha em minha direção, seus dedos agarram meu antebraço.

— Ela ficaria.

— Lamento que, mais uma vez, minha mãe tenha agido dessa forma com você.

Jess dá um passo para trás, seus olhos se voltando.

— Não sei por que ela ainda me odeia. Não vou ficar na cidade, e você e eu não...

— Não, nós não. — Eu me lembro disso mais do que qualquer outra coisa.

Não somos nada. Somos apenas dois velhos amigos que já se amaram. Que por acaso também se beijaram há alguns dias, e fiquei acordado rezando para que ela viesse para a minha cama.

— Então, por que ela está preocupada? Não faço ideia.

Porque sou louco por você e ela sabe disso.

— Sim, não tenho certeza do motivo. Talvez fosse porque Melia estava tão animada com você.

O comportamento de Jessica suaviza.

— Pelo menos ela a ama.

— Essa é a única razão pela qual permito que fique perto dela. Por mais que ela fosse uma mãe horrível, não é nada assim com Amelia. Ela é gentil e amorosa. Elas fazem biscoitos... bem, o cozinheiro prepara a massa e elas os colocam na assadeira, mas o que importa é que minha mãe tenta com ela.

— Acho que é tudo o que você pode pedir.

A outra atendente se aproxima.

— Desculpe por ter demorado alguns minutos, espero não estar com problemas — diz Marie.

— Nem um pouco — Jessica diz. — Na verdade, eu estava voltando ao escritório para revisar este relatório. Obrigada, Sr. Parkerson, por ser tão gentil.

Eu me afasto da parede com um aceno de cabeça.

— É claro. Vejo você amanhã.

Marie olha entre nós e começa a trabalhar no computador, ignorando o constrangimento. Enquanto Jess volta para o escritório, me pergunto se o problema com Jessica e eu é que nenhum de nós nunca pede por mais.

Capítulo 13

Jessica

Estou parada na frente do espelho, me sentindo estranha e boba com este vestido. Esfrego o material de cetim, tentando me acalmar.

— Você está linda — Winnie elogia, entrando no meu quarto.

— Parece que vou ao baile.

Ela ri.

— Bem, era o seu vestido de baile de formatura.

Como deixei minha irmã me convencer a este jantar de caridade está além da minha compreensão. Tudo isso é para sua organização e seu encontro furou com ela. Como ela é uma das principais razões para a realização do evento, ela me implorou para ir junto. Além disso, depois que contei a ela sobre o encontro com Eveline, ela estava quase insistindo que eu não recusasse, já que mencionou que eu estava participando.

— De todos os vestidos que mamãe guardou, por que esse? Eu fui tão burra no meu último ano.

O corte não é feio, mas a cor é horrível. É uma daquelas coisas que, quando eu era jovem, achava que combinar as coisas com os meus olhos seria uma ótima ideia, mas agora, olhando para ele, nem tanto.

— Quem sabe por que ela manteve qualquer uma das nossas merdas, mas funciona, e o fato de você caber em um vestido que usava quando tinha dezessete anos me faz te odiar um pouco.

Eu sorrio.

— É muito apertado e provavelmente vou rasgar a costura se respirar fundo.

— Bom. Você pode prender a respiração a noite toda por mim. Estou com duas cintas e não consigo respirar. Esse pode ser o nosso tema.

Olho para minha irmã em um vestido verde esmeralda. O corte em coração cai profundamente em seu decote, e o vestido abraça suas curvas antes de se alargar ligeiramente na parte inferior. Se eu tivesse um vestido assim, também usaria duas cintas.

— Se eu soubesse do evento, poderia ter encontrado um vestido igual ao seu.

Winnie dá de ombros.

— Eu acho que você está incrível. — Minha irmã me dá um beijo na bochecha. — Vamos. Temos muita conversa fiada e cheques para sacar em nosso futuro.

Quando descemos, minha mãe olha para cima e um largo sorriso cruza seu rosto.

— Bem, se vocês duas não são as coisas mais bonitas que eu já vi...

— Obrigada, mãe. — Winnie sorri. — Tem certeza que não quer vir? Aposto que tem outro vestido de baile naquele armário. Deus sabe que Jessica foi a um número suficiente deles.

Ela acena com a mão com desdém.

— Ah, boba. Você não quer uma velhinha estragando seu momento. É bom que vocês duas estejam indo, e que eu tenha guardado esse vestido. — Suas sobrancelhas sobem e ela sorri.

— Sim, suas tendências de guardar coisas nos fez bem desta vez — digo.

— Isso se chama ser econômica, Jessica. Cada um faz o que devemos quando precisamos.

Em vez de discordar dela, eu me aproximo e beijo sua bochecha.

— Estou feliz que você o guardou. Mesmo que eu não consiga respirar.

Ela ri baixinho.

— Uma mulher que quer ser bonita geralmente deve sofrer por isso.

— Isso é verdade — Winnie concorda. — Vou fazer xixi nas calças ou segurar a noite toda porque nada disso pode sair do lugar.

Rolo meus olhos para minha irmã, que está longe de ser gorda.

— Estejam em casa por volta da meia-noite — mamãe diz, nos fazendo virar e olhar para ela. — Ah, desculpe, velhos hábitos.

Nós rimos e saímos para o carro de Winnie, que, felizmente, já está com a capota levantada. Eu olho para o assento, me perguntando se devo sentar. Winnie faz o mesmo, seu olhar encontrando o meu acima da capota.

— Se explodirmos agora, pelo menos teremos uma desculpa para não ir.

— Se explodirmos, posso chorar.

— Vou contar até três?

Eu concordo.

— Um — ela começa.

— Dois.

Nós nos observamos, e então ela diz a contagem final.

— Três.

Lentamente, vamos para nossos assentos sem nenhum incidente. No entanto, respirar é quase impossível. O problema não é tanto a área da cintura, mas o peito. Eu não era tão... dotada aos dezessete como sou agora.

Tudo na cidade fica a cerca de quinze minutos de distância, então respirar superficialmente é possível. Winnie e eu não falamos muito, provavelmente porque nenhuma de nós pode se mover sem medo de rasgar alguma coisa ou querer desperdiçar o pouco de ar que podemos puxar, e quando saímos do carro no Park Inn, fico tonta.

— Winnie...

Ela não me contou a parte sobre ser aqui. Como perdi no calendário de eventos, não sei. Estive de folga nos últimos dois dias e tudo o que estava lá nesse dia foi festa em família.

Eu deveria saber.

— É o lugar mais bonito do condado, Jess. Onde você achou que Eveline o faria?

— Eu não estava pensando.

Ela dá a volta para o meu lado do carro.

— Olha, sei que ela é uma vadia horrível, mas ela tem dinheiro, e minha caridade precisa disso. Você não está mais com Grayson, então não há razão para ela ser uma vadia. Sem mencionar que Stella não hesitará em dizer algo.

— Gray vai estar aqui?

Ela encolhe os ombros.

— Eu duvido. Ele nunca vem para coisas assim. Por quê? Quer que ele esteja?

Eu dou a ela um olhar que diz claramente que quero matá-la.

— Estou com o vestido que usei no último evento que participamos juntos. Não, eu não quero que ele esteja.

Winnie ri.

— Se fosse o vestido que você usou na primeira vez que dormiram juntos, gostaria de repetir?

Retorne para nós dois 109

Sim.

— Não.

Sua mão repousa no meu antebraço.

— Sei que você está nervosa, mas ele não deveria estar aqui. Grayson evita sua mãe tanto quanto possível.

— Porque ela é uma pessoa horrível e vai fazer com que eu me sinta burra.

— Jessica, ela não pode fazer você se sentir burra. Você não é mais a mesma pessoa. Ouça, esta noite será divertida. Vamos entrar, comer comida requintada, dançar, beber... bem, você não pode beber álcool, mas eu vou... e nos divertiremos com eles. Ok?

Quando minha irmãzinha, que costumava roubar minhas roupas e me delatar por ter trazido Grayson escondido para dentro de casa, se tornou essa mulher sábia?

— Ok.

— Essa é minha garota. Além disso, quem se importa com o que ela pensa? Ela é miserável e insignificante em nossas vidas.

Winnie está certa. Não há nada que Eveline possa dizer ou fazer neste momento que realmente importe. Não sou uma jovenzinha, desejando que a mãe do namorado goste de mim, mesmo depois de ter deixado bem claro que isso nunca aconteceria.

— Eu sei, mas há uma jovem dentro de mim que ainda não percebeu isso.

— Estou feliz em chutar a bunda dela. — Ela pisca e então enlaça seu braço no meu.

Winnie e eu nunca fomos próximas quando crianças. O relacionamento sempre foi eu cuidando dela, não conseguindo ser sua amiga, e então deixei Willow Creek. Afastei-me das pessoas que amava como uma forma de me proteger de todos. Não vou ser tão egoísta agora.

Minha irmã me pediu para vir. Ela queria que eu visse isso — que a visse. Não me importo se tiver que pisar em vidro, vou ficar ao lado dela.

— Estou orgulhosa de você, Win.

Sua cabeça se inclina para trás.

— Por quê?

— Porque você é você.

Ela sorri, um pouco de umidade se acumula em seus olhos.

— Senti sua falta, Jess.

Pego minha irmã nos braços. O acidente pode ter destruído e tirado muito de mim, mas também me deu presentes. Minha irmã. Minha mãe. Perdão entre pessoas que nunca pensei ser possível.

Eu também ganhei, e Winnie está certa, Eveline Parkerson não pode tirar nada se eu não deixar.

— Ok, chega disso — Winnie diz, enxugando os olhos. — Vou borrar a maquiagem e preciso estar deslumbrante.

— Não se preocupe, você é deslumbrante.

De braços dados, entramos na cova do leão. O Park Inn sempre foi lindo, mas hoje à noite ele brilha. Há cristais pendurados ao redor da entrada do saguão com toneladas de velas estrategicamente colocadas. Faz muito tempo que não vou a um casamento aqui, mas é disso que me lembro.

Quando chegamos à sala de estar, ela foi convertida em uma área de bar e um dos funcionários da recepção está trabalhando para servir bebidas e atender aos pedidos. Ela acena e eu faço o mesmo.

Winnie diz olá para alguns de seus amigos de trabalho e me apresenta. Posso sentir meu nível de estresse aumentando, mas fico calma e me concentro em manter minhas respostas curtas.

Quando entramos na sala do evento principal, que foi uma grande adição construída depois que saí da cidade, não consigo parar o sorriso que se forma quando vejo um velho amigo.

— Se meus olhos estão pregando peças em mim, essa é a melhor até agora — Alex diz, me puxando para seus braços.

— Você é o mesmo de sempre.

Ele levanta um ombro e beija minha bochecha.

— Ouvi dizer que você estava de volta e parecia ainda mais gostosa do que quando éramos jovens.

— Eu estou... de volta, apenas isso — acrescento.

Alex envolve seu braço ao meu redor, me segurando ao seu lado.

— E também ouvi dizer que você está trabalhando aqui.

— Acertou de novo — digo.

Ele balança a cabeça.

— Tenho certeza que é... divertido.

— Essa é uma palavra para isso.

Alex dá um passo para trás, me puxando suavemente para deixar alguém passar.

— Eu não direi a palavra que usaria por ser convocado de volta aqui por meu pai idiota e minha mãe víbora.

— Divertido? — ofereço.

Ele drena o líquido âmbar em seu copo.

— Definitivamente não. Esta merda de lugar me dá arrepios na pele.

— Então, você está feliz por não estar aqui?

Ele ri.

— Querida, eu teria queimado a porra do lugar se eu tivesse que ficar.

Não me lembro de Alex ser abertamente hostil em relação aos pais quando era criança. Nenhum deles jamais foi abertamente amoroso, mas também não pareciam hostis... bem, exceto Josh. Ele foi o primeiro irmão a partir para outro local, o que coincidiu com certo incidente com minha melhor amiga.

— Acho que as coisas na casa dos Parkerson estão tensas?

Alex acena para alguém da equipe de garçons que não conheço, pedindo outro uísque puro.

— Estão sempre tensas. Não sei como Grayson e Stella conseguem.

Olho ao redor da sala e vejo outro Parkerson. Deus, espero que Delia não esteja aqui, ou isso vai ser ruim para todos.

— Vocês estão todos aqui esta noite?

Alex ri uma vez.

— Quer saber se Grayson está aqui esta noite?

— Eu não perguntei isso. Acabei de ver Josh.

O garçom está de volta, dando-lhe outra bebida. Ele coloca o copo na mesa, olhando ao redor da sala.

— Estamos todos na cidade. Oliver está indo embora esta noite, então você pode vê-lo antes que ele vá embora. Josh e eu partiremos logo de manhã.

— Você viu Delia?

— Ela está aqui.

— Ótimo — murmuro.

— Sim, ela já viu Josh e depois me disse que precisava fazer uma ligação. — O relacionamento de Alex e Delia passou de melhores amigos para separados depois que Josh foi embora. Alex e Josh se parecem muito, e não acho que ela aguentaria.

— Eu deveria procurá-la.

Ele acena, pega sua bebida e dá um longo gole.

— Vou pegar outra bebida e evitar meus pais tanto quanto possível. Foi bom te ver, Jess.

Dou outro abraço nele.

— É sempre bom ver você.

Ele sai, e percebo que ele não disse nada sobre Grayson. Não que isso importe, mas quando sei que vou vê-lo, sinto um nível de preparação saudável.

Ando pela sala, conversando com algumas pessoas da cidade que não vejo desde que voltei. Concentro-me muito em respirar e manter a calma. Tem sido a chave para falar sem erros, e quanto mais controle eu tiver, melhor.

— Jessica, eu não tinha certeza se você apareceria — Eveline diz. Ela está linda em um vestido de cocktail preto. De todos os insultos que alguém poderia usar contra ela, sua beleza não é um deles.

— Winnie é minha irmã e eu não perderia isso por ela.

Ela sorri para alguém atrás de mim.

— Normalmente não permitimos funcionários aqui, mas acho que está tudo bem, já que você é família e tudo. Você não tem calibre suficiente para comparecer de outra forma.

Mordo minha língua, sabendo que se eu causar uma cena seria ruim para mim. O tempo que trabalhei neste lugar me ajudou tremendamente. É como fisioterapia para meu cérebro, e não vou perdê-lo, a menos que seja nos meus termos.

— É claro. — Ela limpa a garganta, obviamente esperando que eu tivesse lhe dado uma resposta diferente. Uso seu desconforto momentâneo para meu benefício. — Você está linda, Sra. Parkerson. De verdade, assim como a pousada. Tenho certeza de que levantará muito dinheiro para a caridade.

Minha mãe sempre dizia que a melhor maneira de bater em um valentão era com gentileza. Vamos descobrir se é verdade.

Seus cílios piscam algumas vezes e ela toma um gole de champanhe.

— Sim, bem, eu agradeço o elogio. Foi uma ótima organização.

Stella se aproxima, parecendo uma versão mais jovem da mulher na minha frente. Como ela está solteira é um mistério para mim.

— Mãe, eu estava procurando por você. — Seu sorriso está lá, mas seus olhos se desculpam e disparam em minha direção. — Meu pai está no escritório e realmente precisa fazer uma aparição.

Eveline balança a cabeça e endireita as costas.

— Eu cuido dele.

— Obrigada — fala Stella, com um sorriso. Sem outra palavra, Eveline sai. — Sinto muito, não a vi perto de você ou teria chegado aqui mais rápido.

Sempre amei Stella.

— Está tudo bem. Não foi grande coisa.

Ela agarra meu braço e dá um passo para trás, olhando por cima do meu vestido.

Retorne para nós dois

— Por favor, me diga que esse não é o seu vestido de baile.

Eu gemo.

— Você se lembra do meu vestido de baile?

Stella cobre a boca, sufocando uma risada.

— Aquela foto sua e do Gray estava no quarto dele. É claro que eu me lembro.

— Prometo, não foi por escolha.

— Pare com isso, você está incrível. Estou mais impressionada por você ainda caber nele.

— De qualquer forma — eu digo, esperando que possamos parar de falar sobre isso. — Você viu Delia?

Os olhos de Stella se movem para o outro lado da sala.

— Sim, ela está fazendo o seu melhor para ignorar Josh. A última vez que vi, ela estava à espreita.

— Eu vou encontrá-la. Obrigada por me salvar.

— A qualquer momento.

O ar está um pouco mais frio do que quando chegamos, e esfrego minhas mãos para cima e para baixo em meus braços para criar um pouco de calor. Foi burrice da minha parte não trazer um casaco.

Eu de alguma forma faço meu caminho para o mirante sem quebrar um tornozelo, mas Delia não está aqui.

Mas não me viro para ir embora, fico presa olhando para a lua que brilha tão grande e forte. É incrível e não consigo desviar o olhar.

— Aí está você! — A voz de Delia quebra o silêncio da noite.

— Ei. Eu estava te procurando.

Sua cabeça cai para trás e ela bebe toda a taça de vinho em um gole. Ai, Deus. Era isso que eu temia.

— Por que você se importaria comigo? Ele não se importa.

— Você viu Josh?

Ela ri uma vez e joga o copo fora do mirante.

— Eu com certeza vi. O bastardo finge que não somos nada.

— Aconteceu mais coisas que você nunca me contou? — pergunto, de repente sentindo que estou perdendo alguma coisa porque um beijo quase vinte anos atrás não significa realmente um relacionamento sério.

Ela ri.

— Você quer dizer se nós fizemos sexo? Não. Chegamos perto, mas nos últimos dois anos, ele não fez nada além de me afastar.

Ah, isso é ruim.

— Delia, vocês…

Seus olhos estão cheios de lágrimas.

— Eu estive apaixonada por ele minha vida inteira, e tudo o que ele faz é olhar para mim como se eu fosse uma garotinha estúpida. Eu pareço com uma garotinha?

— Não — respondo, cuidadosamente. — Mas você está chegando perto demais da borda.

Seus olhos vão para o lado e ela dá um passo em minha direção. Isso é pelo menos um bom sinal.

— Ele só se importa com o trabalho e… ele não se importa. Ele não vê que eu o amo. Eu o amo, Jess. Não como você ama Grayson, mas, tipo, eu morreria por ele.

— Sim, mas prefiro que você não faça isso. — O vento sopra ao meu redor, fazendo meu cabelo voar no meu rosto e um arrepio rastejar sobre minha pele. — Venha, vamos entrar e pegar um pouco de água.

— Não — Delia diz com desafio. — Não vou voltar lá para que ele possa me dar um tapinha na cabeça de novo.

— Ele deu um tapinha na sua cabeça?

Ela concorda.

— Como se eu tivesse a mesma idade que Amelia. — Sua voz falha no final, e ela desaba em meus braços.

Seguro minha amiga, odiando que ela esteja sofrendo.

— Você pode amá-lo, mas por quê?

Ela funga e depois olha para a sala de eventos.

— Porque ele é tudo que eu quero. Porque ele me fez sentir linda, especial, e conversou comigo por horas naquela noite em que nos beijamos. Era como se o mundo estivesse certo e nunca mais foi o mesmo desde então.

Eu a puxo junto comigo, a guiando de volta para o calor do edifício.

— Ele não te merece se não te vê como a mulher que é agora.

— Diga isso ao meu coração.

Eu a puxo para um abraço, nossos dentes batendo pelo frio.

— Eu sei melhor do que ninguém que nossos corações não ouvem nossas cabeças.

— E pelo que seu coração clama? — Delia pergunta.

Grayson. Sempre Grayson.

— Algo que não posso ter.

Retorne para nós dois 115

Capítulo 14

Jessica

Meu telefone toca com uma mensagem e eu sorrio.

> Jacob: Então, como está minha louca favorita?

> Eu: Ótima! Sem dores de cabeça em uma semana!

> Jacob: Isso é ótimo. E os pesadelos?

Sim, essa parte não está diferente.

> Eu: O mesmo.

Meu telefone toca e o rosto de Jacob preenche a tela.

— Ei.

— Ei. Então, os pesadelos ainda são ruins? — pergunta.

Jacob, Elliot e Jose são as únicas pessoas que podem realmente entender com o que estou lidando. Nós passamos por aquilo juntos e tivemos que encontrar uma saída. Não me lembro muito depois que bati a cabeça, mas sei que, se não fosse por aqueles três homens, eu teria morrido. E por isso, devo a eles e sempre sou honesta sobre o que está acontecendo.

— Sim, mas minha médica acha que é normal, e eles não estão piorando, pelo menos.

— Ainda assim.

— Sim, eu sei.

— O que há de novo em Willow Creek? — indaga.

Eu o coloco a par do trabalho, da viagem à praia e do jantar de caridade que Grayson não compareceu. Jacob escuta, fazendo algumas perguntas aqui e ali. Nós falamos, principalmente, como eu praticamente tive que tirar Delia de lá e fazer Alex nos levar para casa.

Por horas, ela alternou entre chorar em meus braços e vomitar por beber demais. Eu odiava vê-la assim. Ela estava tão triste e eu gostaria de poder ajudar.

— E em Sugarloaf?

— Decidimos que vou ficar aqui.

— Eu sabia que você ficaria.

Ele ri.

— Bem, vou surpreender Brenna renovando a casa. Melanie precisa de seu próprio banheiro, e sei que Brenna gostaria de um quarto maior.

— Isso é doce.

— As coisas que fazemos pelas pessoas que amamos, certo?

— E a dor que sofremos...

Jacob fica quieto por um minuto.

— Você está sofrendo?

Eu me mexo na minha cadeira.

— Não. Estou bem. Tudo está como deveria ser. As coisas estão melhorando agora que estou trabalhando, e minha gagueira está muito menor. Até aguentei uma festa inteira sem nenhum deslize.

Estou muito orgulhosa disso. Tenho trabalhado muito no foco e acho que isso está ajudando muito. Os médicos disseram que é um músculo que não só precisa se curar, mas também precisa ser treinado para voltar a funcionar. Com a ajuda da minha neurologista e da Dra. Warvel, tenho tratado os dois lados.

— Estou muito feliz que esteja funcionando. — Posso ouvir a felicidade em sua voz. — Ouça, eu queria te perguntar uma coisa.

— Você pode me perguntar qualquer coisa.

Ele suspira.

— Ok, minha estreia é em cerca de dois meses e eu gostaria que todos vocês estivessem lá. Minha família está indo, e estou planejando algo enorme para Brenna.

Eu sorrio, sabendo exatamente o que ele está planejando.

— Você vai pedi-la em casamento?

— Sim.

— Que bom! A maneira como você fez da primeira vez foi um fracasso épico.

— Não me diga! — ele concorda.

Jacob fez o pedido a ela na noite depois que ele retornou ou algo ridículo. Brenna, sendo terapeuta, pediu-lhe que esperasse. Eu estava incrivelmente orgulhosa dela por não concordar com isso. Embora, qualquer uma que rejeite Jacob Arrowood deve ser um pouco louca, porque ele é o ator mais amado de Hollywood.

— Você está indo com tudo?

— Sim, quero dar a ela um pedido que ficará marcado em sua memória.

— Brenna é uma garota de sorte — digo a ele.

— Quando você volta à neurologista?

— Sabe que não sou sua responsabilidade, certo?

Ele ri.

— Sim, mas estou preocupado com você.

— Obrigada. No entanto, você não precisa estar. Sou uma menina crescida e sei cuidar de mim mesma.

— Você também é teimosa pra caralho e não quer aceitar ajuda.

Não posso negar isso.

— Sim, fui há uma semana e não houve alteração. Ainda tenho problemas residuais, especialmente com minha visão periférica. Não estou autorizada a dirigir ainda e não vou praticar esportes tão cedo. Ela está esperançosa, porém, pois estou tendo melhorias, o que é um bom sinal.

— Que bom.

— Você pode me explicar por que ainda não recebi a conta? — pergunto, sabendo que ele já cuidou disso. O consultório da minha médica nem mesmo fala comigo sobre isso, a não ser para dizer que todas as cobranças foram tratadas com antecedência.

Ninguém mais poderia estar por trás disso.

— Nenhum palpite.

— Agora estamos mentindo um para o outro?

— Não, estou apenas atuando, que é o meu trabalho.

Olho para o relógio e suspiro.

— Eu gostaria de poder falar mais, porém tenho que me preparar para o trabalho e ligar para Winnie para ter certeza de que ela realmente aparecerá, já que bebeu champanhe a beça.

— Tudo bem. Enviarei todos os detalhes sobre a estreia.

— Jacob? — Há uma hesitação em minha voz, mas é algo que preciso dizer.

— Sim?

— Obrigada. Por tudo. Você salvou minha vida naquele dia e sei que cuidou de minhas despesas médicas, que já teriam me levado à falência. Você tem sido um grande amigo, e só quero que saiba que não há ninguém nesse mundo com quem eu preferiria "quase" morrer.

Ele solta uma risada profunda.

— Sério. Você me salvou tanto quanto eu salvei você.

— Não acho que isso seja verdade, mas agradeço mesmo assim.

— Ouça, você passou por um inferno e ainda está lidando com isso de maneiras que Elliot, Jose e eu não estamos, mas nos foi dado mais uma chance, Jess. Uma chance de consertar as coisas e fazer o que queremos.

Eu me deito na cama, me sentindo um pouco tonta e perdida.

— É complicado.

— Brenna diria que a vida é complicada.

— Brenna é uma mulher sábia.

— Vamos manter isso entre nós — Jacob diz com uma risada.

— Eu não sei, Jacob, estar aqui é como estar no passado, mas isso não é a realidade. As coisas ficaram paradas desde que eu saí.

Se alguém pudesse entender o que quero dizer, seria ele. Jacob deixou a cidade de onde veio e jurou nunca mais voltar, mas foi forçado a isso por causa do testamento de seu pai.

— Acredite em mim, eu entendo, mas voltar para casa não significa uma sentença de morte. Meus irmãos e eu somos prova disso. Se meu pai não nos obrigasse, estaríamos todos vivendo vidas muito tristes e solitárias. Agora olhe para os irmãos Arrowood. Estamos todos em lugares muito diferentes.

— Mas é o lugar que você teria escolhido? — pergunto.

— Não, porque eu não sabia que esse lugar existia.

Afastando os galhos e os arbustos crescidos, caminho mais fundo na floresta. É uma loucura me lembrar de como cheguei aqui. Já faz tanto tempo, mas o caminho está gravado em minha mente. Ando um pouco para a direita, evitando uma pedra que parece ter caído do penhasco acima.

Hoje foi um dia difícil. Tive uma enxaqueca que me deixou com náuseas e acabei tendo que pedir licença do trabalho. Então Winnie me ligou para dizer que ela tem que sair da cidade para trabalhar, o que significa que não posso chegar a lugar nenhum a menos que Delia ou minha mãe possam me levar.

Dormi a manhã e a tarde inteiras, então agora está quase anoitecendo e estou bem acordada.

Daí a caminhada.

Este mirante era um dos meus lugares favoritos, não apenas porque era algo que eu compartilhava com Grayson, mas porque era um lugar seguro. Em algum cantinho que não foi tocado pelo mundo exterior e era um pedaço da Terra só meu.

Subo pela lateral com um sorriso no rosto, porque sei que, assim que contornar essa curva, haverá um pequeno espaço aberto onde cabem duas pessoas sem que ninguém as veja.

Mais um passo, duas voltas e estarei na clareira. Há uma parte do meu coração que quer que ele esteja aqui, esperando como estava todas aquelas vezes. Eu sou claramente uma idiota.

Quando vejo meu lugar, uma parte de mim chora, porque ele não está aqui e outra parte chora porque está do jeito que me lembro.

O solo está coberto de musgo macio, a montanha esculpida em ambos os lados dá a sensação de um casulo e a vista... a vista é deslumbrante.

Por mais que tenha sonhado com isso várias vezes, nem chegou perto.

Há uma cidade à direita e só consigo distinguir algumas luzes. À esquerda, não há nada além de árvores e topos de montanhas.

Os sons da natureza estão por toda parte — o pio de uma coruja, as árvores farfalhando com a brisa e o coaxar de sapos. Pego meu cobertor, coloco no chão e me deito, apenas respirando.

Minutos se passam enquanto mergulho na paz deste lugar. Pela primeira vez em muito tempo, o céu é meu amigo e me sinto segura.

Até ouvir o barulho de galhos.

Meu coração acelera e me sento ereta, o que faz minha cabeça latejar com o movimento rápido.

Relaxe, Jessica, ninguém pode te ver aqui. Você está protegida.

Repito isso excessivamente.

O som para e eu respiro fundo.

— Provavelmente era um cervo — falo baixinho.

Mas antes que eu possa deitar de novo, algo chama a minha atenção, e então eu percebo. Não estou sozinha.

Não estou segura.

Alguém mais está aqui.

Capítulo 15

Grayson

Como se eu a tivesse evocado da minha mente, Jessica está sentada em um cobertor na minha frente. Só que, em vez de sorrir para mim, seus braços estão em volta de suas pernas e há medo em seus olhos.

— Você está aqui — eu digo, e vejo seus ombros caírem.

— Grayson. Jesus. Você me assustou pra caralho.

Ela nem deveria estar aqui. Ela deveria estar em casa, descansando. Ela pediu licença do trabalho por causa de uma dor de cabeça, o que me preocupou. Quando saí da pousada, dirigi até a casa dela, mas acabei me virando antes de chegar, porque ela não é mais minha.

Stella veio e se ofereceu para passar a noite com Melia como um agradecimento por ter salvado a vida dela com a mamãe por causa de um mal-entendido no jantar.

Então, me vi preocupado e preso em casa.

Em vez de ficar sentado sozinho durante a noite, vim aqui, precisando estar perto de Jessica, mas não perto dela. Não funcionou exatamente como pensei.

— Eu? O que você está fazendo aqui? — questiono.

Ela fica de joelhos, movendo uma mochila para o lado.

— Minha dor de cabeça se foi, e eu precisava... não sei... estar fora da casa da minha mãe.

Eu me movo mais para dentro no espaço.

— Eu precisava sair de casa também.

— Onde está Melia?

— Com Stella.

Ela concorda.

— Então, o pai solteiro tem a noite de folga e não sabe o que fazer?

Mais como o homem que continua tentando evitar beijar a garota que ele amou e que está ficando louco.

— Algo parecido. — Ando até onde ela está sentada. — Há espaço para mim?

Jessica se move um pouco.

— Sempre. — Eu fico ao lado dela e puxo meu cobertor também. Podemos usá-lo se a temperatura cair mais. — Parece que ambos fomos atraídos para um esconderijo familiar.

— Bem, eu estive aqui o tempo todo.

— Você não estava aqui quando eu cheguei, e não parece que esteve há algum tempo.

Ela me pegou.

— Faz um pouco de tempo.

Jess sorri como se soubesse disso.

— Quanto tempo?

— Desde antes de Melia nascer.

A verdade é que não consigo me lembrar da última vez que vim aqui. Como a casa de praia, é algo que pertence a nós dois. Foi *aqui* que nos encontramos e nos perdemos juntos.

— É diferente para você? — ela pergunta.

— Eu acho que tudo é diferente.

Ela olha para o horizonte.

— É, mas estar aqui não parece assim, não é? Quando cheguei, foi como se esse sentimento de pertencer me preenchesse. Quase como se o lugar estivesse aqui, esperando por nós. Tudo está igual a antes... bem, exceto a casa pela qual passei e que não estava aqui anos atrás.

Eu me inclino para trás em meus cotovelos, olhando para ela ao luar, enquanto as estrelas começam a aparecer. Às vezes, sinto como se tudo estivesse esperando por ela. É por isso que eu precisava fingir que não me importava.

Por que tudo na minha vida é seguir em frente e não olhar para trás.

Ela é meu passado, mas sempre pensei que seria meu futuro.

Nunca vou entender como dois adolescentes conseguiram se apaixonar tanto que, depois de todo esse tempo, ainda parece tão forte. Tudo voltou no dia em que ela apareceu.

— Sim, tem alguns anos.

— Felizmente, os proprietários nunca encontraram este local.

Eu sorrio.

— Pelo crescimento excessivo dos arbustos, acho que não. Não, parece que ninguém esteve aqui.

— Espero que não se importem de estarmos aqui.

Encolho os ombros.

— Não estou preocupado.

Jess muda seu peso, batendo em mim.

— Você sempre foi capaz de se livrar dos problemas.

— Sou um cara simpático.

— Você é incrível, certo. — O sorriso de Jess é caloroso e quero beijá-la tanto que dói.

— O que mais você tem aí? — pergunto, olhando para a bolsa.

Ela a abre, tirando uma garrafa de água, um travesseiro, um saco de salgadinhos e seu telefone, o que é cômico, porque aqui não tem sinal.

— Você estava pensando em dormir aqui?

— Não — ela diz lentamente. — Eu só não tinha certeza se encontraria e juro que foi você quem me disse para estar sempre preparada para o caso de me perder ou me machucar.

— Disse mesmo.

Ela se apoia nos cotovelos, imitando minha pose, e pego seu saco de biscoito.

— Ei! Traga seus próprios lanches — reclama, com uma risada.

— Eu gosto mais do seu.

Abro um saco e coloco um biscoito na boca. Ela revira os olhos e encosta a cabeça no travesseiro. Eu odeio ainda achá-la irresistível.

Olho para a vista, focando nas estrelas em vez de em como ela é bonita. Seu longo cabelo castanho está preso em um daqueles coques que não fazem sentido, e ela está usando leggings e um moletom de ombro nu que mostra sua tatuagem.

— O que quer dizer? — pergunto, evitando a complexidade dos meus pensamentos ao redor dela.

Sua cabeça se vira para mim, os olhos cheios de confusão.

— O quê?

— Sua tatuagem.

— Ah — ela diz, com um sorriso —, é latim para: A força não é mensurável.

— Isto é uma grande verdade.

— Às vezes tenho que me lembrar de que não nascemos com uma quantidade finita de força, porque sempre há mais quando precisamos. Temos que aproveitá-la, usá-la e recarregá-la quando estiver esgotado.

— Olhe para você — comento, cutucando suavemente. — Uma filósofa.

Ela balança a cabeça.

— Longe disso. Só tenho pensamentos sobre certas coisas na vida.

— O que você pensa sobre este momento então? Nós dois, nos encontrando em um lugar que permaneceu intocado por anos.

Jessica me encara por um momento antes de se virar, descansando a mão ao longo de seu pescoço.

— Não sei. O que você acha?

Eu me mexo para poder avaliar sua reação.

— Acho que significa que deveríamos estar aqui.

— Por quê?

— Não sei. Por que você veio aqui? Honestamente.

Sua respiração fica um pouco mais rápida, seus olhos procurando os meus.

— Eu precisava me sentir viva novamente.

— E este lugar é onde você se sente assim?

Jessica balança a cabeça, em negativa.

— Não? — pergunto, confuso sobre por que ela está aqui.

— Eu senti isso com você.

A batida no meu peito fica mais alta, a indecisão lutando dentro da minha cabeça. Eu a quero. Sempre a quis. Eu preciso dela e, no entanto, sei que nunca a terei. Jessica não pode ficar presa, e esse foi meu maior erro antes. Ela não pode ser enjaulada, e qualquer homem que tentar contê-la irá falhar.

Desta vez é diferente. Sei que não posso ficar com ela, mas talvez eu possa segurá-la por um tempo.

Nós dois nos observamos, esperando que o outro faça um movimento. Desta vez, vou pelas beradas.

Estendo a mão lentamente, meu polegar roçando sua bochecha. Eu me movo em um ritmo que dá a ela todas as oportunidades de me afastar.

— Eu me sinto seguro com você — falo, me aproximando de seus lábios. — Eu não deveria, mas você é a única coisa que não consigo deixar de lado.

Um tremor percorre seu corpo e ela coloca a mão sobre meu coração acelerado.

— O que estamos fazendo?

— O que quisermos. Você me quer?

Seus olhos, que são de uma rica cor âmbar circundada por uma linha grossa de preto, movem-se para meus lábios.

— Eu disse que não posso te beijar.

Eu me movo um pouco mais, nossas bocas apenas um sussurro separadas.

— Então eu terei que beijar você.

Não espero que responda, eu a beijo. Meus lábios se fundem aos dela como se tivéssemos sido feitos para caber dessa forma. Ela inclina a cabeça e eu aproveito, aprofundando o beijo. O braço de Jessica envolve em torno de mim, ela se agarra a mim, e eu a deito.

O gemido que lhe escapa percorre meus ossos e quero ouvi-lo de novo e de novo. Seus lábios se abrem, e então nossas línguas deslizam uma na outra. Estou tão fodido. Mantenho sua cabeça firme, controlando o beijo, precisando pegar qualquer coisa que ela me dê.

Ela faz ruídos suaves, segurando minhas costas, e rolo em cima dela.

— Jess... — digo seu nome no ar silencioso.

— Me beije, Gray. Por favor, não pare.

Eu faço o que ela pede, minha mão descendo pelo seu lado, minha boca permanecendo fundida à dela. Ela é tudo de que me lembro, porém, melhor. Eu beijei essa garota mais de mil vezes. Senti seu amor, paixão e corpo tantas vezes, mas isso é como algo novo.

Somos novos.

Este não é o velho Grayson e a velha Jessica, isso é algo novo.

Eu nunca deveria tê-la beijado. Eu deveria parar, mas não há nenhuma chance no inferno de isso acontecer agora.

Minha mão está se movendo de volta para cima em seu corpo e eu seguro seu seio, movendo meu polegar sobre seu mamilo.

Ela agarra minhas costas, tentando me puxar com mais força.

— Me diga para parar — peço, contra sua boca.

Seus olhos encontram os meus, brilhando de paixão e desejo.

— Eu não quero que você pare.

— Jess...

— Grayson, é você. É por isso que vim aqui.

— Cristo — solto, antes de beijá-la com mais força e com tudo dentro de mim. É por ela que estou aqui.

Eu esperava encontrá-la aqui e, quando a vi, foi como se todas as questões em torno do que deveríamos ser desaparecessem.

Isso pode nunca funcionar, mas não consigo resistir a ela.

Roço a pele onde a camisa dela levantou, movendo minha mão sob o tecido. Empurro sob o fio de seu sutiã, deixando o peso de seu seio encher minha mão perfeitamente.

Ela geme enquanto eu amasso e esfrego seu mamilo. Sua cabeça se move para o lado.

— Deus, sim.

Beijo seu pescoço, beliscando a pele bem onde ela encontra seu ombro antes que minha língua lamba o local.

Seus quadris levantam ligeiramente e eu mudo, precisando vê-la.

— Você é tão bonita. Deitada aqui no local onde me apaixonei por você. Seus lábios estão inchados do meu beijo.

— E olhe para você... — Seus olhos se movem sobre meu rosto. — Seu cabelo está bagunçado. Seus olhos não podem sair de mim e você... você me encontrou.

— Estou procurando por você há anos.

As sobrancelhas de Jess franzem ligeiramente.

— O que você quer dizer?

Merda. Eu não deveria ter dito nada.

— Nada.

Jessica se senta.

— Isso não é nada, Gray.

— Só quero dizer que você é a garota que eu nunca realmente esqueci. Eu tentei, porra, eu tentei. Você está em toda parte e não consigo esquecer, Jess. Não posso fingir que não quero você, nós e...

Sua mão se move para meus lábios.

— Eu tentei também. E então minha vida literalmente desabou ao meu redor. Você sabe o que pensei quando aquele avião estava caindo?

Eu espero, o masoquista em mim querendo que ela diga que fui eu. O realista mantendo esse lado sob controle.

— Sua vida. Sua família.

— O homem que deixei — Jess responde. — Eu pensei em você e como senti sua falta.

— Você teve um ferimento na cabeça.

Ela ri baixinho.

— Ou talvez eu apenas finalmente tive algum bom senso batendo em mim. Você é o motivo de eu estar aqui. Sim, eu precisava me recuperar, mas não poderia continuar vivendo assim. Eu tinha que ver você... para saber se o que sinto é real ou não.

— E agora que você está aqui, o quê? Vai ficar aqui e permanecer se tentarmos isso? — pergunto, já sabendo a resposta.

O olhar abatido em seu rosto diz tudo.

— Eu... Eu... nós... a... — Seus olhos se enchem de lágrimas.

— Não, Jess. Não fique chateada. — Uma lágrima cai por sua bochecha e eu a enxugo. — Amar você nunca foi uma questão, mas mantê-la sempre foi nossa ruína. Não posso sair daqui e você não vai ficar.

Ela solta um suspiro profundo e depois fala:

— Não é assim.

— Mas é. Estou preso aqui, goste ou não. Tenho de pensar em Amelia, na pousada e em minha família, embora sejam um pé no saco.

— Então, e se tentarmos?

— E eu acabo com uma garotinha de coração partido e minha própria dor?

Ela mastiga o lábio inferior.

— Você não pode me dizer o que vou querer, Grayson. Eu te deixei e sei como é isso. Se tentarmos, e eu te amo como eu... e tudo...

Eu me inclino, pressionando meus lábios nos dela, me recusando a ouvir o fim disso.

— Se falharmos — digo suavemente —, não vou machucar minha filha permitindo que ela observe outra mulher indo embora.

Tenho que proteger a mim e Amelia, porque Jessica não pertence aqui, assim como Yvonne nunca pertenceu.

Capítulo 16

Jessica

— Então, você decidiu não se reconciliar. Como ele reagiu? — Dra. Warvel pergunta de onde ela está sentada com as pernas cruzadas, escrevendo naquele maldito caderno.

— Mal.

É o dia das respostas de uma palavra, e eu não me importo.

— Você está claramente agitada — reflete.

— Sim.

— Quer me dizer por quê?

Desviei o olhar.

— Não.

— Ok. — Sua voz é uniforme quando ela se recosta na cadeira. — Acho que você está chateada porque se permitiu ser vulnerável e se machucou.

Eu bufo. Ela entendeu tudo isso com apenas algumas palavras. Uau, ela é uma maldita gênia. Cruzo meus braços, querendo construir uma fortaleza ao meu redor para impedir que suas palavras entrem.

Não estou chateada porque estou ferida. Estou chateada porque fui burra. Menti para mim mesma e pensei que poderia ter tudo.

Que monte de merda. Ninguém entende tudo.

Cerro os dentes para me parar de dizer isso a ela. Não quero estar aqui, mas minha mãe saiu do trabalho então eu não pude faltar. Estou aqui, mas cansei de falar sobre Grayson Parkerson e meus sentimentos estúpidos sobre ele.

— Podemos não falar sobre isso? — Meu tom é cortado.

— Nós poderíamos, mas então esta sessão deixará você exatamente onde começou.

— Não vou me sentir melhor contando.

— Talvez não — ela concorda. — Ou talvez você chegue à raiz de por que está chateada com o mundo.

Não sei como Jacob consegue conviver com uma psicóloga. Eu mataria alguém que continuasse cutucando e cutucando. Eu não quero falar. Não quero me sentir melhor porque a dor é a única coisa que me lembra de que a vida é uma merda.

— Eu estou bem.

Dra. Warvel acena com a cabeça uma vez e depois se levanta.

— Ok, você tem cerca de trinta minutos restantes na sua sessão, então você fique à vontade para ficar aqui ou, se quiser, pode sair, tudo bem também. Vou colocar algumas coisas em dia.

Ela vai até a mesa, pega o iPad e começa a digitar.

Ótimo, não estou apenas com raiva, quebrada e uma bagunça, também estou desperdiçando o dinheiro de Jacob.

Eu poderia me sentir pior? Não. Eu não acho que isso seja possível.

Estou sendo um bebê. Essa é a verdade.

— Eu disse a ele que queria tentar — falo baixinho, mas sei que ela ouviu.

Dra. Warvel pousa o iPad e volta para o assento que normalmente ocupa.

— E ele rejeitou você?

Eu concordo.

— Ele disse que sabe que não vou ficar aqui e que tem que proteger a filha.

— Parece que ele é um ótimo pai.

— Muito melhor do que o meu jamais foi.

Ela inclina a cabeça.

— Talvez ele estivesse protegendo você por não lhe dar escolha.

— Ou ele mesmo.

Dra. Warvel não diz uma palavra, apenas me observa, e começo a ficar inquieta.

— O quê?

— Muitas vezes criamos verdades a partir das experiências que vivemos quando crianças. Elas não são verdades o tempo todo, mas nossas mentes as consideram assim. Por exemplo, seu pai te deixou, então você acredita que as pessoas vão embora, por isso você deixou Grayson, certo?

— Eu acho.

Ela junta as mãos na frente dela, se inclinando.

— Jessica, por que você o deixou?
— Porque eu queria...

Eu queria me proteger. Queria deixá-lo antes que ele pudesse me deixar e eu não me machucaria e quebraria. Ele era a única coisa no mundo que eu não queria perder, então o larguei de mão.

Meus olhos se arregalam e minha respiração engata.

— Me diga — insiste. Eu sinto a umidade escorrendo pelo meu rosto enquanto digo esse pensamento em voz alta. Dra. Warvel estende a caixa de lenços. — Não é fácil trabalhar nosso passado e mudar a maneira como pensamos, mas Grayson também suportou pessoas que ele amava o deixando.

Seu pai, de certa forma, eu, Yvonne... todos nós o deixamos.

— Não quero machucá-lo. Eu ainda o amo.

Ela me dá um sorriso triste.

— O amor é um presente quando dado gratuitamente, mas também pode ser doloroso quando recebido de volta. Ambos precisam ter confiança e abertura. Se suas dores de cabeça tivessem passado e você estivesse autorizada a voar, você voaria ou ficaria no solo ao lado dele?

Duas partes da minha alma começam a brincar de cabo de guerra.

— Não sei.

— E essa é a resposta que o assusta.

Também me apavora.

Stella corre para meu escritório.

— Ah, que bom! Você está aqui. Graças a Deus.

— O que está errado?

— Eu *preciso* que você me ajude.

Fico de pé.

— Claro, o que foi?

Stella engole profundamente.

— Eu tenho que cuidar de Amelia esta noite, mas algo aconteceu... uma emergência com um velho amigo, mas ela tem dança esta noite e não pode perder.

— Ok...

— Eu prometo, eu não pediria se houvesse alguma maneira de contornar isso. Se houvesse outra opção, juro, Jess, eu não faria isso. Mas estou desesperada e tenho que sair agora. Sei que é pedir muito, mas você pode levá-la para mim?

Não tenho certeza se é uma boa ideia. Não sei muito sobre os filhos de outras pessoas, mas a filha do ex-namorado com quem você ficou uns dias atrás e depois foi rejeitada provavelmente não está no topo da minha lista.

— Onde está Grayson?

— Tivemos um grande problema em Wyoming com a propriedade de Oliver, e ele saiu de avião esta manhã.

— Ah.

Ela sorri com força.

— Olha, sei que é um grande favor, e eu não perguntaria se já não tivesse perguntando a Grayson e ele disse que tudo bem se eu não tivesse outra opção, e eu não tenho.

— E a Winnie?

Minha irmã ama Amelia e já cuidou da garotinha antes.

— Winnie disse que está atolada no trabalho.

Uma sensação de pavor enche meu peito, pesando sobre mim. Eu amo Amelia, mas ela é filha de Grayson.

— Você realmente não tem mais ninguém? — pergunto.

— Juro, eu não perguntaria se tivesse. Sério, se eu não precisasse sair em uma hora, eu não faria isso.

— Eu não posso dirigir — eu a lembro.

— Eu sei. Está bem. Vou levá-la até a minha casa e você pode ficar com Melia lá, já que é na cidade a um ou dois quarteirões de distância do estúdio de dança dela. — O que significa que posso andar até lá. — Ela tem seu próprio quarto, e há um quarto de hóspedes, então você ficará completamente confortável. *Por favor* — implora, com as mãos na frente do peito. — Se você disser não, terei que levá-la, e ela ficará arrasada.

Ahh, a imposição de culpa dos Parkerson. Eu senti falta disso. Ainda assim, não tenho mais nada a fazer e estaria ajudando Stella, que muito fez para me ajudar.

— Acho que sim, mas ainda tenho pesadelos e não quero assustá-la.

— Você não vai. Eu prometo. Ela dormiria com um exército inteiro marchando em seu quarto.

Solto um suspiro pesado. Essa era minha última desculpa.

Retorne para nós dois

— Tudo bem. Contanto que você jure que Grayson está bem com isso.

Ela pega o telefone, digita algo e espera. Seu pé batendo.

Então meu telefone apita com um código de área da Carolina do Norte.

> Desconhecido: É o Gray. Eu juro que está tudo bem, só não dê ouvidos a ela se ela disser que tem permissão para comer Kit Kat no jantar.

> Eu: Eu não sou tão ingênua.

> Grayson: Ela é muito convincente.

Stella limpa a garganta.

— Ok?

— Ok.

— Que bom. Vamos!

Pego minha bolsa e saímos para pegar Amelia na creche antes de ir para a casa de Stella. Ela conversa a mil por hora, nos contando tudo sobre seu dia, o que comeu — onde ela mencionou Kit Kat — e como está animada por eu estar cuidando dela.

Stella me mostra seu loft, apontando algumas coisas importantes, e então me dá seu número de celular antes de sair.

Amelia se joga no sofá, pegando o controle remoto.

— Tia Stella me deixa assistir desenhos animados.

Eu estou tão perdida. Depois da mensagem de texto com Grayson, não tenho certeza do quanto devo acreditar dela.

— Sim? Quais?

— Não os assustadores.

— Que tal assistirmos juntas? — ofereço.

Melia dá um tapinha no assento ao lado dela.

— Eu gosto dos engraçados com o gato cantor.

Gatos cantando soam como um território seguro. Embora Tom e Jerry não fossem exatamente o modelo que deveríamos ter seguido em relação a como tratar os outros.

Uma vez que estou sentada, Melia se aproxima, se aconchegando ao meu lado. Ela é uma criança tão doce.

— Temos apenas cerca de vinte minutos antes de irmos para a sua aula de dança.

Ela sorri.

— Eu amo dançar. Papai disse que sou a melhor da classe.

— Eu tenho certeza que é.

— Sra. Butler não é uma boa professora.

— Eu fui aluna da Sra. Butler quando era pequena. — Ela era uma mulher horrível na época, então não estou surpresa que ainda seja uma merda.

Como ela ainda está no mercado é um mistério. Então, novamente, não é como se houvessem outras opções na cidade.

— Ela sorria?

Eu ri.

— Nenhuma vez.

Melia muda de canal até encontrar seu programa.

— Este é o gato cantor. Seu nome é Winston, e ele tem medo de aranhas.

— Então somos dois.

— Eu também não gosto delas, mas papai não tem medo. Ele não tem medo de nada.

Exceto eu.

Eu sorrio para ela.

— Ele deve ter medo de alguma coisa.

Ela balança a cabeça.

— Não.

— Nem mesmo cobras?

Amelia sorri.

— Não.

— E fogo?

— Ele é um bombeiro, sua boba.

— Ah, isso mesmo — comento, tentando parecer pensativa. — E as... tempestades?

Amelia fica de joelhos.

— De jeito nenhum, as tempestades não são assustadoras, são divertidas.

— Divertidas?

— Papai e eu vamos na varanda para assisti-las.

Grayson e eu costumávamos fazer isso também. Íamos na traseira de sua caminhonete, observando as tempestades elétricas do outro lado das montanhas. Tinha uma sensação ridícula de falsa segurança, porque ele me convenceu de que os pneus nos impediriam de ser eletrocutados, ignorando o fato de que estávamos na caçamba de metal de uma caminhonete.

— Tem que haver algo — digo a ela.

Amelia bate o dedo nos lábios e é tão fácil esquecer que ela tem apenas quatro anos.

— Eu sei!

— Você sabe?

— Ele tem medo de mim.

— Ah, é? Você é *assustadora*? — pergunto, com minha voz dramática no final.

— Sim! Veja! — Ela levanta os dedinhos e rosna. A risada é instantânea, e eu a agarro, fazendo cócegas em sua barriga.

Eu entendo porque ele desistiria de sua própria felicidade por ela. Você protege quem ama. Você protege sua filha, mesmo que isso signifique arrancar seu próprio coração.

Capítulo 17

Grayson

Tudo nesta propriedade está uma bagunça.

Fica no meio do nada, cheira sem dúvidas a cocô de vaca, não importa onde você esteja, e precisa ser completamente destruída.

— Como diabos papai achou que esse era um grande investimento?

Oliver encolhe os ombros.

— Dane-se se eu sei.

— Por que você concordou em vir aqui?

— Algum de nós tem uma maldita escolha? Ele disse que comprou um terreno e que eu deveria ir. Depois do rompimento com Devney, fiquei muito feliz por deixar Sugarloaf.

Eu conheço esse sentimento muito bem. Se Jessica tivesse ficado em Willow Creek, eu teria implorado para pegar um desses locais, mesmo que isso significasse que eu viveria no inferno de cocô de vaca.

— Jessica conhece o irmão dele — comento.

— Estou ciente, ela estava no acidente com ele.

Parece que todos sabiam disso, menos eu.

— Você falou com ela?

— Jessica? Sim, ela estava na festa semana passada. Festa que você de alguma forma conseguiu escapar.

Eu não consegui escapar, eu simplesmente não fui. Não há absolutamente nenhuma razão para eu precisar fingir que somos uma família intacta para manter minha mãe feliz. Ela não dá a mínima para nenhum de nós ou o que queremos. É tudo uma questão de aparência e status. Duas coisas sobre as quais eu não dou a mínima.

— Eu tinha planos.

Ele sorri.

— Claro que sim.

— Eu não tinha ideia de que ela estava indo — informo, quando entramos na área do saguão.

— Isso teria mudado seus planos? — meu irmão mais novo pergunta, e tenho o desejo de prendê-lo em uma chave de braço.

— Não.

— Mentiroso.

Eu o viro.

— Vamos ver o que você estragou e que precisa de mim para resolver.

Ele geme, mas lidera o caminho de volta para o escritório.

Se eu pensei que havia uma bagunça antes, estava muito enganado. Isto é outro patamar de bagunça. O escritório é pequeno, mas há tinta spray nas paredes, papéis espalhados e a luz da mesa está quebrada no chão. Esta pessoa estava com raiva.

— Você chamou a polícia?

Oliver balança a cabeça.

— Tenho certeza de que foram eles que fizeram isso.

Ok, agora estou confuso.

— Acha que os policiais destruíram seu escritório? Você estava transando com a filha do tenente?

Ele solta um suspiro pesado e caminha até a área da mesa.

— Eu não estava, mas acho que outro membro da família Parkerson sim.

— Porra — eu digo, pegando a nota de sua mão.

Lá, em preto e branco, estava o que meu irmão temia.

> *Você me enoja. Você é um mentiroso e nunca mais quero te ver. Você disse que não era casado e então eu vi as fotos!*

— Você, por acaso, se casou com alguém e não nos contou?

Oliver ri sem humor.

— Não.

— Então, você acha que uma de suas amantes na área descobriu e destruiu o lugar?

— Bem, o jantar de caridade foi interessante, e vou presumir que nossa mãe queria se deleitar com sua glória, o que significa que a imprensa estava lá. Não é preciso ser um cientista espacial para descobrir por que isso aconteceu agora.

— Jesus. Você pensaria...

— O quê? Que ele não era mais assim? Vamos, Grayson. Você não é um idiota. Bem, você é, mas não dessa forma. Olhe para todos nós. Cinco filhos. Cinco, e somos todos assim. Nós namoramos pessoas que nunca serão mais do que casuais. Nós lutamos contra qualquer coisa que pareça real. Eu namorei Devney por anos, sabendo o tempo todo que ela estava apaixonada por seu melhor amigo. Não consegui nem ficar chateado com isso quando descobri que ela o beijou.

— Eu teria me casado com Yvonne — afirmo, precisando provar que ele estava errado. Não podemos estar todos fodidos. Deve haver pelo menos um de nós que tem esperança.

— Sim, e era um relacionamento saudável?

Não, não era. Era tóxico e estou feliz por não ter me casado com ela, mas realmente, nenhum de nós é o modelo de relacionamento saudável. Penso em cada um dos meus irmãos, tentando ver onde nossos pais podem não ter nos arruinado totalmente, e me sinto uma merda total. Stella nunca namorou realmente ninguém. Ela teve namoros de curta duração, mas sempre se afasta ao primeiro sinal de algo profundo. Josh tem negado seus sentimentos por Delia desde que me lembro, tentando dizer que ele é "muito velho" para ela. Alex é a pessoa mais feliz e solitária que conheço. Ele não tem nenhuma intenção de se casar, e sabemos que Ollie é uma bagunça.

Meu Deus, este é um grupo triste.

— Era o que eu precisava na época — digo, honestamente.

— E isso é o que Devney foi para mim. Eu teria me casado com ela. Planejava pedi-la em casamento, embora uma parte de mim estivesse hesitante. Não tenho dúvidas de que a amava, mas o quão fodido seria eu ter me casado com ela, sabendo que ela amava outro cara?

Agarro seu ombro, apertando com força.

— Pelo menos você não está apaixonado pela garota que partiu seu coração, apareceu de novo, te beijou duas vezes e depois se afastou.

— Vejo que você é o mais saudável de nós.

— Longe disso.

— Qual é o problema com ela? Por que você está a afastando?

Eu olho para a bagunça ao meu redor, me sentindo como esta sala.

— Por causa disso.

— O quê? — Ele puxa a cabeça para trás e torce o lábio.

— Isto é o que acontece. As coisas são destruídas quando não dão certo.

Oliver não diz nada ao se inclinar, juntando os papéis e os colocando em uma caixa. Ele a levanta e a entrega para mim.

— E então há isso.

Agora é a minha vez de ficar confuso.

— Uma caixa?

— Não, a limpeza. Fico pensando em como todos cometemos esses erros ao tentar não cometer.

— Oliver, não tenho ideia do que diabos você está dizendo.

Ele suspira profundamente.

— E daí se houver uma bagunça no final? Quem se importa se as coisas não derem certo ou se não conseguirmos o que queremos na linha de chegada? Podemos recolher as peças e guardá-las. Não deveria ser sobre a jornada? Estou cansado de viver assim, Grayson. Eu quero me casar e ter filhos. Caralho, eu quero ser feliz. Quando voltei para casa na semana passada, tudo que pude ver foram pessoas que não tinham dinheiro ou odiavam seus empregos, mas pareciam felizes, porque não estavam sozinhas.

— Eu vejo isso todos os dias.

— E você não quer?

Ele não tem ideia, porra.

— Eu construí uma casa porque esperava que alguém morasse nela comigo — eu o lembro.

— Sim, e agora ela está de volta e você está com medo.

— Claro que estou com medo! — grito, jogando a caixa no chão. — Eu sei o que é perdê-la.

Oliver balança a cabeça lentamente.

— Você também sabe o que é amá-la. Acho que a questão é: qual vale mais?

Eu termino com a conversa.

— Vamos limpar isso — sugiro, sério. — Então, vamos ligar para ele e informá-lo sobre os danos.

Felizmente, ele entendeu a dica e começamos a trabalhar para limpar a bagunça que pudermos.

Capítulo 18

Jessica

— Tem certeza de que não se importa? — Stella pergunta, enquanto empurro o telefone no ouvido.

O que eu devo falar? Não. Não posso, porque Amelia tem quatro anos e não pode exatamente ficar em casa sozinha. Então, aqui estou eu, arrumando suas coisas para ir para a casa de Grayson e passar mais uma noite com ela.

— Tudo bem.

Ela suspira de alívio.

— Você é a melhor. De verdade. Achei que poderia voltar, mas a tempestade está forte e não consigo ver com a chuva.

— Compreendo.

Mesmo que eu odeie a ideia de dormir na casa dele, Amelia precisa de roupas limpas e ela está entediada aqui.

— Obrigada, Jess. Sei que isso não é fácil para você, já que você e Gray têm uma história, mas...

— Está tudo bem. Somos amigos e é isso que os amigos fazem.

O trovão ecoa ao fundo, pontuando esse pensamento.

— Eu tenho que ir.

— Se mantenha segura, nos vemos amanhã.

Amelia vem correndo, um grande sorriso no rosto.

— Vamos para minha casa?

— Nós vamos.

— Yay! — Ela pula para cima e para baixo. — Eu posso te mostrar todos os meus brinquedos. Tenho um monte deles, porque papai diz que sou fofa.

E ela é. Só então uma buzina toca, eu pego nossas malas e estendo a mão.
— Pronta para ir?
Delia, a salva-vidas que é, veio nos levar de carro para que não precisássemos andar. Entramos e coloco Amelia em seu assento. Quando subo na frente, Delia está olhando para mim, me dando um olhar duvidoso.
— Não diga uma palavra — advirto.
Ela sorri.
— O que eu poderia dizer?
— Nada.
— Certo. Nada. Não tenho nada a dizer sobre isso.
— Que bom. Então não diga nada.
Delia olha pelo retrovisor.
— Você tem algo a dizer, Melia?
Melia sorri.
— Eu amo bonecas.
— Sim, é divertido fingir, não é, Jessica?
Eu cerro meus dentes.
— Sim.
Ela continua.
— Eu gosto de fingir que minha melhor amiga vai encontrar seu príncipe algum dia. Ele é alto, tem cabelo escuro e os olhos bem azuis.
Amelia se anima.
— Meu pai tem olhos azuis.
Delia ofega.
— Ele tem?
— E ele é alto.
— Olhe para isso.
— Pedi tanto para não dizer nada — resmungo, com o canto da boca.
Ela me ignora, virando à direita na rua de Grayson.
— Acha que minha amiga deveria dizer a ele que o ama?
Amelia acena com a cabeça vigorosamente.
— E ela deveria beijá-lo!
— Ela deveria?
Eu quero me jogar para fora desse carro.
— Beijar meninos não é uma boa ideia — tento injetar algum raciocínio nessa conversa estúpida.
— Isso é verdade. — Delia concorda. — Eu acho que ela pode amá-lo, porém, e se o fizer, ela deveria beijá-lo antes que sua mãe malvada lhe dê veneno.

— Ai, Jesus — murmuro.

— Ela tem que beijá-lo! — Amelia concorda.

— Sim, talvez minha amiga acorde e veja o que realmente está acontecendo.

Felizmente, chegamos na garagem dele e Delia estaciona. Não digo nada, porque não vou dar a essa conversa mais um segundo do meu tempo. Não estou dormindo. Estou totalmente acordada e ciente da verdade. Isso não é um conto de fadas, e o final feliz não está vindo na minha direção.

Olho para a cabana de madeira na minha frente e tento não pensar em como vou para a casa *dele*. São dois andares com janelas enormes e uma varanda que circula a frente. Há um telhado de zinco preto, que imagino que faça as noites chuvosas parecerem uma canção de ninar. Na porta da frente, há três papéis brancos com desenhos, obviamente obra de Amelia.

Aproximo-me com o coração na garganta, porque esta é a vida deles e estou caminhando para ela.

Amelia, tendo a atenção de uma criança de quatro anos, corre para a porta, ocupada contando a Delia sobre sua aula de dança.

— E então a Sra. Butler disse que tenho que mover meu pé direito para ficar na segunda posição, mas não gosto disso. A quarta é a minha favorita, então eu queria ficar lá.

Delia e eu fizemos balé durante anos, e foi assim que nos tornamos melhores amigas. Nós duas éramos horríveis.

— Você deveria dizer a ela que quer usar uma malha roxa.

— Você está tentando fazê-la ser expulsa? — pergunto.

— Espero que talvez eu possa levar a Sra. Butler a finalmente se aposentar.

Reviro os olhos, encontro a chave reserva onde Grayson me disse que estaria e abro a porta.

— Use a meia-calça rosa e malha preta e não dê ouvidos a uma palavra que Delia diz.

Amelia encolhe os ombros e corre para o que presumo ser o quarto dela. Eu levo um segundo e olho ao redor. Esta é a casa dele, onde ele está criando uma menina sozinho.

A casa é exatamente como sempre sonhamos quando olhamos para as montanhas. É uma bela cabana de madeira com muito espaço aberto e um loft enorme no segundo andar. A parede do fundo, porém, é incrível. Janelas do chão ao teto que proporcionam uma vista perfeita das montanhas. Por que diabos ele foi até o nosso lugar, eu nunca vou entender. Aqui, de pé no meio da sua sala, posso ver a mesma vista.

À direita está a cidade, que é a única luz que podemos ver do mirante. E então, à esquerda, está o pico da montanha que parece um lápis.

Sinto o ar sair dos meus pulmões rapidamente.

— É uma vista incrível. — Delia está ao meu lado.

Há lágrimas se formando em meus olhos, a umidade ameaçando transbordar, e me viro para que ninguém veja. Ele comprou uma casa no mesmo lado da montanha, olhando para a vista que sempre amamos.

Então algo começa a incomodar no fundo da minha mente.

— Delia?

— O quê?

— Esta casa... sempre foi de Grayson?

— Sim, ele mandou construir. Comprou o terreno anos atrás, mas não fez nada, então quando ele — ela procura ao redor por Melia — e a mãe dela eram um casal, ele colocou no mercado, mas continuou rejeitando as ofertas. Construiu a casa logo depois que Amelia nasceu e *ela* foi embora.

Posso sentir minha respiração ficando difícil. Ai, Deus. Ele comprou o terreno. Ele é o dono deste lote e do nosso lugar.

— Ah.

Isso é tudo que posso dizer ao olhar pela janela.

— Por quê?

Neguei com a cabeça.

— Nada, é apenas uma bela vista.

— Sim, deve ser bom ser um Parkerson e comprar parte de uma montanha.

Dou mais alguns passos, meu coração batendo forte conforme me aproximo. Está tudo aqui. Tudo o que compartilhamos, as memórias, as esperanças e sonhos sussurrados no ar, eles estão todos bem aqui. Outra lágrima cai pela minha bochecha quando outra parte do meu coração percebe o quanto estou apaixonada por ele.

— Jess — a voz profunda de Grayson soa tão distante, embora ele esteja bem aqui em meus braços.

Eu não quero ser acordada desse sonho.

O cheiro de Grayson está ao meu redor, seus lábios estão nos meus. Estamos em nosso lugar onde nada pode nos atingir.

— Jessica. — Sua voz é baixa e abafada. — Amor.

Quando ele usa o termo carinhoso, eu paro. Eu o agarro, estendendo a mão, mas ele não está lá. Eu gemo, tentando trazê-lo para mim.

— Gray, por favor — imploro. — Por favor, não me deixe.

Posso sentir a hesitação crescendo entre nós.

— Foda-se — amaldiçoa, esfregando seu nariz contra o meu.

Tão perto.

Ele está bem aqui.

— Eu preciso de você — confesso.

Ele solta um resmungo baixo que vem de seu peito, sua testa repousando na minha.

— Você está me matando.

Corro as mãos ao longo da barba por fazer em sua bochecha.

— Me ame — eu imploro.

— Eu sempre amei.

Eu sorrio, amando como ele me faz sentir.

— Eu sempre te amei, mas estava com medo.

Os dedos de Grayson correm pelo meu queixo antes de roçar meus lábios.

— Com medo de quê?

No meu sonho, não tenho medo de contar a ele. Fecho os olhos e o calor dele me cerca.

— Perder você. Eu nunca quis perder você — revelo. Ele solta um suspiro pesado como se eu tivesse acabado de dizer algo que o magoou. Eu o sinto se afastando e me agarro a ele. — Não faça isso.

— Acorde, amor. Acorde.

Minha garganta fica seca e meus olhos se abrem. Ele está lá, pairando sobre mim. Eu estou... em uma cama que não é minha.

Porque é a dele. Estou na cama dele e ele também.

Eu suspiro, e ele se move para o lado.

— Eu estava sonhando?

Grayson agarra sua nuca.

— Sim.

— Ai, Deus. — Coloco a mão sobre a boca.

— Sim.

— Ai, Deus — repito, percebendo que eu estava sonhando... com ele e não com o acidente. Eu me sento, meu coração batendo forte. — Você sabe o que isso significa?

Retorne para nós dois

Ele esfrega a testa e aperta a ponta do nariz.

— Que vou tomar um banho muito longo e muito frio depois de ouvir tudo isso?

— Não! Significa que estava sonhando com *você*. Conosco. Não com o acidente. Isso significa que, pela primeira vez em dois meses, não tive o mesmo pesadelo horrível.

A felicidade parece que está explodindo do meu corpo. É assim que imagino que seria um milagre.

— Você estava sonhando quando eu entrei.

Eu me aproximo dele, me sentindo viva e feliz.

— Sim, mas eu não estava morrendo. Eu não estava literalmente tremendo e me arremessando em direção ao chão a uma velocidade que significava que eu nunca mais veria você...

Seus olhos, tão próximos e abertos, encaram os meus, e meu coração começa a disparar.

— É disso que você tem medo?

Eu posso sentir o calor queimar minhas bochechas e aceno. Dra. Warvel queria que eu fosse honesta, bem, aqui vai:

— Sim. Mesmo agora, com você aqui, eu sinto que ainda estou caindo do céu quando estamos perto.

— Você não é a única.

Sua confissão me atordoa.

— Nós só vamos nos machucar — digo a ele.

— Estamos fazendo isso agora de qualquer maneira.

Ele tem razão. Este empurra e puxa não é bom para nenhum de nós. Estamos mentindo para nós mesmos se pensarmos que podemos continuar neste ciclo. É uma loucura e estamos falhando.

Eu chego mais perto.

— Grayson... esta casa.

O sol está nascendo, banhando o quarto com belos raios de luz. Em nossa montanha, nada pode nos machucar — pelo menos, é o que sempre acreditei.

Ele fecha os olhos e se afasta.

— Eu não podia deixar pra lá, Jess.

— Por quê?

Ele ri uma vez, voltando-se para mim.

— Por que você acha?

— Por que você não me contou? — pergunto.

A mão de Grayson passa pelas mechas castanhas grossas enquanto ele solta um gemido baixo.

— Há quanto tempo você não volta aqui? Achei que ver você não faria diferença. Se eu pudesse passar a porra de cada dia olhando pela janela, ia ficar bem, então estava tudo bem, certo?

Não tenho certeza do que ele está dizendo, mas não interrompo.

— E então você volta. Você aparece aqui, quebrada, linda, e não é mais minha para amar. Você me *deixou*. Você *me* deixou, porra, e eu precisava te esquecer. Agora, a linha das árvores que parou de me ferir anos atrás são como pequenas agulhas no meu coração. A montanha de lápis é mais nítida, zombando de mim quando olho para fora. As pessoas, a quem demos vidas falsas, estão vivendo nosso futuro enquanto estou aqui sentado, fingindo que você estando do outro lado dos trilhos não importa. Comprei este terreno porque era nosso. As memórias, o caminho para aquele local, a coisa toda era nossa.

Eu levanto minha mão, a trazendo para descansar em seu braço, precisando tocá-lo.

— Eu te deixei e não poderia dizer seu nome novamente. Eu te deixei e me proibi de falar sobre você porque, cada vez que o fazia, parecia que meu coração estava morrendo.

Sua mão cobre a minha e um milhão de perguntas dançam em seus lindos olhos. Eu quero que ele me beije.

Uma noite em sua casa foi suficiente para afugentar os pesadelos. Tudo isso por causa dele.

Depois de mais um minuto de silêncio, seu polegar desliza pela minha palma.

— Sabe, continuaremos acabando na cama ou sozinhos. Eu sempre quis você, Jess. Minha resistência não é tão forte assim.

— Talvez devêssemos parar de resistir.

Eu faço tudo que disse que não faria, mas queria fazer. Eu o beijo. Grayson responde imediatamente, me empurrando para a cama, me beijando de volta, suas mãos segurando meu rosto. Ele nos rola para que eu fique por cima e não perco um segundo. Quem sabe quando um de nós vai cair em si ou se lembrar de que a razão de recuarmos é porque isso é burrice.

Eu vou embora.

Ele vai ficar.

Nós vamos quebrar. Essa é a realidade.

No entanto, esse beijo é um sonho, e eu não quero acordar.

Ele construiu uma casa no lugar em que nos apaixonamos e, agora, não há como eu me afastar dele.

Eu gemo contra seus lábios e beijo a barba por fazer ao longo de seu queixo forte. Ele é tão sexy. Não perfeitamente perfeito, apenas um homem... muito sexy.

Eu mordo sua orelha e depois volto para sua boca. Ele foi meu primeiro beijo. Meu primeiro amante. Meu primeiro amor, e embora eu tenha passado boa parte da minha vida adulta fingindo que não éramos nada, meu corpo diz o contrário.

Sua voz profunda vibra através de mim.

— Você me deixa louco. Sua boca, sua boca é como eu me lembro.

Ele enfia os dedos pelo meu cabelo, puxando nossas bocas juntas. Eu o beijo, deixando meu corpo moldar contra o dele.

— Sem parar — eu digo.

— Sem parar. Eu vou te amar de novo.

Eu o amo agora. Minhas pernas escarrancham sobre ele, sentindo sua ereção dura entre nós. Senti falta disso, a maneira como ele me toca, me trazendo à vida de uma forma que só ele faz.

Minha camisa levanta, seus calos ásperos tocando a pele das minhas costas enquanto ele a puxa pela minha cabeça. O tecido cai no chão, e então ele puxa meu sutiã esportivo para baixo, espalmando meu seio. Deus, isso é tão bom. É tão certo, e não quero nada mais do que senti-lo dentro de mim, me preenchendo com tudo o que senti falta.

Ele.

Minha cabeça inclina para trás quando sua língua corre ao redor do meu mamilo antes que ele o coloque em sua boca. Grayson o circula algumas vezes, fazendo com que o gemido vindo da minha garganta seja baixo e rouco.

— Sentir você é tão bom — sussurro.

— Sentir você é tão certo.

Eu olho para ele, suas palavras fazendo minha respiração engatar.

— Gray.

— Não me diga para parar.

Nego com a cabeça.

— Não dessa vez.

Se estivéssemos em outro lugar, eu poderia ter forças, mas não aqui.

Sua cama fica de frente para as janelas com a vista, e me pergunto como ele consegue. Teria me destruído estar aqui. Apenas dois segundos foram suficientes para me desmoronar por dentro. Em vez de fingir que nunca fomos algo, Grayson viveu aqui, se cercando de nosso passado.

Ele nos rola novamente, olhando para mim, e puxa a sua camisa pela cabeça.

— Você sabe quantas vezes eu desejei isso? Quantas vezes rolei nessa cama, desejando encontrar você ao meu lado? Consegue imaginar como olhar para aquela vista todas as manhãs me deixava louco? E então você voltou. Você veio aqui e, porra, Jess, não posso te afastar de novo.

A profunda emoção em sua voz me quebra. Eu quero falar, mas sei que não posso, porque minha cabeça está girando.

Eu o toco, pressionando minha palma em seu peito.

— Amor. Nós. Desculpe.

O que quero dizer é: "Eu te amo. Me desculpe por ter te deixado. Eu preciso de você, e é assim que sempre deveria ter sido, nós dois juntos".

Ele se abaixa.

— Não diga nada. Eu não preciso das palavras, amor.

Uma lágrima cai pelo meu rosto quando aceno. Ele me beija com ternura e oro para que possa sentir tudo o que eu gostaria de poder expressar.

Ele se afasta, enxugando meu rosto.

— Me diga que não estamos sonhando.

Eu sorrio para ele.

— Não estamos. Eu saberia.

A ruga ao redor de seus olhos suaviza quando seus lábios se erguem.

— Você saberia?

Eu concordo.

— Me beije.

Assim que seus lábios se aproximam dos meus, um som suave nos faz girar a cabeça. A porta se abre e então uma voz suave e sonolenta fala:

— Papai?

Antes que eu possa fazer qualquer coisa, Grayson se vira para o lado e eu caio no chão.

Capítulo 19

Grayson

Merda. Porra. Merda.

Ok, fique calmo. A primeira regra de sua filha entrar quando você está prestes a fazer sexo é não enlouquecer, apenas ficar de boa.

— Amelia, você está acordada. — Minha voz está um pouco estridente, então limpo a garganta para disfarçar. — Oi, querida.

Ela esfrega os olhos.

— Você está em casa!

Pego minha camisa, a vestindo rapidamente e olho para Jessica, que está fazendo o mesmo.

— Acabei de chegar aqui.

— Onde está Jessica? — ela pergunta.

Jessica aparece, puxando seu cabelo em um rabo de cavalo.

— Estou aqui. Oi, Melia. Você dormiu bem?

Seus lábios estão inchados na quantidade certa, e ela me olha nervosa, como se eu tivesse uma ideia do que fazer. Tudo isso é um novo território para mim. As únicas mulheres que já estiveram nesta casa foram minha mãe e Stella.

— Por que você estava no chão? — Melia pergunta com a cabeça inclinada.

— Ela estava tendo um pesadelo — explico, estupidamente.

Minha filha muito inteligente estreita os olhos.

— Você dormiu no chão?

Jessica limpa a garganta.

— Quando tenho pesadelos, às vezes caio da cama.

Amelia corre para Jessica.

— Você está bem? Eu também tenho pesadelos e papai sempre ajuda. Eu não caio da cama, no entanto.

Jessica sorri para ela e olha para mim, que estou ajustando minha ereção muito desconfortável.

— Acho que logo vou melhorar.

Eu com certeza espero que *logo* signifique esta noite, quando eu enviar Amelia para algum lugar e não tiver que pensar em ninguém entrando quando continuarmos de onde paramos.

Ela pula na cama, segurando seu urso muito gasto pelo pescoço.

— Você pode ficar com o Sr. Snuggles.

— Posso?

Melia sorri.

— Eu o ganhei quando era apenas um bebê, e ele mantém todos os monstros maus afastados.

— Bem, eu não poderia tirá-lo de você então.

— Podemos compartilhá-lo — ela oferece.

— Isso é muito gentil da sua parte — Jessica afirma, dando um tapinha em seu nariz. — Estou descobrindo que meus sonhos não são mais tão ruins.

Amelia olha para mim.

— Você ajudou Jessica com seu pesadelo?

Eu quero rir, mas não o faço.

— Eu acho que sim.

— Talvez Jessica devesse dormir no meu quarto, e você pode afugentar os monstros para ela à noite.

Minha querida filha não tem ideia do que eu quero fazer com Jessica à noite.

Eu mudo a conversa, pensando em qualquer outra coisa além de Jessica, uma cama, beijos ou respiração enquanto mantenho um travesseiro estrategicamente posicionado.

— Por que você não desce e vê o que deixei no balcão — sugiro.

Os olhos de Amelia se arregalaram.

— Você me trouxe um presente?

— Tio Alex enviou algo de Savannah para você, mas também há algo que você pode querer comer.

— Donuts?

Eu sorrio.

— Você terá que descobrir.

Não há nada que essa garota ame mais do que donuts, e agradeço a Deus por ter pensado em comprá-los. Ela desaparece em um piscar de olhos, deixando Jessica e eu sozinhos.

Estendo a mão, envolvendo a minha em torno de seu pulso e a puxando de volta para a cama. Uma risada suave escapa dela antes que o momento mude. Eu preciso beijá-la, saber que o que compartilhamos foi algo.

— Esta noite, vou mandá-la para a casa da minha irmã e depois vou fazer amor com você — aviso.

Seu dedo desliza contra meus lábios.

— É isso então?

Levanto uma sobrancelha, a desafiando a me repreender.

— Isso é um não?

— E quanto a Amelia? E todos os motivos que temos? — ela pergunta.

O que Oliver disse sobre qual deles vale mais está ecoando na minha cabeça. Vou perdê-la de novo, mas o tempo em que posso amá-la outra vez não vale a pena? Olhando para ela, não há mais dúvidas.

— Isso é entre nós. Eu sei que não é para sempre, então temos que ter cuidado.

— Não precisamos contar a ninguém — ela concorda.

— Isso é só para nós. Vamos aproveitar o que pudermos e ninguém precisa saber.

Ela me observa, procurando por algo, e então concorda.

— Ok. Esta noite.

Meus lábios tocam os dela, e não consigo me lembrar da última vez em que estava animado por uma noite.

— Você me deve — digo a Stella, enquanto ela se move pelo loft, guardando as coisas.

— Minhas dívidas estão todas pagas com você, querido irmão. Não posso ficar com ela esta noite porque estou ocupada evitando seu pai.

Sim, claro, ele é meu pai.

— Stella, juro por Deus, eu nunca te peço nada, mas estou pedindo agora.

— Você me pede merdas o tempo todo — ela aponta.

Eu esperava que ela me ajudasse. Ela sempre ajuda, principalmente quando se trata de Melia. Claro, na única vez que decido jogar a cautela ao vento e deixar meu pau decidir a direção, isso acontece.

— Ok, mas você a abandonou na outra noite.

Ela larga a camisa que estava dobrando, olhando para mim.

— Você está brincando? Eu estava presa em uma tempestade! Eu não a abandonei e, juro por Deus, Grayson Parkerson, se você insinuou isso para ela, eu vou socá-lo até a morte.

Minha irmã, que pesa vinte moedas, não podia fazer muita coisa, mas o olhar que ela está me dando injeta uma boa dose de medo.

— Eu nunca faria isso.

Sua respiração pesada sai de seus lábios com pressa.

— Bom. Desculpe, não posso ficar com ela. Você sabe que amo cuidar de Melia.

— Que planos você tem? — pergunto.

— Nada que seja da sua conta. Que planos você tem?

— Nada que seja da sua conta — repito.

Stella se vira, os olhos me avaliando de uma forma que me faz sentir como se ela pudesse ler minha mente.

— Como foram as coisas com Jessica e Amelia?

Ai, como eu odeio irmãos.

— Bem.

— Isso é bom. Aconteceu alguma coisa?

— Não.

Nós nos beijamos, fomos interrompidos e não vamos contar isso a ninguém.

— Isso é bom. Estou pensando em convidá-la esta noite.

Aperto minha mandíbula e me recuso a dizer qualquer coisa. Minha irmã está me provocando e tenho que jogar corretamente.

— Tenho certeza que ela gostaria disso.

Ela concorda.

— Sim, ela realmente não conseguiu sair muito ou conhecer ninguém. Não consigo imaginar que ela tenha uma vida amorosa muito boa.

— Eu não sabia que você estava tão interessada na vida amorosa dela.

Stella sorri.

— Não estou, mas nós, meninas dessas cidades pequenas, temos que ajudar umas às outras.

— São esses os seus planos para essa noite? — pergunto.

Minha irmã se levanta e agarra meu rosto com as mãos.

— Eu te amo, mas não é da sua conta.

Minha avó costumava apertar minhas malditas bochechas, que foi com quem ela aprendeu, e ainda odeio isso.

— Uma noite. Só estou pedindo isso uma vez. — Ela respira pesadamente pelo nariz e sei que vou ter que dar algo a ela. — Jess e eu... bem, precisamos conversar.

— Conversar?

— Sim. — Haverá conversa, muita conversa suja enquanto eu a deixo nua.

— Certo. Vou cancelar meus planos e cuidar da minha sobrinha. — Vou dizer alguma coisa, mas ela aponta o dedo na minha cara. — Mas não quero ouvir merda nenhuma quando pedir um favor em troca.

Eu levanto as mãos.

— Certo, certo. Eu não vou te falar merda mais tarde.

— Já estou me arrependendo disso. Você é o pior dos garotos Parkerson. Você poderia convencer um pinguim a comprar neve.

— Você é a melhor irmã que tenho.

— Eu sou a *única* irmã que você tem.

Eu vou para a porta da frente e ela segue. Estou parado do outro lado da soleira, muito grato que meus pais não pararam em Alexander e nos deram Oliver e Stella.

Beijo sua testa.

— O que a torna a melhor.

— Sim, sim, vá embora para que eu possa ligar para esse cara e cancelar o sexo para esta noite.

Meus instintos de irmão mais velho entram em ação e eu olho para ela.

— Quem é ele?

— Pare com isso. Tenho trinta anos e definitivamente não sou virgem, então me poupe da rotina do Neandertal. — Ela dá alguns passos em minha direção. — Além disso, não é como se eu fosse uma idiota e não soubesse exatamente o quão pouco de conversa você planeja ter esta noite. — Ela fecha a porta antes que eu possa responder, e nem me importo se ela adivinhou.

Capítulo 20

Jessica

Minha perna não para de saltar e o sorriso que estou tentando sufocar continua aparecendo.

— Você vai me dizer por que está tão sobrecarregada de emoções? — Dra. Warvel pergunta.

— Oi? Ah. É apenas... muito.

— Você está tropeçando nas palavras ou não consegue verbalizá-las?

Eu entrelaço meus dedos e coloco as mãos no colo.

— Não, isso não foi uma gagueira, foi mais uma confusão de pensamentos.

— Isso que pensei. — Ela sorri suavemente. — Quer fala sobre isso?

Ela é meu lugar seguro, e falar com ela é realmente o que eu deveria fazer, mas meio que gosto da ideia de tudo o que Grayson e eu estamos começando será apenas nosso. Não importa o que alguém pense sobre isso. É o que nós dois queremos.

— Não tenho certeza.

— Isso é justo. Quero lembrá-la de que não há julgamentos aqui. Meu objetivo é ajudá-la a resolver as coisas.

— E você ajudou — asseguro a ela.

— Estou feliz. Você fez um grande progresso em seu tempo comigo. É claro que seu cérebro está se curando e, com as técnicas que implementamos, você é capaz de lidar com a maioria das situações.

— Exceto por uma — murmuro.

Dra. Warvel inclina a cabeça para o lado.

— Qual seria?

— Grayson.

— Ele é o único tópico que você tentou negar.

Eu amo minha terapeuta, mas odeio quando ela puxa meu tapete. No meu coração, não neguei nada. Sei o que sinto, sempre senti, só não queria lidar com isso. Essas são duas coisas muito diferentes.

— Eu não acho que isso seja mais possível.

— Aconteceu alguma coisa?

Posso muito bem contar a ela. Eu preciso ser honesta e resolver isso. Hoje à noite, algo vai mudar simplesmente porque não é possível para duas pessoas que se amam dessa forma fazer sexo sem alterar o relacionamento.

Não que eu tenha certeza de como definiríamos isso de qualquer maneira. Amigos? Amigos que se amam? Amigos que estão negando que isso irá mudar tudo?

Conforme a respiração deixa meus pulmões, as palavras também a seguem. Conto-lhe tudo do meu tempo com Amelia, como ele comprou nosso lugar e construiu uma casa lá, e então o sonho. Esse é o momento crucial para mim.

— Como você poderia não compartilhar isso? — Dra. Warvel pergunta, com um sorriso. — Você não teve seu pesadelo.

— Eu sei. Mas acho que ainda não tenho certeza.

— Que você não teve o sonho?

Eu concordo.

— Talvez eu tenha tido e então este foi apenas mais um sonho.

— Para fins de discussão, vamos supor que você teve o pesadelo. O que isso importa? Você não acordou com o coração acelerado e coberta de suor. Sua mente permitiu que você descansasse através dele, e passasse pelo sonho sem forçá-la a vivê-lo novamente. Então, minha pergunta é, e se o sonho com Grayson veio depois?

Eu me inclino para trás, processando o que ela disse. Talvez não seja o pesadelo que me assusta, então. Se eu não me lembro, mas ainda assim não acordei apavorada, isso significa que ainda é um problema?

— Eu acho que é mais porque não quero que seja um momento de sorte.

Eu vejo pela mudança em seu olhar que acertei em cheio.

— E também o fato de que existem algumas variáveis que são diferentes.

— O fato de estar dormindo em sua cama, cercada por todas as suas coisas.

— Em um mundo em que você desistiu — ela acrescenta.

A terapia nem sempre é divertida.

— Contra o qual tenho lutado.

Ela apoia os antebraços nos joelhos.

— Vamos usar esse tempo para pensar sobre isso, Jessica. Se você quer encontrar Grayson esta noite e deixar tudo de lado, então você deveria. Se quer fugir e se casar com ele, a escolha é sua. Só quero que seja autoconsciente o suficiente para saber por que está escolhendo essas coisas. É porque, quando ele está por perto, você se sente segura? E por que você só se sente segura com Grayson? Não existe uma resposta certa ou errada, apenas a verdade.

Eu olho para ela, meu coração batendo forte.

— A verdade é que o amo e me sinto segura com ele porque ele não quer me machucar.

— Isso é bom.

— Quero encontrá-lo esta noite porque não consigo imaginar não ter quaisquer partes dele que ele esteja disposto a compartilhar.

Dra. Warvel se senta ereta e cruza as pernas na altura do tornozelo.

— E a questão é: algum de vocês está realmente desistindo ou está apenas compartilhando um com o outro como um presente?

Eu lavei, esfreguei e depilei todas as partes que precisavam de um pouco de cuidado. Depois de sair da terapia, me senti bem. Sei quais são meus limites e o que preciso fazer para continuar sendo honesta comigo mesma e também o que Grayson está nos pedindo para fazer.

Não vamos ser sérios. São duas pessoas que têm sentimentos uma pela outra, mas também sabem o resultado. Pelo menos, é o que acho que é.

Dra. Warvel sugeriu que conversássemos sobre isso para definir os limites e as expectativas.

Eu realmente o quero nu.

No entanto, ela está certa e, portanto, estou no meu quarto uma hora antes do que ele deveria me pegar — com uma longa mensagem não enviada.

> Eu: Sei que o que estamos fazendo é muito adulto, mas ainda há uma garota dentro de mim que sempre pensará em você de maneira diferente. Quero ter certeza de que, quando fizermos essa coisa muito adulta (o que eu realmente quero fazer), nenhum de nós pense que significa algo mais ou menos para o outro. Então, essa sou eu, perguntando a você... O que isto significa?

Passo o dedo sobre o botão enviar. Convencendo-me se devo enviar ou não, repetidamente.

— Envie, Jessica. Basta enviar — digo a mim mesma. — Qual é a pior coisa que pode acontecer? Você não fazer sexo?

Isso seria uma tragédia. Já se passou muito tempo desde que tive um orgasmo que não foi autoinduzido.

Fecho meus olhos, decidindo deixar o destino assumir, e pressiono o botão enviar. Se foi ou não foi, eu não terei que ver.

O som de mensagem toca, e meu coração se afunda.

Foi enviado.

Agora tenho que esperar uma resposta.

É por isso que evitei namorar todos esses anos. Nada de bom resulta disso. Nunca entendi meus amigos que amavam essa parte. Eles vão ou não — fazer parte do início de algo. Eu odiava isso. Encontrar para mim um homem que será como: "Ei, você aí, eu vou te amar, então todo esse tempo que vamos passar juntos vai fazer diferença".

Parece um plano muito melhor do que este.

Meu telefone apita e tenho vontade de vomitar ao abri-lo.

> Grayson: Significa o que queremos que signifique.

Eu reviro meus olhos. Isso não ajuda.

> Eu: Isso esclareceu tudo.

> Grayson: O que isso significa para você?

Agora eu quero me jogar pela janela. Não quero ser vulnerável, droga. Quero que ele seja o primeiro a esclarecer por que, quando eu falar o que significa para mim, não me sentirei uma tola. No entanto, não tenho dezesseis anos e sou uma adulta que precisa ser honesta.

Também estou parando essa terapia, porque está me fazendo lidar com coisas que prefiro não fazer.

> Eu: Isso significa muito. Isso significa que, mesmo que não estejamos contando às pessoas, eu saberei, e isso é importante para mim.

Espero que aqueles pontinhos apareçam na tela, avisando que ele está pelo menos digitando, mas não há nada.

Excelente. Segui meus sentimentos estúpidos e fui honesta, e olhe onde isso me levou. Eu poderia ter feito sexo esta noite. Com um grande cara com quem eu poderia estar nua e teria me deixado muito, muito feliz.

Agora, estou andando de um lado para o outro porque fui ouvir minha psiquiatra e tentei definir o que é isso para evitar que eu me machuque.

Começo a me perguntar se talvez eu devesse enviar uma mensagem de volta e dizer que estava apenas brincando e que estou nua o esperando, mas isso parece ridículo.

Isso tudo é tão complicado. Por que eu tenho que amar este homem? Por que não poderia ser Jack ou alguém com quem não tenho um passado que quer me encontrar esta noite?

A razão pela qual não é outra pessoa é porque não há mais ninguém. E essa é a parte mais triste de tudo.

Quinze minutos se passam sem que Grayson responda, e eu afundo na minha cama, rejeitada e envergonhada. Solto um longo suspiro e debato mudar de volta para minha calça de moletom e remover este sutiã e calcinha de renda bastante desconfortáveis.

Assim que me levanto, ouço algo batendo na minha janela. O sorriso se forma antes mesmo de olhar, porque só há uma pessoa que fazia isso. Eu corro, abro e o encontro olhando para mim.

Descanso meus cotovelos no parapeito, sorrindo como uma adolescente apaixonada. Grayson me transforma nisso. Uma garota cheia de esperanças que não acha que a vida é cheia de pesadelos.

— O que você está fazendo?

— Desça para que eu possa te mostrar.

— Você não respondeu minha mensagem — digo a ele, com meu coração acelerado.

Seus lábios se transformam em um sorriso brincalhão antes que ele enfie a mão no bolso de trás e tire o telefone. Depois de alguns segundos, ouço o barulho atrás de mim.

— Já volto, acabei de receber uma mensagem. — Eu praticamente mergulho para o telefone para ver o que ele disse.

> Grayson: Isso significa algo para mim.

Seguro o telefone contra o peito, lutando contra a vontade de correr para ele, mas penso no que a Dra. Warvel disse sobre as expectativas. Isso significará algo para nós dois, o que significa que ambos acabaremos feridos. Então, novamente, essa não é verdade com qualquer coisa na vida? Corremos riscos, expomos nossos corações e, às vezes, não saímos ilesos.

Não quero que o resto da minha vida seja repleto de arrependimentos em relação a ele.

Ele comprou o terreno, construiu uma casa e uma parte de mim — uma parte muito tola — quer pensar que é porque ele está esperando por mim.

Volto para a janela, olhando para ele com os dedos pairando sobre o telefone, sabendo que preciso responder.

> Eu: Não quero me machucar e não quero machucar você.

Ele olha para mim e depois de volta para o telefone.

> Grayson: Então não me faça escalar sua janela. Venha aqui, Jessica.

> Eu: Ok.

Nunca houve dúvida de que eu faria.

Meus pés se movem rapidamente, descendo as escadas de dois em dois para chegar até ele. Chego à porta da frente, minha respiração está saindo em rajadas curtas ao abrir a porta.

Ele está parado lá, esperando.

Mas é como se toda a paciência que tínhamos tivesse acabado naquele momento. O tempo em que nos permitimos está esgotando e cada segundo que passa nos matará.

As mãos de Grayson se movem rapidamente, capturando meu rosto, e então seus lábios estão em mim. Há desespero, desejo e determinação nos envolvendo. Eu o seguro com força, o deixando me beijar, o beijando de volta.

Ele nos leva para dentro, sua boca não deixando a minha até que eu chute a porta para fechar, fazendo nós dois pularmos.

— Sua mãe?

— Trabalho — é a única palavra que posso dizer antes que sua boca volte para a minha. Ele me levanta, minhas pernas envolvendo sua cintura, e nos carrega de volta para cima. — Terceira porta no...

— Eu lembro.

Eu sorrio, correndo os dedos por seu cabelo castanho espesso. Quero fazer perguntas a ele, saber para onde vamos a partir daqui, mas o quero mais do que me importo com qualquer coisa.

Nada vai me impedir de tê-lo novamente.

Entramos no meu quarto e ele me empurra contra a porta. Suas mãos em cada lado da minha cabeça enquanto ele me enjaula.

— Eu te quero tanto.

— Sim?

— Ah, sim.

— Eu quero você também.

Os lábios de Grayson se movem para minha orelha.

— Eu vou ter você aqui porque eu não posso... não posso mais esperar.

Meus olhos se fecham enquanto o timbre profundo de sua voz passa por mim. O sangue bombeando meu corpo aquece cada parte dos meus membros.

— E então? — pergunto.

— Então vou levá-la para minha casa, onde faremos de novo. — Ele beija meu pescoço. — E de novo. — Outro beijo, este próximo da minha garganta. — E de novo.

— Vamos precisar de muita resistência — consigo dizer, parecendo sem fôlego.

— Por você, amor, pretendo resistir a noite toda.

Se seu corpo não estivesse pressionado contra o meu, eu teria afundado no chão. Santo inferno.

Como se para selar sua promessa, ele me beija novamente, as mãos se movendo quase freneticamente para tirar minha roupa. Grayson tira minha camisa e tento pegar seu cinto.

Não há nada nisso que seja sexy e lento. São duas pessoas que mal podem esperar mais um minuto para se sentirem. Eu me atrapalho com o botão de sua calça jeans enquanto ele toma meu mamilo em sua boca, chupando forte.

Ele agarra meus pulsos, prendendo-os sobre minha cabeça.

— Fique assim — comanda. — Não se mova.

— Mas...

— Não se mova ou vou parar, e acredite em mim, você não vai querer que eu pare.

Ai, Deus. Minhas costas estão contra a porta fria e eu juraria que estava pegando fogo. Tudo está queimando ao meu redor enquanto ele puxa minhas calças para baixo e cai de joelhos.

— Gray.

— Nem um músculo — diz novamente, como um aviso.

Estou tremendo enquanto seus olhos viajam pelo meu corpo, fazendo minha respiração ficar ainda mais difícil.

— Sonho com você há anos. — Sua voz rouca é baixa enquanto seus dedos mal tocam minha pele. — Eram tão intensos, eu juro que pude te sentir. — Lentamente, ele os levanta mais alto na minha perna. — Eu pensava em seu gosto, como você soaria e como seria te sentir em meus braços. — Minha cabeça cai para trás contra a madeira sólida, um som suave escapando dos meus lábios. — Você já pensou em mim, Jessica? Já se perguntou como seria a sensação de novo? O quão bem eu poderia fazer você se sentir?

— Sim — admito como um gemido, precisando de mais.

— Que bom — ele diz, e então levanta uma das minhas pernas, colocando-a sobre seu ombro, sua boca encontrando meu centro.

Sei que não deveria me mover, mas minhas mãos caem em seu cabelo, agarrando os fios, precisando segurá-lo de alguma forma enquanto sua língua pressiona contra meu clitóris. Ele se afasta, os olhos desfocados, e respira com dificuldade.

— Mãos — relembra, e quero gritar ao tentar colocá-las de volta em suas posições.

Ele não me faz esperar, apenas volta, lambendo, chupando e girando sua língua da melhor maneira, segurando meu corpo e me enlouquecendo.

— Grayson, por favor — imploro, sem saber o que estou pedindo, mas precisando disso do mesmo jeito. Tão perto.

Ele abre mais minhas pernas, sua língua entrando em mim, me fodendo com sua boca. Ele volta para o meu clitóris, empurrando um dedo em mim, e juro que posso desmaiar.

Grito quando o orgasmo mais intenso da minha vida me atinge rápido e forte. Sinto-me afundando, minhas pernas não são mais capazes de suportar qualquer peso, mas Grayson está lá, se certificando de que estou segura.

Quando consigo abrir meus olhos novamente, ele está em cima de mim, suas calças se foram e ele está abrindo sua carteira.

— Isso vai ser rápido — avisa, colocando a camisinha. — Já faz muito tempo, mas eu prometo, vou compensar você.

— Eu preciso de você — digo a ele. — Eu preciso de você agora. Não me importo com mais nada.

Sua respiração está instável quando o sinto começar a entrar em mim. Os olhos de Grayson se fecham ao se aproximar um pouco.

— Por favor, me diga que isso é real.

Trago meus dedos em seu rosto.

— Olhe para mim — peço, e ele o faz. — É real. Faça amor comigo, Grayson. Faça-nos sermos nós novamente.

Ele empurra mais fundo, acomodando-se totalmente dentro de mim, nossos olhos nunca deixando um do outro.

— Sempre fomos nós — declara, então nenhuma palavra é dita, porque nossos corpos dizem tudo.

Capítulo 21

Jessica

Estou deitada em seus braços, um cobertor enrolado em torno de nós enquanto olhamos para fora da enorme parede de janelas, encarando nossa vista.

— Você comprou nossa montanha — comento, descansando minha bochecha contra seu peito.

— Não a montanha toda.

Eu sorrio.

— Chega perto.

— Comprei a parte que importava.

Viro minha cabeça, querendo olhar para ele ao perguntar.

— Quando?

Ele engole e se mexe, me movendo um pouco para que ambos tenhamos que nos sentar.

— Quando o quê?

— Você sabe o que estou perguntando.

Grayson parece desconfortável e eu gostaria de ter mantido minha boca fechada. Esta noite foi… bem, nada menos do que incrível. Fizemos amor no minuto em que entramos em sua casa, jogando nossas roupas por toda parte, enquanto ele me perseguia em seu quarto. Então ele entrou no chuveiro, onde tivemos que nos lavar novamente.

Foi um paraíso. Foi tudo, e nunca quero que acabe.

Agora, o sol está nascendo, quebrando o encanto da noite e nos forçando de volta à realidade.

— Comprei dois meses depois que terminamos.

— Por quê?

— Você acreditaria em mim se eu dissesse que não sabia?

Eu me movo em direção a ele, dando-lhe um beijo suave e, em seguida, me aninho contra seu corpo.

— Depois que nos separamos e comecei a trabalhar para uma companhia aérea privada, eu comprei um Ford 2000 F-150 preto — confesso.

— Você o quê?

Eu olho para ele através dos meus cílios, esperando que isso proteja algumas das minhas emoções.

— Eu... eu precisava de algo que fosse você.

Grayson dirigia aquela caminhonete. Era tudo que eu podia fazer para sentir que talvez, em algum lugar, nós dois estivéssemos sentados no mesmo veículo ao mesmo tempo. Foi tão estúpido e me senti ridícula, mas, depois da faculdade, quando me mudei para a Califórnia, eu podia sentir um pouco desse lugar — um pouco dele.

Ele se levanta, saindo da cama, e vai até a janela. Eu posso sentir a distância crescendo entre nós. E aqui está exatamente o que me preocupou antes de ele vir. Temos problemas que precisam ser resolvidos e agora é mais complicado porque cruzamos uma linha da qual não podemos voltar atrás.

— Por que você não ligou? — Grayson pergunta.

— Não teria mudado nada.

— Você não sabe disso.

Eu fico de pé, puxando o lençol e o envolvendo em mim. Eu caminho até onde ele está.

— Na época, era o que eu acreditava. Eu era jovem, burra, com medo de amar você e acabar como minha mãe, e depois havia sua família. Não sei o que dizer além de que me arrependi. Eu gostaria de poder voltar e ser corajosa o suficiente para dizer como me sentia e te dar a oportunidade de me dizer como se sentia. Tudo que posso fazer é ser honesta com você agora.

Ele segura minha bochecha, se inclinando para que possamos respirar um ao outro.

— E o que seria ser honesta?

— Dizer que eu sempre te amei. Que não sei o que isso significa para nós daqui para frente, mas sei que não quero que pare.

A testa de Grayson repousa contra a minha, seus braços me envolvendo, me segurando perto.

— Eu não quero que isso pare também. Mesmo que isso signifique ver você ir embora de novo.

— Não quero pensar em ir embora.

— Pense em ficar, Jess. Pense no que poderíamos ter.

Nossos lábios se tocam e, neste momento, a ideia de deixá-lo novamente parece impossível. Sei que nunca sonhei em me estabelecer aqui, mas, com Grayson, não sinto que desistiria de nada.

Eu teria ele.

Eu teria o nós.

Eu teria tudo.

Delia, Stella e Winnie continuam trocando olhares estranhos enquanto comemos no restaurante de Jennie. Tenho estado quieta, sorrindo e desfrutando da sensação de calma que me envolve.

— O quê? — finalmente pergunto, depois de outro olhar entre elas.

— Você está diferente — observa minha irmã.

— Ela parece feliz — Delia afirma.

— Estou apenas quieta.

Winnie me olha com curiosidade.

— Sim, mas você tem esse brilho.

Eu encolho os ombros. No início desta manhã, Grayson me deixou em casa, me dando um beijo doce antes de me dizer que conversaríamos mais tarde. Ele planeja passar o dia com Melia, e então ele e Jack estão saindo para algum treinamento com o corpo de bombeiros.

Pelo que todos sabem, estive em casa ontem à noite.

Essas três são intrometidas, portanto, preciso dar algo a elas.

— Acho que dormi bem.

E então Stella geme.

— Ai, Deus. Você dormiu com Grayson! É por isso que tive que cuidar dela na noite passada!

Deixo cair meu sanduíche, os olhos arregalados e minhas bochechas em chamas.

— Shh! Você é louca gritando assim?

— Bem, você dormiu?

— Eu… o que… Eu… — Sério, sou a pior mentirosa do mundo, e agora não há como esconder isso.

— Eu sabia! — Stella diz, batendo a mão na mesa. — Eu sabia.

Claro, as pessoas aqui a ouviram e estão todas olhando para mim. A Sra. Pruitt me lança um olhar horrorizado, cobrindo as orelhas da filha como se já não tivesse sido dito. Fred, que é um acessório permanente no banco, ri uma vez antes de dizer algo que soa como: "já era hora", então há um rosto que eu teria cortado meu braço se isso significasse que a pessoa não estaria aqui, Sr. Parkerson.

Meus olhos se fecham e tenho certeza de que meu rosto está vermelho como uma beterraba. Talvez ele esteja com fones de ouvido e não tenha ouvido sua filha proclamar minha atividade sexual com seu filho na noite passada. Talvez não haja uma chance no inferno, porque ele está olhando para mim.

— O que está errado? — Delia pergunta, e então ela se vira, vendo o que eu vejo. — Porra. Stella, seu pai está aqui.

Seus lábios se separam quando ela estende a mão para mim.

— Me desculpe. Eu resolvo isso. Só fiquei animada, mas vou cuidar dele, prometo. Talvez ele não venha até aqui.

Okay, certo. Ele não vai embora porque minha sorte é uma merda. Em vez de sair pela porta, ele vem até a mesa.

— Oi, meninas.

Todas as quatro erguem os olhos.

Stella é a primeira a dizer algo:

— Olá, pai.

— Estão tendo um bom almoço? — pergunta.

Stella sorri recatadamente.

— Nós estamos. Quanto tempo antes de você deixar a cidade para ir ver outra — seus dedos fazem aspas no ar — "propriedade"?

Ele se eriça.

— Eu estava planejando ir em alguns dias para verificar Oliver, mas talvez eu fique por aqui um pouco.

Excelente. Os Parkerson nunca esconderam o que pensam de mim ou de meu namoro com Grayson. Se eles pensam que existe a possibilidade disso, não tenho dúvidas de que farão o que for possível para impedir.

Stella se recosta, cruzando os braços sobre o peito.

— Entendo, então você ouviu sobre os danos lá?

Ele concorda.

— É uma pena o vandalismo. A cidade parecia tão segura. Mas seu irmão está lidando bem pelo que posso ver.

— Sim, acho que não é seguro contra mentiras.
Ele continua como se sua última declaração não tivesse sido feita.
— Não há razão para ir lá quando a pousada pode precisar de mim.
Com isso, vejo o primeiro lampejo de emoção nela. Seus lábios estão tensos, os olhos firmes enquanto diz:
— Estamos indo melhor do que qualquer outro. Tenho certeza de que os outros locais terão mais necessidade de você.
Ele me olha.
— Como estão as coisas com a recepção, Jessica?
— Bem — consigo dizer sem problema. Não sei o que há nessas pessoas que me faz sentir insignificante. Aqui estou eu, uma mulher adulta que alcançou objetivos que ninguém pensava que eu poderia, e um olhar deles torna tudo isso irrelevante. Voltei a ser a pobre garota que estava atrás da fortuna dos Parkerson.
Isso nunca foi verdade. Eu teria amado Grayson, não importa de onde ele veio.
— Há algo novo que eu deva saber?
Stella limpa a garganta.
— Eu sou a supervisora dela. Se precisar fazer perguntas, sinta-se à vontade para me consultar.
O Sr. Parkerson sorri.
— Como proprietário, vou perguntar a quem eu quiser, e parece que Jessica pode ter algumas novidades.
Conto até cinco antes de abrir a boca. Eu não vou gaguejar diante dele. De todas as vezes que preciso manter a calma e o foco, é essa.
— Não há nada de novo, Sr. Parkerson. Se houvesse... Eu... — Não, por favor, não. Sinto a mão de Winnie tocar minha perna e me puxar de volta. — Eu contaria à minha supervisora.
Eu termino, meu coração batendo tão forte que tenho certeza que todos podem ouvir. A mão da minha irmã relaxa e Stella sorri. Consegui superar isso, embora seja a primeira vez em mais de uma semana que eu tenha o mais leve tropeço.
— Bem, vocês, meninas, aproveitem o almoço. Estou indo para o Park Inn para ver Grayson. — Seus olhos se voltam para mim e depois de volta para sua filha. — Vou verificar as coisas com ele.
— Tenho certeza que você vai — diz Stella com desdém.
— Vejo você no jantar nesta sexta-feira.

Stella levanta a mão, acenando com os dedos.

— Tchau.

No segundo em que ele sai pela porta, Stella geme.

— Sinto muito, Jess. Eu não sabia que ele estava aqui, e acho que fiquei um pouco barulhenta.

— Sim, tenho certeza que toda a cidade ouviu. — Delia bufa.

Minha cabeça cai sobre meus braços.

— É isso que temíamos.

— O quê? Meu pai?

Eu levanto meu queixo.

— Todo mundo.

Ela acena com desdém.

— Por favor, ele não tem espaço para falar. Sua última amante literalmente vandalizou a pousada que Oliver administra. Grayson teve que ajudar a limpá-la.

— Isso não impediu seus pais de dificultar as coisas para nós antes.

— Grayson não é mais uma criança. Eles não tomam decisões em sua vida, e eu prometo, ele não dá a mínima para o que eles pensam.

— Existe um *nós*? — Winnie pergunta. — Vocês estão juntos ou...

Solto um suspiro profundo. Não havia intenção de contar a ninguém, muito menos falar sobre isso com elas.

— Estamos levando as coisas devagar.

— Claramente não! — Delia diz com uma risada. — Eu disse que você deveria beijá-lo, não dormir com ele.

— Sim, e eu estava claramente seguindo todos os seus conselhos.

Ela encolhe os ombros.

— Foi uma conclusão precipitada de qualquer maneira.

— O quê? — pergunto.

— Você e Gray — Stella interrompe.

Winnie concorda.

— Sim, quero dizer, eu estava apostando em você aguentando por pelo menos mais uma semana. Stella, e você?

— Achei que eles teriam feito isso muito antes, estou realmente impressionada com ela.

Delia coloca uma nota de vinte na mesa.

— Eu disse que ela não faria isso de jeito nenhum e que ela se curaria e iria embora. Você venceu, Winnie.

Winnie pega a nota de vinte e estende a mão para Stella.

— Pague, vadia.

Fico olhando para essas pessoas como se elas tivessem quatro cabeças.

— Vocês apostaram em nós? — Ninguém parece nem um pouco arrependida. — E qual era exatamente o ponto?

Stella revira os olhos.

— Escute, você e Grayson podem querer fingir que seriam amigos e outras coisas, mas nós vimos. Grayson comprou aquele lote de terra que era especial para vocês e então se recusou a vendê-lo. Depois que você voltou, não sei dizer quantas vezes o encontrei de pé nas janelas, olhando para fora. Ele sempre te amou, e tenho certeza que o mesmo vale para você.

— Estamos levando as coisas devagar — repito.

Winnie me dá um sorriso suave.

— Sim, se é o que vocês dois precisam dizer a si mesmos.

Delia coloca mais vinte.

— Aposto vinte dólares que eles estarão noivos antes do final do ano.

— Vou ficar com seus vinte e acrescento mais dez, nos próximos dois meses.

Eu me inclino para trás em meu assento, sabendo que as duas estão erradas, porque é apenas uma questão de tempo antes que eu tenha permissão para ir embora, e então, terei que tomar uma decisão que realmente não quero.

Capítulo 22

Grayson

— Tio Jack! — Amelia corre para a porta, lançando-se em seus braços à espera. — Você desapareceu *um tempão*!

— Olá, princesa. — Ele a abraça com força, gemendo e balançando-a.

— É um abraço de urso!

— Com certeza é, eu sou assustador?

Ele afrouxa o aperto, e ela o fita com os olhos ligeiramente estreitados, parecendo ponderar se ele é ou não assustador.

— Na verdade, não. Mas você está arranhando.

Jack ri, esfregando sua barba na bochecha.

— Eu estava no deserto, procurando jantar.

— Encontrou? — Amelia pergunta.

Ele se vira, pegando uma caixa de pizza.

— Isso é tudo que peguei.

Ela ri e se vira para mim.

— Posso comer um pedaço?

— Um, e então é hora de dormir. Sei que você não pode resistir à pizza — digo a ela.

Nós vamos para a cozinha, e coloco uma pequena fatia para Amelia.

— Como foi o acampamento?

Jack revira os olhos.

— Juro, essas garotas são absolutamente ridículas.

Cerca de três anos atrás, Jack deixou seu trabalho de muito sucesso como contador e decidiu que as montanhas da Carolina do Norte seriam um lugar ideal para ensinar habilidades de sobrevivência para os... idiotas aleatórios dispostos a pagar para mantê-los seguros. Não que não haja perigo aqui, mas não estamos em uma área onde andarilhos desaparecem.

Nesta viagem, ele ficou fora por quase duas semanas, mostrando a eles como afastar qualquer animal e encontrar fontes de alimento. Parece um inferno completo para mim, mas ele adora.

— Foi outra festa de despedida de solteira?

— Não, graças a Deus. Essas meninas eram outro nível de insanidade.

— Você dormiu com a dama de honra — eu o lembro.

Um sorriso malicioso se forma e ele parece perdido na memória.

— Ela foi um presente dos céus. A boca parecia...

— Entendo.

— Parecia o quê? — Amelia pergunta.

— Nada, princesa. — Jack dá de ombros e pega uma fatia de pizza. — Não, foi um retiro de uma empresa, muitos vínculos, de maneiras que não acho que elas anteciparam.

— Quer dizer que não gostavam de cagar com o chefe atrás de um arbusto?

Ele ri.

— Não, certamente não gostavam. Acho que pensaram que iríamos acampar e não seria tão sujo.

— Mais uma razão pela qual eu disse não quando você me pediu para ir trabalhar com você.

— Covarde.

Eu não poderia me importar menos se ele pensasse isso. Gosto de estar ao ar livre, mas, algumas das merdas que ele me fala, estou totalmente bem em deixar passar. Não que minha vida permitiria isso de qualquer maneira. Não poderia passar noites sem fim na montanha e longe de Amelia.

— Isso é o suficiente sobre mim, me diga o que há de novo aqui.

— Nada de novo. — Além das últimas semanas que foram fantásticas pra caralho.

Jessica esteve aqui duas noites atrás, e ontem à noite fizemos um sexo incrível por chamada de vídeo. Às vezes, a tecnologia moderna é um maldito presente.

— Não? Porque voltei para a cidade e ouvi algumas histórias muito interessantes.

— Você voltou há duas horas.

— Engraçado como as pessoas falam. Especialmente quando é uma fofoca picante. — Ele usa a pizza como se fosse um dedo, apontando para mim.

— O que as pessoas estão dizendo? — Amelia pergunta.
Eu sorrio para ela.
— Só que eu sou o melhor monstro de cócegas no mundo.
— Papai...
Eu sorrio, indo até ela lentamente, cada passo levando alguns segundos enquanto se afasta.
— Sinto a necessidade de fazer cócegas em alguma coisa.
— O monstro das cócegas não gosta de garotinhas — diz Amelia.
Jack sorri e dá a volta para o outro lado da mesa.
— Mas seu melhor amigo, o rei das cócegas, sim.
Nós a agarramos, e ela grita, o riso enchendo a sala em meio à perseguição. Amelia anda em círculos ao redor da mesa e Jack e eu batemos um no outro dramaticamente antes de cair no chão como se não pudéssemos nos levantar.
Ela corre para o quarto, fecha a porta e grita:
— Vocês não podem me pegar aqui! Eu coloquei uma poção na minha porta que não vai deixar vocês entrarem.
Jack ri.
— O que nós vamos fazer? — ele me pergunta.
— Não sei. Acho que só temos que colocá-la para dormir. Mas só se ela abrir a porta.
Amelia mal abre a porta o suficiente para seu olhinho azul ver através da fresta.
— Se vocês me fizerem cócegas depois de entrar, suas mãos vão cair.
Arregalo meus olhos e viro para Jack.
— Isso seria terrível.
— Com certeza — concorda. — Parece que teremos que nos comportar.
Ela abre a porta mais alguns centímetros.
— Não percam suas mãos, vocês precisam delas.
Levanto minha palma.
— Juro que não vou fazer cócegas.
Amelia olha para Jack, que segue minha promessa.
— Eu juro também.
A porta se abre.
— Então vou desativar a poção.
Deixo Amelia pronta para dormir, o que leva quase trinta minutos,

já que ela não para de falar com Jack sobre qualquer coisa que ele escute. Uma vez que ela está pronta, com música e estrelas, eu volto para fora, esfregando a nuca.

— Tudo certo? — ele pergunta, segurando uma cerveja que ele mesmo se serviu.

— Sim, ela deve desmaiar em breve.

Pego outra fatia de pizza e pego minha própria enquanto Jack encontra o jogo de futebol americano na televisão.

— Carolina está uma merda este ano.

— Bem, nossa defesa é uma merda — comento, sentando ao lado dele no sofá.

— Não me diga.

— Então, sobre aquele boato… — Jack insiste, depois de alguns minutos.

— Eu imagino.

Principalmente porque já ouvi algumas vezes. Graças à boca grande da minha irmã, toda a cidade está falando sobre Jessica e eu.

— É verdade? — Jack pergunta.

— Na sua maior parte, sim. Só Deus sabe quais enfeites se formaram para fazer isso soar pior.

— Então, você e Jessica fizeram sexo algumas semanas atrás e ela está se mudando para cá?

Jack é meu melhor amigo desde que tínhamos sete anos. Não há nada que ele não saiba sobre minha vida, mas, por algum motivo, não quero contar sobre ela. O que estamos fazendo é só nosso. Bem, era para ser.

— Ela não está se mudando para cá. Jesus, é isso que estão dizendo?

— Isso, e como vocês dois têm passado muito tempo juntos. Aparentemente, você foi flagrado levando-a para casa bem cedo na outra noite, quando sua filha estava em uma festa do pijama.

— Esta cidade precisa de um hobby.

Jack encolhe os ombros.

— Eles têm um. Falar sobre você e Jess.

— Estamos indo devagar.

Ele ri.

— Vocês dois não sabem a definição de devagar.

Esvazio minha cerveja.

— Não quero ouvir uma palestra.

— Não vou te dar uma. Só estou dizendo que *devagar* teria sido um encontro, depois outro e, depois de três semanas voltando para casa e se masturbando pensando nela, talvez ela deixasse você brincar um pouco.

— Você acabou de dizer *brincar*?

Ele sorri.

— Isso é tudo que você deveria fazer. Mas não, vocês pularam tudo isso e foram de cabeça para baixo.

Eu bufo, não dando a mínima para o que ele pensa.

— Nós não pulamos nada.

— Gray, você quer se enganar, então faça isso, mas nós dois sabemos a verdade.

— Tanto faz.

— Eu não culpo você — acrescenta, após um minuto de silêncio. — Você a amava. Sempre a amou. Não é como se todos nós não tivéssemos previsto.

— Ela vai embora — lembro, porque precisa ser dito. — Ela irá assim que o médico a liberar.

— E você está bem com isso?

— Claro que não.

Ele se mexe na cadeira, jogando o controle remoto na poltrona.

— O que você vai fazer sobre isso?

— Não sei.

E é isso, não sei como segurar quem quer ser livre.

— Então, siga meu conselho, Gray, a vida é feita de momentos. Eu sei que todos nós queremos que os finais sejam ótimos, mas o fim é… bem, é o inferno. É saber que você não pode ter o que deseja. Ver tudo o que poderia ter sido, mas vê-lo escapar. O fim não é o que você deseja. Confie em mim. Então, não vá para o final, vá para o que você pode ter agora. Saia com ela, ame-a, tente abraçá-la ou deixá-la ir porque, se não fizer nada disso, vai se arrepender. — Jack dá um longo e lento gole em sua cerveja, a esvaziando. — Agora, chega de falar sobre essa merda, vamos assistir ao jogo.

Encaro meu melhor amigo, que acabou de fazer o que provavelmente foi o discurso mais longo que já fez sobre algo não relacionado a esportes, e penso em como ele está certo.

Posso não conseguir o final que desejo, mas posso viver a história agora.

— Veja, ir devagar tem seus méritos — começo, empurrando o cabelo de seu rosto. Sua respiração está irregular quando ela se vira e morde meu peito. — Ei!

— Isso foi por não ouvir quando eu disse que era demais.

Eu rio, a puxando com mais força.

— Eu queria estabelecer um recorde.

Três orgasmos foram alcançados e me sinto como um garanhão de merda. Não sei se o sexo alguma vez foi tão bom. Com certeza não era assim quando éramos mais novos. Não que já tenha sido ruim, mas isso está além de qualquer expectativa.

— Você me quebrou — Jess afirma, virando-se para encarar o teto.

— Não sinto remorso.

Ela vira a cabeça, um sorriso nos lábios.

— A que horas você tem que pegar Melia?

Eu olho para o relógio.

— A babá pode ficar com ela até as seis.

— Nós provavelmente deveríamos nos vestir então.

— Prefiro que fiquemos nus.

Jessica ri.

— Isso seria o assunto da cidade.

— Já somos.

Desde que minha irmã anunciou que Jessica e eu dormimos juntos, tem sido pergunta após pergunta. Fizemos um bom trabalho em evitar nos comprometer com qualquer coisa, principalmente porque nenhum de nós pode realmente responder de qualquer maneira.

Vocês estão juntos de novo? Você disse a ela que a ama? Ela te ama? Você a convenceu a ficar desta vez? O que tudo isso significa? O que acontecerá quando ela tiver permissão para partir novamente?

Nenhuma dessas perguntas são coisas que ela e eu estamos prontos para enfrentar ainda. Em relação a como me sinto, não há nada sobre isso que eu quero que seja lento.

É como se eu quisesse tudo... agora, o que é estúpido pra caralho.

Jessica se senta, seu cabelo escuro caindo, criando uma cortina ao redor de seu rosto.

— Eu odeio esta cidade. Por que eles não podem apenas deixar... acontecer?

— Porque estão torcendo por nós.

Ela ri uma vez.

— Nem todos.

Não, não meus pais.

— As pessoas que importam estão.

Jess vira a cabeça, os olhos cheios de uma infinidade de emoções.

— Você não se importa com o que seus pais pensam? Nem um pouco?

— Nem um pouco.

— Então, se eles te cortassem e demitissem da pousada, isso não importaria?

Mal sabe ela que essa foi exatamente a conversar do jantar de sexta à noite. Minha mãe falando sem parar sobre as aparências. Meu pai falando sobre o dinheiro da família e como faria tudo ao seu alcance para ter certeza de que estava protegido. Stella e eu ficamos sentados lá... atordoados.

Não que eu devesse estar. Meus pais são uns idiotas.

Ainda assim, ser tão abertamente hostil com ela, depois de todo esse tempo, era ridículo.

Depois de terminar minha salada, me levantei e saí. Stella me enviou uma mensagem depois de quinze minutos, pensando que eu só tinha ido tomar um ar fresco, mas fui embora. Não sou criança e não vou dar ouvidos a isso.

— Isso importaria? Acho que sim. Seria difícil para Stella e meus irmãos escolher um lado. Isso tornaria tudo financeiramente difícil, mas, se fôssemos mais do que isso, não, não faria diferença. Eu encontraria uma maneira.

Jess enfia o cabelo atrás da orelha.

— Isso é loucura, sabia? Somos adultos e não sou uma pessoa má. Eu não entendo. Não entendo por que seus pais me odeiam tanto. Eu era pobre, grande coisa.

Há uma razão, e nunca direi a ela. A mãe de Jessica e a minha já foram amigas; há um motivo para não serem mais. Meu pai tentou começar algo com a mãe dela, que recusou. Porém, minha mãe não acredita nela e, até hoje, acha que ela foi embora com ele.

— Não importa. Não importaria para mim. Acho que é isso que estou dizendo.

— Você quer... mais? — Sua voz é baixa, a vulnerabilidade me quebrando.

— O que você acha?

Sua mão se levanta, tocando minha bochecha.

— Acho que somos idiotas que fingimos que já não somos mais.

Envolvo meus dedos em torno de seu pequeno pulso, levando sua palma aos meus lábios.

— Não vou te implorar para ficar. Tem que ser sua escolha. Estou aqui. Não vou indo a lugar nenhum.

Lágrimas enchem seus olhos.

— Eu sabia que só precisaria um olhar em seus olhos azul-esverdeados e eu estaria perdida. Sabia que voltaria a me apaixonar por você. É por isso que fiquei longe.

— E agora?

Sua cabeça balança suavemente.

— Agora, infelizmente, não há mais jeito.

— Sempre há um jeito, Jess.

Ela se abaixa, com as mãos no meu peito.

— Não de impedir meu coração de ser seu.

— Que bom.

— Bom?

Eu aceno e trago seus lábios nos meus.

— Que bom, porque não tenho intenção de deixar você ir embora sem lutar.

Capítulo 23

Jessica

Abro a porta para ver o homem mais bonito do mundo parado ali.

— Bem, você está elegante — comento.

Grayson puxa flores de trás de suas costas e as oferece para mim.

— Elegante?

Encolho os ombros.

— Eu tenho uma lesão cerebral, a culpe por isso. Ou é apenas porque você é tão gostoso que não consigo pensar direito.

Ele ri e me dá um beijo suave.

— Você está linda.

— Obrigada.

Estou usando um par de jeggings com uma túnica frente única. É confortável, mas ainda fofa, já que não tenho ideia do que estamos fazendo.

— Está pronta? — pergunta.

Quando chego ao carro, Melia acena freneticamente.

— Oi, Srta. Jessica.

— Olá, Melia — saúdo, um pouco confusa.

— Estamos sequestrando você! — exclama, com um sorriso.

— Bem, este é um plano muito bem executado, então.

Grayson olha para ela.

— Lembra o que eu disse?

Ela concorda.

— Não diga a ela.

— Não me dizer o quê? — pergunto.

— Para onde estamos te levando! — Sua risada é adorável e alta enquanto ela cobre a boca. — Papai disse que deve ser uma surpresa.

Eu me viro, deixando cair minha voz para ser conspiratória.

— Você pode me dizer, eu não vou contar para ele.

Seu olhar muda na direção do pai.

— Ele pode ouvir tudo.

— Tudo?

— Ele disse que é um superpoder de pai.

Não consigo parar o sorriso que cresce.

— Ah, bem, então temos que ser supercuidadosas com ele.

Melia sorri.

— Isso é o que a tia Stella diz também. Ela diz que também tem superpoderes.

— Sua família é muito especial — concordo.

— A tia Stella pode bloquear a audição do papai.

Eu não tinha ideia de que nosso encontro seria com a filha dele, mas eu não poderia estar mais feliz. Ela é a criança mais doce e adoro estar ao seu redor. Na outra manhã, ela acordou e me encontrou no sofá, fingindo dormir, e fizemos panquecas com bacon para acordar Grayson.

Foi a coisa mais divertida que vivi em muito tempo.

Quando Gray me levou para o trabalho, perguntou se eu sairia com ele hoje para que pudesse me mostrar algo. Presumi que fosse outra maneira de me colocar na cama, mas descobri que ele estava falando sério.

— Eu gosto dos poderes dela — conto para Amelia.

Grayson bufa.

— Eu sou o mais poderoso, porque posso tirar seus poderes.

Amelia parece horrorizada por um segundo e então ri.

— Você é bobo, papai.

— Eu não sou.

— Sim, você é!

Vê-lo assim ainda me deixa sem fôlego. Sempre soube que ele seria um ótimo pai, mas testemunhar é outra coisa. Ele a ama com uma ferocidade que faz meu coração crescer cada vez que os vejo interagir.

É claro que Amelia pensa que ele anda sobre as águas.

— Então — digo, batendo palmas —, para onde estamos indo?

Grayson inclina a cabeça na minha direção e me dá um sorriso irônico.

— Você vai ter que esperar e descobrir.

Dirigimos trinta minutos para fora de Willow Creek antes que ele parasse em uma estrada de terra que tinha uma placa de "proibido a entrada" na frente.

— Você me trouxe para o meio do nada por algum motivo? Se você aparecer com uma pá, vou bater em você primeiro.

Ele ri.

— Vamos.

Saímos e Amelia corre para pegar minha mão.

— Você tem que ver o lago!

— Um lago?

— Chama-se Lago Melia. — O orgulho em sua voz ressoa no ar.

Eu olho para Grayson, que está sorrindo para nós.

— Vá em frente. Eu vou levar a comida.

Ela me puxa por um caminho bem gasto e então somos brindados com uma visão de tirar o fôlego. É um lindo lago cercado por árvores exuberantes e pássaros voando no alto. O céu é de um lindo azul-claro com apenas algumas nuvens fofas acima. Mais à direita, há um pequeno cais de pesca com uma pequena arca amarrada ao poste.

Nós nos movemos um pouco mais além e inalo uma respiração profunda do ar fresco com cheiro de pinheiro. É um lugar onde uma pessoa pode ser perdida e encontrada ao mesmo tempo.

— Uau — solto, absorvendo tudo.

— É o meu lugar secreto — ela me diz.

— Por que isso?

— Papai não quer que ninguém saiba. É para onde vamos quando queremos nos esconder.

— Então, ninguém mais esteve aqui? Nem a tia Stella ou a vovó?

— Não.

— E quanto ao tio Alex ou tio Joshua?

A voz de Grayson interrompe, me fazendo pular um pouco:

— Não, só Melia, e agora... você.

Eu me viro, meu peito apertando com as emoções girando dentro de mim. Gray me levou a um lugar que é importante para ele. Está compartilhando algo que nunca mostrou a ninguém.

— Nem mesmo o tio Jack sabe! — Melia me informa, girando em círculos.

— Por que. Você. Lugar. — Solto uma respiração instável, me sentindo tão sobrecarregada que não consigo pronunciar as palavras.

Grayson pega minha mão, entrelaçando nossos dedos.

— Calma, Jess.

Nada sobre isso é fácil. Ele está me deixando entrar em sua vida, seu coração, em algo que ele e sua filha compartilham.

Eu quero tanto perguntar a ele por que, mas já sei o motivo. Porque somos nós.

Sempre fomos assim. Não sabemos amar com reservas. No dia em que me apaixonei por Grayson Parkerson, ele roubou cada parte de mim. Ele me amava tanto que não havia chance de ninguém mais ser capaz de guardar meu coração depois dele.

— Você realmente é péssimo nessa coisa de ir devagar.

Ele sorri.

— Não sei quanto tempo tenho, então aqui está o meu aviso, amor: não estou me segurando.

Antes que eu possa responder, Amelia corre de volta para nós.

— Vamos! Eu tenho que te mostrar o barco.

Eu saio com ela, olhando para Grayson, já me sentindo como se estivesse com água até o pescoço.

— Você vem ao meu recital? — Melia pergunta, enquanto estamos flutuando no barco. Se é que se pode chamar assim.

— Quando é?

— Próximo mês.

— Eu adoraria ir — digo a ela.

— Papai, temos ingressos suficientes?

Ele concorda.

— Eu tenho um extra.

Grayson está remando em direção ao outro lado do lago, com Melia e eu sentadas na frente sob um cobertor.

O barco, que jurei que não entraria, não tem banco na frente, nos obrigando a nos deitar. Melia achou ótimo, já que fizemos uma cama improvisada e temos lanches. Eu me sinto muito perto da água e o som dela batendo em nós faz parecer que estou prestes a ficar encharcada a qualquer segundo.

Depois de mais alguns minutos, começo a relaxar um pouco mais, e Melia e eu decidimos encontrar formas nas nuvens.

— Aquela parece um castelo.
— Sim.
Ela continua procurando.
— E aquela parece uma lagarta.
Eu sorrio.
— Acho que pode ser um verme.
— Ou talvez seja um lápis! — Amelia se move rapidamente, fazendo o barco balançar.
— Calma, bonequinha, ou vamos cair na água, o que não está nos nossos planos.
Ela se deita com cuidado.
— Desculpe, papai.
— Está tudo bem, apenas vá devagar.
Imediatamente olho para ele, sorrindo.
— Sim, todos devemos ir devagar.
— Somente quando há risco de segurança envolvido. — Ele me dá uma piscadela.
Rolo os olhos com a brincadeira que costumamos ter. Grayson traz à tona o meu lado despreocupado, e eu amo cada segundo disso.
Ele rema mais algumas vezes e então vejo o cais do outro lado.
— Vou nos amarrar e depois tirar vocês, meninas.
Melia e eu sentamos pacientemente enquanto Grayson lida com isso. Então ele se abaixa, içando Melia com um puxão.
— Vá até a grande árvore e espere — orienta.
Ela sai correndo e então ele me ajuda. Seus braços fortes envolvem minha cintura, me firmando, porque ainda parece que estou balançando.
— Você se sente bem aqui — atesta Grayson, com um ligeiro tremor em sua voz.
— O que você quer dizer?
— Este lugar, é mais do que apenas isso.
Olho em volta, tentando entender suas palavras.
— Eu não...
Seus lábios estão achatados, exceto pela ligeira curva nas pontas.
— Quero te mostrar algo. — Gray dá um passo para trás, esticando a mão. — Vem comigo?
Se ele soubesse o quanto já me mostrou. Ele me lembrou de que seu amor é lindo e eu não quero nada mais do que viver nele.

Deixá-lo seria... burrice.

Como deixei isso acontecer? Como deixei de me proteger, mesmo quando dizia que faria isso?

Em vez de dizer não ou pedir para ir embora, pego sua mão estendida e o deixo guiar o caminho.

Nós subimos, Melia correndo ao nosso lado, segurando minha outra mão. Subimos um conjunto de escadas antigas de madeira que parecem estar aqui desde a formação da montanha. E então, há uma clareira.

Como não a vi do outro lado do lago, não sei. Mas uma casa muito velha e de aparência muito robusta está bem no meio.

Instintivamente, caminho em direção à casa, quase como se ela me chamasse.

— Grayson — digo, minha respiração deixando meus pulmões de uma só vez. — É incrível.

— Ainda tem muito trabalho para fazer.

— Mas a estrutura é boa, certo?

Ele concorda.

— É estruturalmente sólida.

Penso na casa que ele construiu em nossa montanha.

— Por que você não consertou esta casa?

Grayson olha para Melia e sorri.

— Não é aqui que eu quero morar.

— Não?

Ele levanta a filha, segurando-a com força.

— É onde pretendo trabalhar.

Está escuro, parece que tudo está na periferia e a névoa é densa. Eu posso ver, mas não posso tocar.

Os sons são os mesmos. A raspagem, a dobra do metal. As pressões e batidas quando atingimos o chão, mas desaparecem conforme o sonho avança.

Luto contra as memórias, e elas começam a se dissipar lentamente. É como se o avião não estivesse atingindo o solo, mas pairando. Vou com mais vontade para fazer o sonho recuar.

Não é real. Não é real, digo a mim mesma, enquanto algo me envolve com mais força. Mantenho a sensação de estar segura.

Eu posso fazer isso.

Sinto uma pressão contra meu pescoço, um calor quente empurrando o pânico gelado que o sonho injeta em meus ossos. Meus membros formigam quando começa a me descongelar. Posso sentir os músculos relaxando no conforto.

Eu vejo a casa no lago. A maneira como a água reflete na luz do sol. Isso é novo. Este lugar é lindo e claro. Não há aviões aqui, apenas Grayson e Melia, sorrindo enquanto conversamos sobre seus planos.

Sim, está funcionando.

É difícil ver o avião agora. Está se dissipando conforme a luz — aquela bela e quente luz do sol — assume o controle da escuridão. A casa está lá, as nuvens emoldurando-a novamente, e eu quero chorar, porque ela também está desaparecendo.

Abro os olhos para ver Grayson me fitando, com a mão na minha bochecha, segurando meu rosto contra seu peito.

— Você está bem? — Sua voz está carregada de preocupação.

Mais uma vez, Grayson afugentou meus pesadelos, mas há um novo medo me dominando. Envolvo meus braços nele, segurando com força.

— Estou bem.

— O sonho?

Eu aceno contra ele.

— Sempre. Bem... — eu paro, virando meu rosto para vê-lo melhor. — Quando estou com você, eles não são tão intensos e as coisas estão mudando.

Pelo sorriso lento que se espalha por seu rosto, fica claro que ele gosta disso.

— Que bom.

— Eu deveria voltar para o quarto de hóspedes. — Meus braços não se movem para longe dele.

— Você deveria. Amelia vai acordar logo.

— É muito cedo.

Grayson ri e depois me levanta um pouco, trazendo nossos lábios em um beijo doce.

— Confie em mim, também não quero te deixar ir.

— Eu prefiro que ela não nos pegue de novo.

— Pelo menos jantamos tarde depois do lago, então podíamos usar a desculpa de estar muito cansados para dirigir.

— Sabe, em tipo, dois anos, isso não vai funcionar com ela — aponto.

— Você está planejando estar por aqui em dois anos?

Meu coração começa a acelerar, porque meu instinto inicial é dizer sim. Que eu quero estar aqui. Quero estar em sua cama, em sua vida e em seu coração. Porém, não sei se essa é a melhor opção para mim. E se eu for liberada e puder ir embora? Mesmo que ficar aqui nunca tenha estado nos meus planos, tudo está... pouco claro. Eu quero coisas. Coisas que não estão centradas em torno de uma vida em Willow Creek, mas também há Grayson e Melia. Eu os quero. Só me preocupo que, em algum momento, vou me arrepender de não ter voltado aos sonhos que uma vez tive.

A vida que eu vivia antes de voltar era cheia de possibilidades. Se eu não gostasse de onde estava, era simples fazer uma mudança.

Aqui não há escolhas.

É a fábrica, a pousada ou alguma outra merda de emprego, onde estarei trabalhando apenas para sobreviver.

— Ei — Grayson chama minha atenção, enquanto eu me afasto. — Por que você está fazendo isso?

— Porque não sei como responder de uma forma que não machuque.

Ele se senta.

— Então não responda nada.

Eu saio da cama, me vestindo apenas no caso de Amelia acordar um pouco mais cedo.

— Mas esse é o problema, Gray. Eu quero responder. Quero te dizer que estarei aqui, com você e Amelia. Quero ser capaz de dizer sim, mas há essa parte de mim que está gritando por dentro.

— Dizendo para você se afastar — ele termina.

— E eu não quero me afastar. Sinto que estou sendo dilacerada.

Ver o lugar que Grayson deseja renovar para ser sua própria pousada foi... demais. Ainda não consigo entender como ele possuiu esta propriedade por anos e nunca mostrou a ninguém além de Melia.

Ele balança a cabeça, se levantando e vestindo o short.

— Eu não quero dilacerar você, Jess. Quero ser o homem que te mantém inteira.

— E é o que você está fazendo, mas é assustador.

Ele toca minha bochecha.

— É por isso que eu disse para irmos devagar.

Dou a ele um sorriso triste.

— Certo. Mas como faço para retardar o que sinto? Nada do que estamos fazendo é lento.

Eu posso ver a hesitação em seus olhos.

— Eu também estou tentando.

— Eu sei disso, mas me diga. Me diga, como faço para retardar meu coração de querer você?

— Você não precisa.

— Isso não ajuda em nada!

Ele suspira profundamente.

— Jack disse alguma merda sobre a vida ser sobre os momentos, e ele estava certo. Podemos ter apenas meses ou talvez mais, mas não importa quanto tempo fiquemos juntos, eu quero tudo. Quero beijar você, fazer amor com você, falar com você quando eu puder, porque nós temos um ao outro.

Eu aceno, e uma lágrima cai.

— Eu sabia que, no minuto em que te visse novamente, me sentiria bem e nunca mais iria querer sair. Sabia que te amaria facilmente, porque você sempre foi o homem que eu quis. Eu também temo o que isso significa, porque luto para reconciliar as duas partes de mim.

— Não estou tentando te prender, Jess. Não quero tirar nada de você, mas não vou mentir sobre como me sinto. Não vou deixar passar oportunidades como essa.

— Eu sei. É o medo do que significa ficar aqui — digo a ele. — Como seria minha vida e o que isso significa para você também.

Sua cabeça se move ligeiramente para trás.

— Se você está falando sobre minha família...

— Claro que estou. Eles me odeiam. Sua mãe deixou bem claro que não sou bem-vinda. Que futuro é esse para nós?

— Por que você acha que isso importa?

Este doce homem. Ele está louco de pensar que nada disso vai nos afetar. Nós dois trabalhamos para a empresa que seu pai ainda possui. Seria tão fácil para eles arruinar toda a vida de Grayson só para me atingir.

— Porque nós dois sabemos que sim.

Ele passa a mão pelo cabelo, um hábito nervoso que tem desde criança.

— Me deixe me preocupar com eles.

— Não é tão simples assim.

— Nada é simples, mas qual é a alternativa? Nós nos afastamos disso? De nós?

Eu não posso me permitir pensar sobre isso agora. Não quando ele me faz sentir assim. Grayson está preenchendo os buracos em meu coração.

Cada dia, cada beijo, cada vez que olha para mim como se eu fosse a razão pela qual ele respira está me curando.

A ideia de deixá-lo já dói muito.

Caminho até ele e pressiono minha palma aberta sobre seu coração.

— Não, nós apenas... vivemos o momento, como você disse. Nós moderamos nossos desejos e somos realistas sobre o que tudo isso significa.

— Eu te mostrei o futuro, Jessica. Te dei tudo que você precisava ver ontem. Os medos que você tem sobre minha família não são meus.

Minha respiração fica mais intensa enquanto olho em seus olhos.

— Então, você simplesmente iria embora?

— Por você?

Sua mão sobe pela minha espinha, enviando ondas de calor delicioso pelos meus membros.

— Eu nunca parei de te amar, Jessica. Nem um único dia. Eu diria a você, mas...

— Mas o quê? — A secura na minha garganta fica tão intensa que mal consigo fazer a pergunta sair.

— Devagar, Jess. Vamos devagar.

Não há como desacelerar o que sinto. Fico tentando me lembrar dos meus planos, mas estou parada nesta sala, cercada por tudo que me faz feliz, e não consigo respirar.

Grayson me beija com reverência. As emoções que estavam fervendo pela conversa se foram quando sua língua acariciou a minha. O beijo é caloroso, e quero que ele me deite e me ame até que eu não consiga mais pensar.

Meus lábios pressionam contra sua garganta e, quando alcanço seu ouvido, o deixo saber exatamente o que quero.

— Se Amelia não estivesse acordando, eu imploraria para você me amar novamente...

As mãos de Grayson deslizam pelos meus lados, um gemido baixo emanando de seu peito.

— Eu me vejo subornando minha irmã para mais uma noite como babá em um futuro próximo.

— Sim? E o que você faria se estivéssemos sozinhos?

Ele se inclina para baixo, sua boca roçando minha orelha ao falar.

— Eu iria te despir, beijar cada centímetro de você e fazer você gritar até que não tenha mais voz. E então, repetir tudo isso.

Deus me ajude, posso não ter forças para sair.

Capítulo 24

Grayson

Acordo com o sinal do rádio.

Merda.

Esfrego os olhos e me levanto, pegando minhas roupas que mantenho prontas exatamente por esse motivo. É uma da manhã e o sinal está acabando.

— Atenção a todos os bombeiros de Willow Creek, temos vários relatos de uma explosão e um incêndio visível no antigo prédio da ferrovia. Todas as unidades respondam.

Isso significa que não é apenas um alarme falso. Eu preciso estar lá. Normalmente, ligaria para Stella e deixaria Melia lá ou pediria para ela vir aqui, mas minha irmã foi visitar Alex. Depois da última vez que vi meus pais, essa não é uma opção.

Meu telefone toca e é Jack.

— Ei — digo, deslizando minhas calças.

— Ei, você vai?

— Sim, preciso encontrar alguém para cuidar de Amelia.

— Merda, Stella está fora da cidade.

— Como você sabe disso? — pergunto.

— Ela mencionou. E quanto a Jess?

O rádio começa a tocar, e desta vez é a voz do comandante.

— Todas as unidades, fiquem atentas, estou no local. Temos várias casas queimando e aconselhei o despacho a chamar outras cidades para ajudar.

Isso é ruim e, como capitão do caminhão, não posso suportar a ideia de não estar lá para ajudar meus rapazes.

— Vou ligar para ela — desligo com Jack, e Jess atende no primeiro toque.

— Grayson? Está tudo bem?

— Há um incêndio e eu preciso responder ao chamado. Odeio te pedir isso, mas você pode cuidar de Amelia?

Ouço um farfalhar atrás dela.

— É claro. Eu não estava dormindo mesmo. Quer trazê-la aqui?

— Posso?

— Sim, ela pode ficar aqui até que você termine. Winnie virá me buscar para o trabalho, então vou levá-la comigo.

— Obrigado, Jess.

— Sem problemas.

Pego minhas coisas e Amelia, que não se mexe quando a coloco no carro. Ela dorme profundamente no caminho para a casa de Jessica. Quando estaciono em sua garagem, ela está esperando na varanda, com o cabelo uma bagunça e vestindo um par de shorts e camiseta sem mangas.

— Agradeço muito — digo, carregando Amelia para dentro.

— Traga-a para o meu quarto, ela pode dormir lá.

Assim que coloco Melia na cama de Jess, ela faz um barulho suave, se enrola de lado e volta a dormir profundamente.

— Eu a invejo — Jess fala, com uma risada suave. — Eu daria qualquer coisa para dormir assim.

Beijo a cabeça da minha filha e, quando estamos no corredor, puxo Jess em meus braços.

— Senti a sua falta.

Sua respiração engata.

— Também senti sua falta.

— Eu tenho que ir, mas talvez amanhã à noite você possa se esgueirar para a minha casa?

Ela concorda.

— Gostaria disso. Winnie me deve um favor.

Dou-lhe um beijo rápido antes de voltarmos para baixo.

— Há algumas roupas para ela na bolsa e, se precisar de alguma coisa, odeio dizer isso, mas ligue para minha mãe. Ela tem um guarda-roupa completo para ela, e...

— Pare com isso — ela me corta. — Vá, nós vamos ficar bem. Me ligue quando terminar.

— Eu irei. — Começo a recuar, não completamente pronto para tirar meus olhos dela.

— Tenha cuidado, Gray. Eu te amo — diz, e então ela coloca a mão sobre a boca.

Meu coração, que estava batendo forte com a adrenalina, agora está acelerado por outro motivo. Ando em direção a ela, longas passadas diminuindo a distância entre nós. Quando chego, pego seu rosto nas mãos.

— Eu também te amo.

— Eu não queria dizer isso...

— Você sente isso mesmo?

— Sim — Jessica admite.

Pode ter sido apenas três semanas fugindo com Jessica, beijando nos corredores e fingindo que não estamos nos apaixonando, mas está lá desde a primeira vez que a beijei na praia.

Dissemos para ir devagar, mas é impossível reduzir a velocidade de uma bala.

Meu coração parece que encontrou a peça que faltava no quebra-cabeça que se encaixa perfeitamente.

Eu amo essa mulher. Sempre amei, e então me pergunto, e se eu mostrasse a ela como nossa vida poderia ser ótima? Ela ficaria comigo? Se eu não tentar, nunca vou me perdoar.

— Vamos fugir neste fim de semana — sugiro.

— Fugir? Para onde?

— A casa de praia. — Como se houvesse outro lugar para nós.

— Você realmente acha que é uma boa ideia? — pergunta, preocupação em seus olhos.

— Por que não seria?

Ela responde com uma palavra. Uma palavra que é a única coisa que me faz parar.

— Amelia.

— Nós passamos o fim de semana como amigos, e é isso que Amelia vai ver, o que eu gostaria de pensar que somos. Ela te ama e tem perguntado sobre você sem parar. Nós iremos, e vamos nos divertir, manter a calma e apenas curtir as férias. Você acabou de admitir que me ama.

— Admiti.

— E eu te amo — repito.

— Você ama.

Eu a beijo novamente.

— O que diz? Venha para a praia comigo e me deixe amar você.

Seus olhos são calorosos quando ela assente.

— Tudo bem.

O alívio se espalha por mim. Quero passar o máximo de tempo possível com ela. Quando ela está perto, me sinto vivo novamente.

— Que bom. Pego você na sexta, depois do trabalho.

— Vamos como amigos se alguém perguntar, certo?

Eu concordo.

— Durante o dia, com certeza. À noite? — Minha voz cai. — Bem, à noite, você é minha e vou mostrar exatamente o que isso significa... várias vezes.

Os lábios de Jessica se erguem, um sorriso tímido aparecendo em seus lábios.

— Estou ansiosa pela nossa primeira noite.

— Eu também, amor. Eu também.

— E então, meu pai disse que eu não precisava usar as leggings rosa, poderia usar as brancas, mas a Sra. Butler ficou muito brava.

Amelia não parou de falar por mais de três segundos durante todo o trajeto. Uma hora dela enchendo Jessica de histórias de dança, creches, jantares, conversas que ouviu e o que vestia. Nunca saberei como Jess ainda não se atirou do carro.

Inferno, eu quase me atirei.

Entramos em um posto de gasolina e Jessica leva Amelia ao banheiro. Vejo as duas andarem de mãos dadas, sorrindo como se se conhecessem desde o primeiro dia. Amelia para na porta e então envolve os braços ao redor dos quadris de Jessica.

Eu posso enxergar agora. O futuro; isso, ela, nós como uma família, e está me assustando.

Tudo parece congelado ao olhar para as duas pessoas que amo. Amelia é meu mundo e Jessica é minha alma. Como é essa minha vida? Como apenas alguns meses mudaram tudo?

— Você está bem, filho? — uma voz pergunta ao meu lado.

— Oi?

— Você parece um pouco perdido — diz o homem mais velho.

— Não, eu estou bem.

Ele se vira, vendo onde as garotas acabaram de entrar na loja, e então olha para mim.

— Entendi.

— Entendeu o quê? — pergunto.

— Você estava parado ali, olhando para algo, e pensei que talvez não soubesse o que estava procurando, mas agora vejo que estava errado.

Agarro a manivela da bomba e balanço minha cabeça.

— Não, não estou perdido.

— Quanto tempo você está casado? — indaga.

— Não, não, ela não é minha esposa. Eu não sou... ela é uma amiga.

Ele ri uma vez.

— Uma amiga, hein?

Ótimo, até estranhos podem ver que somos mais do que amigos.

— Sim, amigos.

— Se você diz. Parecia que parte do seu coração estava indo embora.

Limpo a garganta quando a alavanca dispara, me deixando saber que o tanque está cheio.

— A menina é minha filha, então acho que isso é parcialmente verdade.

E também apenas parcialmente mentira. Ambas possuem partes muito especiais do meu coração.

Esta foi uma má ideia. Quanto mais me apaixono por Jessica, mais isso vai ser uma agonia no final. Mas Jack estava certo, se eu fosse embora para me proteger, também me arrependeria.

O velho coloca a bomba de volta na fenda e tira o chapéu.

— Boa sorte em se convencer de que era isso que você estava olhando, filho.

Um segundo depois, Melia sai correndo da loja com Jessica.

— Papai! Adivinha? Srta. Jessica comprou lanches para nós!

Jessica dá um sorriso tímido.

— Desculpe, ela estava tão fofa, não consegui resistir.

— Está tudo bem — asseguro-lhe. — Mas não iremos comer na minha caminhonete.

Eu ouço o bufo de Jess e me viro.

— O quê?

— Ah, nada, muda a caminhonete, mas as regras não.

Melia puxa o braço de Jessica.

— Ele não deixa *ninguém* comer na caminhonete. Não importa o quanto eu esteja com fome.

Jessica se agacha.

— Vou te contar um segredo. — Ela se inclina para que eu não possa ouvir o que diz, mas Melia ri.

— Ok!

— O que você disse a ela? — Não consigo parar de sorrir ao olhar para Jess.

— Nada.

— Mentirosa.

— Ok, nada que eu vá dizer a você. — Ela mostra a língua e caminha com Amelia para o lado do motorista antes de ajudar a colocar minha filha.

Assim que minha filha está segura, Jess se endireita e me olha da capota.

— Você vai pagar por isso — advirto, com uma pitada de diversão.

Jessica encolhe os ombros.

— Ou você vai pagar, isso nós vamos ver.

Entramos no carro, sorrindo um para o outro, e começo a planejar minha versão de vingança. Ela vai pagar, mas provavelmente não da maneira que está pensando. Ou talvez seja exatamente o que está pensando.

Eu me concentro em não deixar minha mente ir muito longe nisso, ou será uma viagem muito desconfortável. As próximas horas passam da mesma forma que as primeiras. Amelia encontra tópicos para discutir e eu gostaria de ter trazido protetores de ouvido.

Amo minha filha. Eu a amo mais do que tudo, mas ela não para.

— Por que não ficamos quietos por alguns minutos? — sugiro, quando estamos a apenas cerca de vinte minutos da casa de praia. Certamente, ela pode durar esse tempo.

Jessica sorri e depois se volta para Amelia.

— Sabe jogar o jogo silêncio? — Jess pergunta a ela.

— Não, quais são as regras?

— São simples, todos temos que ficar muito quietos, não fazer barulho, e quem ficar quieto por mais tempo, ganha.

Amelia inclina a cabeça para o lado, olhando para Jess.

— O que eu ganho?

Olho para ela pelo espelho retrovisor.

— O que você quer? Eu pagarei qualquer coisa.

Percebo imediatamente que essa é uma estratégia ruim, mas estou desesperado por cinco segundos de paz.

— Eu quero um macaco.

— Sem chance.

— Você disse qualquer coisa — Amelia rebate.

— Sim, tudo menos isso.

— Ok, então eu quero um elefante bebê.

Jessica ri.

— Onde você colocaria?

— Na sala de estar — Amelia responde, como se fosse perfeitamente razoável.

— Mas e quando crescer? — Jess continua esta linha de conversa.

— Aí pode ir para o quarto do papai, é grande.

E eu que pensei que poderia ter alguns minutos de silêncio, não um debate sobre animais exóticos.

— Acho que o elefante pode ser mais feliz na selva, não é? — Jessica raciocina com ela.

— Certo. Ok, então eu quero um cachorrinho. Podemos ter um cachorrinho, porque eles são pequenos e fofos, e Bryson Hewitt tem um e deu o nome de Cachorro.

— Ele chama o cachorro de Cachorro? — pergunto.

— Ele não é muito inteligente, papai.

Jessica ri e cobre com uma tosse.

— Cachorro é um bom nome.

— Cachorro é um nome estúpido! — protesto. — É um cachorro, você não o chama de Cachorro.

Ela encolhe os ombros e olha pela janela, os ombros saltando.

Amelia levanta a mão como se estivéssemos na aula.

— Sim?

— Eu sei como devemos chamar nosso cachorro.

— Não vamos comprar um cachorro — afirmo com severidade, porque tivemos essa conversa em particular pelo menos uma vez por mês. Entre meu trabalho e o corpo de bombeiros, seria impossível conseguir um cachorro. Quase nunca estamos em casa e mal consigo cuidar de Amelia e de mim, quanto mais de um animal.

— Se fizéssemos — Amelia interrompe —, eu o chamaria de Bryson.

— O quê?

— Se ele pode nomear o cachorro de Cachorro, então eu chamarei meu cachorro de Bryson. Assim o cão não fica triste.

Jessica e eu começamos a rir. Amelia se apruma em seu assento, aparentemente feliz com sua lógica.

— É melhor você comprar um cachorro para ela agora — Jess comenta, entre seus acessos de riso.

Eu balanço minha cabeça e sorrio.

— Você pode ter qualquer coisa que não seja um animal.

Amelia geme, sua cabeça caindo para o lado dramaticamente. Não que isso importe, já que estou parando na garagem.

— Tudo bem, então eu quero uma nova mamãe.

E com isso, a risada desaparece e o carro fica em silêncio.

Capítulo 25

Jessica

Grayson e eu olhamos um para o outro, a estranheza crescendo a cada segundo.

Tenho a estranha necessidade de chorar. Como se sua resposta fosse profunda demais para explicar. Eu amo esse homem e também a amo. Em apenas um curto período de tempo, Amelia se tornou tão querida para mim, que é incompreensível como alguém não gostaria de ser sua mãe. Como qualquer mulher poderia se afastar dela está além da minha compreensão, e então percebo que é exatamente o que eu faria se fosse embora.

Eu me afastaria de ambos. Desistiria disto... desta pequena vida maravilhosa que eu poderia ter. Como apenas alguns meses de volta para casa alteraram tudo dentro de mim? Como passar aquela noite em seus braços fez tanta diferença?

Tanto que até pensar nele com outra mulher me dá vontade de chorar. O mero pensamento de outra pessoa ajudando esta menininha a entrar no assento do carro faz meu coração querer saltar do meu peito.

Eu preciso me controlar.

Nós dois dissemos para ir devagar e aqui estou eu, imaginando me tornar uma família.

Os olhos de Grayson nunca deixam os meus, e posso ver a hesitação. Nenhum de nós sabe o que dizer e então ele se vira para ela.

— Não sei se você consegue isso com um jogo, mas que tal entrarmos e você pode me ajudar com os lençóis?

Amelia bate palmas e se estica para desafivelar o cinto.

— Ok! E então podemos construir uma cidade de areia? E depois nadar? Podemos comer pizza no jantar?

Ah, ter quatro anos é ter o foco de um peixinho dourado.

Ele salta do carro e eu o sigo, pegando as sacolas e os isopores que embalamos com comida. Amelia corre em direção à frente da casa, dando-nos o primeiro momento de privacidade.

— Você está bem? — pergunta.

— Sim, claro, por quê? — respondo, em um tom esganiçado.

— Porque Amelia acabou de nos dar um susto do caramba.

Relaxo e forço um sorriso no rosto.

— Ela tem quatro anos e não consigo imaginar que não anseie por uma mãe.

Grayson desvia o olhar.

— Odeio não poder dar isso a ela. De todas as coisas que posso oferecer, não posso fazer sua própria mãe querê-la.

A dor em sua voz me faz sofrer. Eu faria qualquer coisa para tirar isso dele.

— Gray, você dá tudo a ela.

— Dou?

— Ela é a criança mais feliz que já conheci. E te adora. Você deu a ela um lago... Quero dizer, sério, não tem por que você se sentir mal.

Ele acena com a cabeça uma vez, embora dê para dizer que ele não acredita de verdade, mas não vou pressioná-lo.

— Vamos deixar a casa pronta e almoçar.

— Ok.

Trabalhamos como uma equipe, Melia saltitando entre nós enquanto descobrimos móveis e fazer o ar funcionar. Não está muito quente, porém, com as janelas fechadas nos últimos dois meses, há um leve cheiro de mofo.

Uau. Faz apenas dois meses desde que nos beijamos. Dois meses de sentimentos, amor e medo do que tudo isso significa.

Fico no quarto, meus dedos apenas roçando contra o edredom, e caminho até a porta de vidro que dá para o oceano. Quando movo as cortinas pesadas para o lado, a luz é filtrada, mostrando pequenas partículas de poeira no ar. Tudo isso orbitando ao meu redor, pequenos pedaços, mas assim que a poeira baixar, o que acontecerá?

Será varrida e esquecida ou se tornará um pedaço de algo maior?

Sinto a presença de Grayson antes de ouvi-lo. Então suas mãos pousam em meus ombros.

— O que está errado?

— Estou apaixonada por você — declaro, sem me virar para ele.

— E isso é um problema? — Há uma leve risada em sua voz.

Fragmentos de mim são dele. Peças que nunca vou recuperar, e me preocupo com o que isso significa.

— Eu não quero te deixar, Grayson.

Ele envolve seus braços em volta da minha cintura, me segurando contra seu peito forte.

— Então não me deixe — pedi. — Fique.

Inclino a cabeça para trás e afundo em seu abraço.

— Ok.

Porque agora, não há nenhum outro lugar que eu prefira estar do que com ele e Amelia.

— Eu quero contar a ela sobre nós — Grayson diz, enquanto estamos aninhados na minha cama. Amelia foi dormir cerca de três horas atrás, e ele logo sairá para dormir sozinho em sua cama de beliche de tamanho duplo.

— Contar para quem?

— Amelia.

Eu me sento direito.

— Dizer a ela o quê?

— Que estamos namorando. Vai ser muito mais fácil para nós estarmos perto um do outro.

Mordo meu lábio inferior, pois não tenho certeza de como me sinto sobre isso. Não que eu não queira que ela saiba, mas depois do que disse mais cedo, ela pode assumir certas coisas.

— Pode não correr tão bem quanto você espera.

— Ela adora você, Jess.

— Sim, como a velha amiga de seu pai. É diferente se ela pensa que sou algo mais.

Ele puxa meu braço, me atraindo para que eu fique deitada em cima dele.

— Não precisamos fazer isso agora.

— Eu só quero que tenhamos certeza quando contarmos a ela. Amelia é doce e especial, gostaria que ela ficasse feliz quando contarmos.

Os dedos de Grayson deslizam pelo meu cabelo, empurrando-o para trás das minhas orelhas.

— Que tal darmos uma ou duas semanas? Vamos fazer essa viagem e depois voltar para casa para que ela possa nos ver juntos.

Dou um beijo rápido nele.

— Acho que é um bom plano.

As pontas dos meus dedos brincam com a pele de seu pescoço.

— Sabe, eu também tenho planos.

— Você tem?

Concordo.

— Eu tenho. Para você.

— E o que pode ser isso?

Meus lábios se aproximam.

— Primeiro, eu gostaria de te beijar.

— Gosto deste plano.

— Pensei que você poderia gostar.

Grayson ri.

— Algo mais do que apenas beijar?

Movo as mãos para baixo em seu corpo, puxando sua camisa para que eu possa tocá-lo.

— Pode haver alguns toques.

— Bem, eu gosto de tocar.

— Gosta? — pergunto, brincando.

A mão de Grayson encontra a pele ao longo das minhas costas, onde minha camisa subiu um pouco.

— Eu definitivamente gosto de tocar em você.

Sorrio contra seus lábios.

— Acho que gostaria de continuar beijando. Mas não apenas seus lábios.

Sua covinha se aprofunda um pouco, dando a ele um olhar diabólico.

— O que mais você quer beijar, amor?

Puxo sua camisa sobre sua cabeça e monto nele. Gray é tão lindo. Sei que não é o que os homens querem ouvir, mas é o que ele é. Perfeito. Lindo. Capaz de fazer meu coração disparar com apenas um olhar.

Grayson é um sonho em forma de vida. Ele é forte, doce e engraçado. Ter outra chance de amá-lo é um presente que não mereço.

Eu me movo para baixo em seu corpo lentamente, nunca permitindo que meus lábios deixem sua pele.

— Gosto deste lugar — falo, girando minha língua em torno de seu mamilo. Seus olhos se fecham e me movo mais para baixo. — Mas acho que há outros lugares que eu gostaria mais de beijar.

Um gemido gutural sai de seus lábios, e deslizo mais para baixo, enganchando meus dedos na cintura de seu short, removendo-os também.

— Jess — pronuncia meu nome, baixo e áspero.

— Quer que eu te beije aqui? — indago, com um sorriso tímido, olhando para seu pau duro e grosso.

— Isso é como perguntar a um homem moribundo se ele quer respirar novamente.

— Bem, eu não gostaria que você parasse de respirar. — Trago meus lábios para ele, correndo minha língua ao redor da borda. — Você sente que está morrendo?

— Você definitivamente está me matando.

Em vez de uma resposta espirituosa, eu o levo profundamente para dentro da boca. Seus quadris se erguem, e então seus dedos estão no meu cabelo. Balanço a cabeça, tentando levá-lo para o fundo da garganta, querendo que ele sinta nada além de êxtase.

Seu aperto aumenta, puxando os fios, e me movo mais rápido, segurando suas bolas.

— Jess, baby, pare. — Ele mal consegue pronunciar as palavras entre as respirações. — Amor. Eu não posso. — O tom é claro de que ele mal consegue se segurar. Mas eu quero isso.

O poder de fazê-lo se perder.

A emoção de saber que estou dando prazer a ele e levando-o a este ponto.

No entanto, ele não está aceitando. Agarra meus quadris, me puxando tão rápido que eu ofego, e então sinto sua boca no meu clitóris.

A língua de Grayson pressiona forte, circulando a protuberância, e ele empurra um dedo em mim, me fazendo quase gritar.

Dois podem jogar esse jogo. Eu me ajusto e o recebo de volta na boca. Nós dois usando nossas línguas, sugando e levando o outro a se soltar.

Seu gemido baixo contra meu clitóris me faz tremer. Eu posso sentir meu orgasmo se aproximando. Não apenas pelas coisas que ele está fazendo, mas por causa do quanto amo fazer isso com ele. A língua de Grayson se move mais rápido e posso sentir o limite se aproximando.

Então, quando estou lá, ele para.

Quase grito, mas ele me vira, alinhando-se na minha entrada. Não hesito antes de afundar nele.

Nossos olhos se encontram e algo tão poderoso passa por nós, que começo a chorar. Estou tão apaixonada por este homem.

Apenas senti-lo dentro de mim é demais, por isso desmorono e meu mundo nunca mais será o mesmo.

Capítulo 26

Jessica

— Então você vai ficar? Tipo, para sempre?

Delia e eu estamos fora da cidade, almoçando.

— Quero dizer, eu acho que sim. Grayson quer contar a Amelia sobre nós e seguir em frente. — Não que eu tenha certeza do que isso significa. Ela se inclina para trás, colocando uma batata frita na boca.

— Estou muito feliz por você.

— Também estou feliz, é isso que me assusta.

— Por quê?

— Porque a felicidade se enfraquece e a realidade é uma droga.

Delia concorda.

— Verdade, mas você poderia estar apaixonada por um cara que não se importa com você. Isso seria realmente uma merda, hein?

— Deals — falo, estendendo a mão para ela, que me acena de volta com desdém.

— Não faça isso. Está bem. Eu sou uma idiota.

Antes que possamos dizer mais alguma coisa, Stella se aproxima.

— Ei! Eu não sabia que vocês estavam aqui. Achei que estaria descansando depois de três dias na casa de praia.

É uma loucura como essas pessoas estão investindo na minha vida amorosa.

— Não há necessidade de descansar, nós realmente pegamos leve.

Delia bufa.

— Tenho certeza que sim.

— O que você está fazendo aqui? — pergunto a Stella.

Stella puxa uma cadeira para se sentar.

— Onde mais você acha que eu posso fazer compras? Não é como se tivéssemos lojas que valem a pena em Willow Creek.

— Verdade. — Delia acena com a cabeça, comendo outra batata frita.

— Então, eu estou aqui com uma nova bolsa e um desejo vitalício de me mudar. Enfim, como foi sua viagem? Você e Grayson conversaram e decidiram o que está acontecendo entre vocês?

— Sim, nós conversamos, e... acho que vamos contar a Amelia na próxima semana.

Ela sorri brilhantemente.

— Ela vai ficar tão feliz.

— Você acha?

A mão de Stella agarra a minha.

— Eu sei que vai. Ela realmente gosta de você. Disse que você é a favorita entre as amigas de Grayson e espera que more com ela. Eu diria que é um bom sinal.

Amelia se tornou extremamente importante para mim. Durante nossa ida à praia, rimos, brincamos e ela se cimentou em meu coração. Por mais que eu desprcze a decisão que sua mãe biológica tomou, uma parte de mim é grata porque sou capaz de passar esse tempo com ela.

— Espero que ela receba bem a notícia de que não somos apenas amigos.

— Presumo que isso signifique que vocês dois realmente solidificaram seu relacionamento.

— Sim — digo a ela com um sorriso. — Nós fizemos.

— Isso é maravilhoso. Sempre amei você com Grayson. Ele não tem estado tão feliz desde, bem, desde antes de você partir.

Aperto sua mão e a solto.

— Obrigada.

— Agora, qualquer besteira que você ouça dos outros, ignore. O que importa é você, Grayson e Amelia. Apenas isso.

Não precisa ser um gênio para saber de quem ela está falando. Grayson e eu não conversamos sobre seus pais há algumas semanas. Não há realmente nada que qualquer um de nós possa dizer para melhorar as coisas. A única outra coisa que preciso decidir é minha carreira.

Embora eu goste de trabalhar na pousada, não é o que quero fazer.

Tenho saudades de voar. Sinto falta de um emprego que adoro e pelo qual fico ansiosa. Mesmo tendo sofrido um acidente horrível, há algo sobre estar no ar que adoro. Não tenho medo de cair, tenho medo de ouvir que não posso ir aonde quero. Trabalhar no Park Inn é temporário e preciso de um emprego permanente que me satisfaça da mesma forma que meu último trabalho, se vou ficar aqui.

— Não importa o que aconteça, já que vou ficar, não sei se vou continuar trabalhando para vocês — aviso a Stella.

Ela pega uma das batatas fritas de Delia.

— Ok...

— Acho que seria melhor encontrar minhas próprias coisas e não vincular de nenhuma forma aos seus pais.

Delia ri uma vez.

— O que, você vai trabalhar na fábrica comigo?

— Não, não sei o que vou fazer, mas tem que haver algo.

— Se você encontrar, me avise, porque eu odeio a porra do meu emprego.

— Vai haver uma vaga de emprego na pousada — comento, com um sorriso.

— Então talvez eu tenha que mandar um currículo.

Sim, isso é um desastre pronto para acontecer. Delia e Stella são amigas, mas trabalhar juntas é outro tipo de situação. Sem mencionar que Grayson provavelmente iria matá-la.

Stella e eu trocamos um olhar que me permite saber que pensamos igual, e então ela se levanta.

— Preciso voltar ao trabalho e depois tenho um encontro.

— Ah, é! Com quem?

— Ninguém que você conhece. — Stella sorri.

Delia revira os olhos.

— Como se houvesse alguém em um raio de 32 quilômetros que não estivesse conectado a alguém nesta cidade...

— Então eu acho que você ouvirá notícias em breve. — Ela vai embora, deixando Delia e eu um pouco atordoadas.

— Quem você acha que ela está pegando? — pergunta.

— Nenhuma ideia.

— Nem eu, especialmente porque tenho certeza de que ela tem uma queda por Jack.

Meu queixo cai com aquela declaração.

— Jack? Jack O'Donnell?

— Sim. Quero dizer, ela nunca *disse* nada, mas eu a vi o comendo com os olhos algumas vezes. Então houve essa época há alguns anos... não sei.

Retorne para nós dois 203

— Grayson iria matá-lo — eu a informo.
— Por quê?
— Stella é sua irmãzinha. Os Parkerson sempre a protegeram de uma forma que é quase ridícula.

Não consigo imaginar um mundo onde Stella e Jack seriam um casal. Não apenas porque ele é mais velho que ela, mas também porque ele é... Jack. O piadista. Aquele que ri da vida porque sabe o quão cruel ela pode ser. Ele nunca leva o amor a sério, não depois de ver sua mãe morrer e seu pai ir embora.

— Ela nunca fará nada sobre isso. Pelo menos, eu duvido que faria por causa dessas razões. Além disso, Jack deixou bem claro que quer sexo sem expectativas.

— Você dormiu com Jack? — pergunto. — Quando estivemos na praia pela primeira vez, vocês dois ficaram longe por muito tempo.

Delia bufa.

— Eca! Não. Nós nos beijamos uma vez quando estávamos bêbados como gambás em uma festa. Foi bom, mas também meio... estranho.

Agora, isso eu quero ouvir.

— Estranho como?

— Tipo, ele é bom nisso, eu acho, mas era... Jack. Nós dois paramos, olhamos um para o outro e caímos na gargalhada. Se isso lhe dá alguma indicação de qual era o nosso nível de paixão.

Eu sorrio, tentando imaginá-los juntos e não conseguindo criar uma boa imagem.

— Ele merece ser feliz.

— Ele quer, e com sorte, um dia se permitirá ser. Ele fala sobre a garota que amava, mas ela se foi e ele está se atormentando com isso.

— Perder alguém que você ama é difícil.

Delia levanta uma sobrancelha, olhando para mim.

— Você saberia.

— Saberia.

— Demorou muito para se permitir ser feliz de novo.

— E é algo que ainda estou aprendendo a me permitir — admito.

Alguns dias, sinto que ser feliz é uma maldição. Eu senti uma perda, parte dela foi auto infligida, mas foi para me proteger da dor de não estar nos meus termos. O que causou outra versão de sofrimento. Tudo isso é uma merda e, felizmente, a Dra. Warvel me ajudou a enxergar.

Coisas acontecem. A vida não é fácil, mas a luta permite que a beleza brilhe. Sem essa dor, não saberíamos como é a alegria. Estou encontrando maneiras de suportar os dois e não deixar um determinar o outro.

— Falando em aprendizado e sua saúde mental — Delia se levanta —, é hora da sua primeira consulta do dia.

— Sim, vamos ver o neurologista e ouvir que ainda não consigo dirigir.

— Sinto que muita coisa mudou para você desde que começamos — diz a Dra. Warvel. — Tudo está acontecendo muito rapidamente, o que não é uma coisa ruim, mas eu gostaria de avaliar como você se sente a respeito. Acha que as coisas estão indo na direção certa?

— Sim. Quero dizer, são apenas coisas boas, certo?

— Parece que sim, mas sinto um pouco de hesitação.

— Acho que só estou com medo.

— Com medo de quê?

— Sabe quando você ganha um presente que é tudo o que você quer? É perfeito e ninguém pode manchar este presente em sua mente. Então, algo acontece, talvez simplesmente não esteja funcionando direito. E você ainda ama, mas... há uma pausa quando você pensa a respeito. Eu me preocupo com tudo isso, com Grayson, eu e estar em Willow Creek; que tudo vai acabar.

— Como assim?

Por que ela me faz responder tudo que eu não quero? Às vezes, essas sessões são extremamente frustrantes. Sei que esse é o ponto, mas não há quem diga que a ignorância é uma benção, certo? Eu gostaria de um pouco de felicidade, por favor.

Eu suspiro, o que soa mais como um gemido.

— Assim! A história não mostrou essa vida... a vida não chega a ser perfeita.

Dra. Warvel me estuda por um momento.

— Acha que ele pode estar preocupado também? Talvez não os mesmos medos, mas que você o deixe?

— Eu sei que ele está.

Ele tenta fingir, mas posso ver. Estamos esperando para contar a Amelia, e há uma parte de mim que pensa que ele está hesitando só por precaução.

No caso de que hoje siga por um caminho diferente.

No caso...

E agora o caso é verdade.

— Bem, Jessica, esse é o risco que corremos quando permitimos que nossos corações sejam vulneráveis. É assustador, mas é lindo. Viver e a vida são lindos. — Ela muda de assunto. — Me conte sobre as dores de cabeça?

— A frequência delas caiu o suficiente para que não sejam realmente um problema. — Posso vê-la se preparando para fazer a próxima pergunta, que eu gostaria que ela simplesmente esquecesse.

— E os pesadelos?

Essa é a única área em que houve poucas melhorias, pelo menos, não tanto quanto eu esperava. Às vezes há uma pausa, mas é apenas nas noites em que Grayson está lá para mantê-los afastados.

— Ainda é recorrente.

— E ainda tão intenso?

Eu concordo.

— Às vezes eu acordo e não consigo ver. Como se a concussão tivesse acontecido e minha visão se vai por um minuto. Tenho que lutar para manter a calma, porque sei que só estou com a luz no quarto apagada.

— Você ainda está anotando?

— Não — admito.

Dra. Warvel franze os lábios.

— Ok, você os tem nas noites em que está com Grayson? Se sim, como ele está lidando com eles?

Bem, merda.

— Eu não... bem, eu não sei se estou tendo quando estou com ele.

— O que você quer dizer com não sabe?

— Há momentos em que não me lembro se acordei e ele não me diz nada.

Ela bate com a caneta no bloco de notas.

— E você não pergunta a ele?

— Eu não quero saber.

Simpatia enche seu olhar.

— Entendo.

O que ela entende? Porque tudo que vejo é que estou sendo uma covarde. Eu deveria estar dançando em sua sala porque estou melhor.

Deveria jogar serpentinas e confetes em vez de desgraça e melancolia.

— Está sendo difícil hoje.

— O que aconteceu?

Eu estava tendo um ótimo dia. O almoço com Delia foi fantástico. E então...

— Hoje era para ser de um jeito, porém minha consulta com o neurologista não saiu como eu esperava.

Ouço a voz do Dr. Havisham de duas horas atrás.

— Bem, parece que tudo está se curando bem — disse meu neurologista.

— Mesmo? — perguntei.

— Sim, você não desmaia há mais de um mês e sua visão também não é um problema.

Delia pegou minha mão, apertando.

— O que isso significa para Jessica?

Ele escreveu algo no meu prontuário e depois ergueu os olhos com um sorriso.

— Isso significa que ela está autorizada a dirigir e retornar às suas atividades normais. Você ainda pode ter dores de cabeça, mas não tem nenhuma que a deixe se sentindo muito mal há algum tempo. Acho que, se quiser voltar ao trabalho, pode começar com um voo curto e ver no que dá. Se não houver problemas, pode trabalhar normalmente.

— Eu posso voar? — indaguei, com ansiedade e medo que me deixam sem fôlego.

— Eu não vejo nenhuma razão médica para que você não possa. Seus exames estão ótimos e você se recuperou maravilhosamente bem. Suas restrições foram suspensas e você pode retomar a vida que tinha.

Recebi uma grande notícia — grande mesmo — e, ainda assim, sinto que recebi uma sentença de morte.

— O que o médico disse antes de você vir aqui?

Viro minha cabeça, me sentindo tola.

— Fui liberada.

— Isso é ótimo, Jessica.

— É?

— Você não tem certeza — diz ela, com compreensão, me fazendo encará-la.

— Isso significa que eu posso ir embora. Significa que... não há mais nada me fazendo ficar. É minha escolha de novo. Eu não esperava isso hoje. Achei que teria mais um mês sem dirigir e definitivamente sem voar novamente.

— Quer voltar ao seu antigo emprego? — Dra. Warvel pergunta.

— Sim e não. Não é que eu esteja ansiosa para voltar ao avião. Deus sabe que, provavelmente, estarei uma bagunça. Para ser honesta, não me importo com essa parte. É que nunca pensei que seria uma opção, então fiz as pazes com isso, porque o encontrei novamente.

Ela acena em compreensão.

— Voar é o que te faz sentir livre. Você disse isso algumas vezes.

— Eu não quero ser livre.

Dra. Warvel move sua cadeira um pouco mais perto.

— Explique isso.

— Eu quero estar aqui. Quero estar com Grayson e Amelia. Vamos contar a ela sobre nós e fazer planos.

Seus olhos são suaves enquanto ela me encara.

— Por que você acha que isso muda depois de ter sido liberada?

Grayson tem essa coisa sobre eu querer voar e ficar longe de Willow Creek. Ele diz que sabe que não quero estar aqui. Como se cortar minhas asas fosse me quebrar.

Ele é o que me faz voar, não meu trabalho.

— Eu apenas sinto que ele vai me afastar.

Ela concorda.

— Entendo, e isso te assusta porque você quer...

— Eu o quero.

— Então diga isso a ele, Jessica. Seja honesta e comunique-se, porque vocês dois têm feito isso muito bem. Se puder ser aberta e começar dizendo o quanto está feliz por ter sido liberada, mas que isso não muda nada sobre o seu desejo de ficar com ele, então o que ele pode dizer?

Talvez ela esteja certa, mas não acho que seja o caso.

Capítulo 27

Grayson

Há uma batida na porta, e espero que seja Jessica. Tem sido dias difíceis. Amelia contraiu um vírus que a deixou com febre, vômito e completamente infeliz por quase nove dias.

Então, recebi um telefonema de minha mãe, que exigiu que eu estivesse no jantar no próximo fim de semana, um jantar em que estou proibido de furar e recebo ordens de levar Jessica.

Abro a porta, mas não é Jess, é Jack. Normalmente, isso não seria um problema, exceto que posso sentir o cheiro do uísque saindo dele em ondas.

— Você sabia... — começa. — Eu nem queria gostar dela.

— Gostar de quem?

— Ela! — Jack grita, e depois bate a mão na grade da varanda. — Ela é louca.

— A maioria das mulheres é. Quanto você bebeu?

Ele encolhe os ombros.

— Não importa. Acabou. Ela se foi.

— Você está falando sobre Misty?

Ele nega com a cabeça.

— Não dessa vez.

Considerando que meu melhor amigo não sai com ninguém desde a faculdade, não tenho ideia do que diabos ele está falando, mas está claro que ele está uma bagunça e precisa dormir.

— Aconteceu alguma coisa?

Seus olhos encontram os meus, e ele se inclina contra a grade, a cabeça apoiada na lateral da casa.

— Sabia que o uísque não te faz esquecer? Eu lembro. Eu me lembro de tudo e lembro que não deveria me lembrar.

Uísque e eu fomos bons amigos por bastante tempo, depois que descobri que Yvonne estava grávida. Eu teria feito a coisa certa e dedicido me casar com ela, porque estávamos rumando nessa direção de qualquer maneira.

Ela não me amava o suficiente para tentar.

Ela não queria uma família comigo por causa de sua carreira.

Eu me encontrei girando em círculos, me perguntando como diabos continuava fazendo isso comigo mesmo.

— O que você lembra? — pergunto, na esperança de obter uma resposta semicoerente dele.

Jack bufa.

— Bem, eu queria esquecer.

Acho que isso não vai acontecer.

— Que tal você entrar, e nós vamos conseguir uma bebida e uma cama? O sono pode ajudá-lo a esquecer.

— Eu não quero cama! — declara. — Eu quero esquecer a cama. A cama é ruim.

É claro que há muito mais nisso, e não vou conseguir nada com ele bêbado.

— Ok, bem, você não pode ficar aqui fora e, se acordar Melia, eu vou te matar.

Seu rosto cai e ele sussurra:

— Ela não é louca.

— Quem?

— Melia. Ela é a melhor.

— Sim, e ela está dormindo, então vamos levá-lo para dentro e tomar um banho.

Jack acena com a cabeça, dá um passo e se segura no corrimão.

— Ops. Estou caindo de novo. Estou sempre caindo e nunca me levanto.

— Vamos, amigo — chamo, envolvendo meu braço em seu peito, tentando firmá-lo para caminharmos.

Entramos e eu o levo direto para o quarto de hóspedes. Sorrio quando vejo o suéter superamado e enorme de Jess no canto, da última vez que ela dormiu aqui. À noite, ela geralmente fica congelando e se embrulha. Não consigo dizer que os buracos não ajudam a aquecer.

— Você está sempre feliz — Jack declara, e eu o levo para a cama.

— Sim?

— Você tem Jess. Eu quero isso. Eu pensei... Pensei que fosse possível uma vez.

Esta não foi exatamente a noite que planejei, mas não consigo me lembrar da última vez que Jack estava uma bagunça como hoje. Não desde... e então me ocorre.

A data.

É o aniversário da morte de sua mãe.

Eu me sento ao lado dele na cama.

— Tem certeza que não é sobre um incêndio ou alguém que você perdeu?

Ele nega com a cabeça.

— Não dessa vez. É outra garota de outro momento. Outra perda.

Geralmente consigo entender as divagações de Jack, mas desta vez ele me deixou totalmente perdido. Não tenho ideia de que garota e de que perda ele está falando.

— Fale comigo, cara. O que diabos aconteceu que te fez beber uma garrafa de uísque?

Seus olhos se abrem e fecham, e um suspiro baixo vem dele.

— Ela ainda gosta de mim, e não quero gostar dela. Não posso gostar dela. Não posso ser quem ela quer.

— Quem é *ela*?

Jack se joga de volta na cama, as pernas ainda penduradas para o lado. Então ouço um ronco alto saindo de sua boca. Excelente.

Eu o movo para que ele esteja pelo menos em cima da cama e coloco alguns travesseiros sob sua cabeça. Nego com a cabeça, olhando para o meu melhor amigo que vai se odiar pela manhã.

Uma vez no meu quarto, pego meu telefone e faço uma videochamada para Jess, precisando vê-la.

— Ei — responde, com um sorriso sonolento.

— Acordei você?

— Não, não. — Sua voz está baixa, e é claro que a acordei. — Como está Melia?

— Melhor, eu acho. A febre abaixou hoje, mas ela estava com um humor muito melhor.

Ela sorri.

— Que bom. Fico feliz em ouvir isso.

— Mas, embora eu tenha conseguido consertar uma pessoa, outra apareceu na minha porta pedindo ajuda.

— Ah, é? — pergunta, surpresa.

— Sim, Jack está desmaiado no quarto de hóspedes... bêbado. Ele ficou falando sobre uma garota, mas não disse o nome dela.

Os olhos de Jess se arregalam apenas um pouco.

— Isso é... Uau. Quem você acha que é?

Há algo acontecendo que as pessoas estão cientes, posso sentir. O tom de sua voz diz que ela não está me dizendo a verdade.

— Quem é, Jess?

— Não faço ideia. Estou apenas surpresa.

Eu me inclino para trás na cama, a observando.

— Por que não acredito em você?

Ela revira os olhos.

— Não sei. Pode ser Delia? Ela mencionou algo sobre ele.

Agora é minha vez de reagir.

— Delia? Não. Sem chance.

— Sei que ela o encontraria esta noite.

— Merda. Então talvez seja. — Coço a cabeça. Ele estar tão dividido assim sobre ela seria... estranho. Delia está apaixonada por Joshua desde que me lembro. Jack nunca deu qualquer indicação de que tinha sentimentos por ela, mas talvez fosse ela. Se ela o rejeitou, eu poderia vê-lo chateado o suficiente para beber uma garrafa inteira.

— Bem, eu vou descobrir amanhã quando ele ficar sóbrio. De qualquer forma, como você está? Sinto que não tivemos oportunidade de conversar.

Jess sorri calorosamente.

— Você tem estado um pouco ocupado.

— Está se sentindo negligenciada? — digo, com um sorriso.

— Não, Amelia vem primeiro. Estou bem. As coisas estão bem. Fiquei um pouco enjoada na semana passada e me pergunto se não estou sofrendo com o que Melia teve.

— Você está bem?

— Estou bem.

Odeio que ela não esteja se sentindo no seu melhor.

— Foi ao médico?

— Grayson, está tudo bem. Eu prometo. — A voz de Jessica se transforma em riso no final.

— Por falar em médico, quando é a sua próxima consulta?

Ela sorri, mas parece um pouco forçado.

— Em breve.

— Quando? Se quiser que vá com você, eu irei.

— Não. Não precisa.

É claro que ela não me quer lá e tento não deixar isso me incomodar.

— Jess, eu quero estar lá com você.

— Eu agradeço — Jessica afirma, mas seu tom diz o contrário. — Não tenho hora marcada. Eu vou te avisar, no entanto.

— Ok. E as coisas no trabalho?

Jessica me conta tudo o que está acontecendo no Park Inn. Aparentemente, minha recepcionista fez sexo com o jardineiro do galpão, o que foi um grande escândalo, porque ele estava namorando a cozinheira. Ela descobriu e ameaçou cortá-lo com a faca. Stella e Jess conseguiram acalmá-la, mas o jardineiro exigiu que ela fosse demitida. Minha irmã, sendo apoiadora do empoderamento feminino, o demitiu. Os hóspedes na casa de campo estavam insatisfeitos com a distância que tinham que caminhar, então ela foi capaz de "agraciar" outro casal com a troca de quartos. No final, não tinha muito acontecendo, mas eu escutei, sorrindo enquanto ela me contava tudo.

— E então seu pai veio hoje...

O sorriso se foi.

— Ele foi?

Ela concorda.

— Ele foi realmente muito bom. Perguntou se tínhamos conversado, porque acho que haverá um jantar no próximo fim de semana que você não me falou.

— Sim, e eles gostariam que você viesse.

— Por quê?

— Não tenho ideia, mas eles são maus, então não acho que devemos ir.

— Gray — Jess começa, com exasperação. — Não sei por que eles me odeiam, mas se realmente vamos ficar juntos, então... Eu preciso lidar com eles. Não fiz nada de errado.

— Não, amor, você não fez.

— Então, nós iremos, e nós vamos suportar.

Eu rio, porque são as mesmas palavras que Stella usou alguns meses atrás.

— O quê? — Jess pergunta.

— Nada. Eu apenas te amo.

— Eu também te amo.

— Vamos esperar que você ainda se sinta assim depois do jantar.

Capítulo 28

Jessica

— Você está liberada! — Winnie celebra, com um sorriso enorme.

— Por favor, não conte a ninguém.

A cabeça da minha irmã se inclina para o lado e ela me encara como se eu fosse um animal de zoológico que ela nunca tinha visto antes.

— O quê? Por que diabos você está mantendo isso em segredo?

— Porque eu estou.

Winnie se levanta da mesa da cozinha, enchendo novamente sua xícara de café.

— Isso não faz sentido. Sem mencionar que foi uma merda ter que descobrir pela mamãe.

— Tenho meus motivos.

Já se passaram duas semanas. Quatorze dias inteiros guardando isso para mim. Nos primeiros dias, não disse nada porque precisava digerir. Eu tinha certeza de que, depois de ser liberada, teria enxaqueca, desmaio ou alguma outra coisa aleatória que me colocaria de volta nas restrições. Esperar parecia a coisa certa a fazer.

Quando percebi que estava sendo tola, Amelia começou a ficar febril e Grayson precisava de todo o seu foco nela. Já que ela ainda não voltou aos cem por cento, estou agarrada a essa desculpa até que possa realmente dar sentido à minha nova vida.

Uma vida com Grayson e Amelia seria tudo, então não tenho certeza do que tenho que resolver.

Mas agora que *posso* ir embora, isso muda as coisas? Não sei.

— Acha que Grayson não vai ficar feliz?

— Acho que não estou com humor para discutir isso.

Winnie toma um gole de sua bebida sem tirar os olhos de mim.

— Se quer que eu continue vindo até aqui para levá-la, então deve entrar no clima.

Deus me proteja das irmãs mais novas.

— Sim, a viagem de dez minutos é muito inconveniente.

— Eu não disse isso. Jess, olha, seja lá do que você tem medo, tenho certeza de que não faz nenhum sentido.

— Eu não estou pronta — deixo escapar.

Winnie se senta ao meu lado.

— Pronta para quê?

— Para lidar com isso. Eu vim aqui com um plano, sabe? Eu iria me curar e evitar todas essas coisas complicadas. Grayson deveria estar casado, com uma criança...

— Você inventou essa merda na sua cabeça.

— Eu sei, mas esse foi o acordo que fiz — explico, me sentindo tola. — Eu cheguei aqui e, um mês depois, aquele plano foi destruído. E tem sido tão bom que não consigo nem ficar brava. Estamos felizes e as coisas estão ótimas, mas agora tudo vai mudar de novo. Eu sei que a vida é assim. Meu Deus, eu sei de tudo isso, mas minha cabeça e meu coração não se alinham. — Fico de pé, precisando andar, meu estômago dando cambalhotas. Eu posso me sentir ficando nervosa e enjoada. — Não estou pronta para mudar de novo.

Minha irmã me observa me mover como um animal enjaulado.

— Você não pode mentir, Jessica.

— Eu *sei* disso! — garanto, jogando minhas mãos no ar. — Eu sei de tudo. Você entende quão estúpida eu me sinto? As coisas não permanecem as mesmas e não deveriam. Mas aqui estou eu, uma mulher adulta, *sabendo* como sou burra e, ainda assim, não me importo. Quero manter isso para mim mesma por mais um pouco de tempo, porque há outras coisas que estão mudando e não posso aguentar muito de uma vez.

Winnie se levanta, suas mãos agarram meus ombros, me forçando a parar de me mover.

— Ok. Vamos esperar mais alguns dias, deixar Grayson cuidar de Melia, e então lidaremos com sua besteira maluca.

Eu aceno uma vez, meu estômago se acomodando um pouco agora que sei que tenho mais alguns dias.

— Sim. É um bom plano.

— Tudo bem. Eu te levo amanhã. — Winnie beija minha bochecha. — Eu te amo, mesmo quando você é uma lunática.

— Eu sei e te amo por isso.

Faço uma careta, me sentindo mal novamente. Achei que fosse nervosismo, mas talvez eu esteja doente. De repente, é demais. Corro para o banheiro, mal conseguindo chegar antes de vomitar. Winnie entra correndo, sua mão puxando meu cabelo para trás.

— Jess?

— Droga — digo, pegandoo uma toalha.

— Você está bem? — ela pergunta, me entregando um copo d'água.

— Sim, acho que realmente tenho o que Amelia tem.

Winnie me ajuda a levantar e depois coloca o pulso na minha testa.

— Você não está com febre.

— Também não acho que ela teve febre.

— Bem, beba água e descanse — instrui.

— Eu vou ficar bem. Já me sinto melhor.

Talvez tenha sido algo que ingeri. Comi ovos esta manhã, então pode ser isso.

— De qualquer maneira, você deve descansar.

Eu bocejo.

— Não acho que haja alguma chance de eu ficar acordada de qualquer maneira.

Caminhamos até a porta da frente.

— Tem certeza de que está bem?

— Winnie, você não se preocupou tanto quando tive uma lesão cerebral. Vá trabalhar. — Praticamente a empurro para fora da porta. Ela já está atrasada, porque teve que me pegar no trabalho noturno. Com Grayson fora, estamos todos tentando nos ajustar para garantir que não haja lacunas.

Ela acena e entra no carro, e então me arrasto até a cama, onde espero poder dormir sem outro pesadelo.

Minha mãe e eu estamos assistindo televisão juntas. Ela se viciou nesses programas de culinária em que os participantes são forçados a fazer pratos estranhos com ingredientes que nunca usaram antes. Normalmente não assisto, mas este é uma loucura.

— Acha que ela vai conseguir cozinhar um esquilo?

Meu estômago embrulha.

— Estou tentando não pensar nisso.

Ela ri.

— Você ainda não está se sentindo bem?

— Eu estava totalmente bem até que você me forçou a assistir a uma edição deste programa de atropelamentos.

O dia todo hoje, descansei e me senti bem. Sem febre ainda, e era minha folga, então tinha relaxado quase o dia todo.

— Eu não tinha ideia de que esse episódio seria tão nojento. O último foi engraçado quando tiveram que fazer tudo cozido. Isso me lembrou da maneira como minha mãe cozinhava. Eu não sabia que fritar era uma opção até que conheci seu pai.

Eu sorrio suavemente para ela.

— Você se arrepende, mãe?

— De quê?

— Do meu pai.

Ela silencia o programa e se vira para mim.

— Claro que não. Eu era jovem, mas o amava muito. A vida que tínhamos não era perfeita, mas me deu você e Winnie.

Sinto que essa resposta é muito... gentil.

— Você não tem que me proteger.

— É isso que você acha que eu faço?

— Não é?

Os lábios de minha mãe formam uma linha fina.

— Talvez — admite. — Isso é o que uma mãe faz. Nunca quis que vocês vissem coisas ruins. Meu objetivo era facilitar a vida de vocês.

— Não foi fácil para você.

— Nem sempre, mas eu era feliz.

Puxo o cobertor mais apertado em torno de mim e vejo minha mãe sob uma ótica diferente. Por muito tempo, eu me senti mal por ela, tive pena de alguma forma. Mas ela não precisava de pena, não de verdade. Ela fez o que precisava, sem reclamar, por mim e Winnie.

— Não sei se já agradeci a você.

Sua cabeça é jogada para trás.

Retorne para nós dois 217

— Pelo o que você me agradeceria?
— Por ser uma ótima mãe.
Suas bochechas ficam um pouco vermelhas.
— Foi um prazer, Jessica.
— Por que você acha que papai foi embora? — pergunto, com hesitação. — Não quero desenterrar o passado, mas há tanto sobre aquela época em nossas vidas que sinto que me definiu. E muito eu não entendo.
Minha mãe toma um gole de chá, me observando por um momento antes de falar:
— Se há algo de que me arrependo, é que nunca conversamos sobre ele ou o que aconteceu. Eu deveria ter mostrado a você e a Winnie partes disso, talvez então vocês duas não teriam tanto medo de amar.
— Eu não tenho medo...
— Sim, você tem. Eu entendo agora, minha querida. Você tem este homem maravilhoso que amou você desde que eram muito jovens para saber o que era o verdadeiro amor. E você não disse a ele que foi liberada por medo.
Desvio o olhar, não querendo que ela veja a vergonha que sinto. Ela está certa, estou fazendo isso. Não importa se pensei que tinha uma desculpa ou não, era medo.
— Só não quero perdê-lo. Não quero sentir isso de novo. Quando papai foi embora, foi horrível. Ele apenas se afastou de nós como se não significássemos nada.
— Talvez ele se sentisse assim, mas o homem com quem casei e amei não sentiu nada. Eu acredito, no meu coração, que ele sofreu com isso, mas não sabia como voltar. Imagine a autorreflexão e a culpa que teria de suportar. Não que isso seja uma desculpa, porque, por você e Winnie, não há uma única coisa que eu não me obrigaria a passar, mas é isso que as mães fazem pelos filhos.
— Acha que papai ficou longe por vergonha?
Ela encolhe os ombros.
— Não tenho ideia de por que ele fez isso, mas ele destruiu nossa família quando nos deixou. Acho que não aguentou viver com isso e pegou o caminho que achou ser mais fácil.
— Deixando dor e destruição em seu rastro.
O sorriso da minha mãe é triste.
— Sério? Olhe para vocês duas. Minhas garotas são fortes, independentes, inteligentes e resilientes. Tive uma filha que passou por um acidente

de avião e saiu bem. A outra luta por crianças que têm muito menos do que qualquer uma deveria ter. Ele pode ter deixado vocês, mas as duas se elevaram e desafiaram qualquer probabilidade. Tenha orgulho, Jessica. Seja forte e não deixe seu passado ser o que destrói o que poderia ser um belo futuro.

— Eu acho que você está grávida — diz a idiota da minha melhor amiga. Minha cabeça está apoiada na parede enquanto tento reprimir o vômito.
— Você é ridícula.
— Jess, já se passaram quase três dias vomitando e você está exausta.
Reviro os olhos.
— Estou exausta porque continuo vomitando.
Ela aponta para o meu estômago.
— É por isso que acho que você está grávida.
— Eu não estou grávida.
— Diz a mulher com um bebê crescendo em seu ventre.
— Você está sendo uma idiota.
— Você está em negação.
Eu fico de pé e pego minha escova de dente.
— Primeiro, estou tomando pílula. Em segundo lugar, sempre usamos...
Ai, meu Deus.
Sempre usamos camisinha, exceto quando estávamos na casa de praia. Naquela noite, esquecemos. Talvez não tenhamos esquecido, mas não foi uma discussão, e... puta merda.
Coloco a mão sobre a boca, meu estômago embrulhando novamente. Eu caio de volta, me sentindo mal por outro motivo.
— Calma — Delia pede, esfregando minhas costas.
Olho para ela, com lágrimas surgindo. Jesus, eu posso estar grávida.
— Você tem que me trazer um teste. — Aperto suas mãos, segurando minha preciosa vida, o pânico começando a crescer. — *Por favor*.
— O quê?
— Um teste. Eu preciso de um teste para que eu possa... não sei, assustar meu corpo para entrar em sincronia ou algo assim. — Sim, é isso que vai acontecer. Não acho que estou atrasada ainda. Faz apenas algumas semanas. Minha menstruação deve começar a qualquer dia agora.

Delia levanta as sobrancelhas e sorri.

— Mas eu pensei que você não estava grávida.

— Provavelmente não. Mas agora, agora eu preciso saber, porque você me assustou pra caralho!

— Ah, sim, isso é totalmente minha culpa, não de Grayson.

Fecho meus olhos, a mão apoiada na barriga.

— Eu não posso estar grávida. É muito cedo. Temos jantar amanhã à noite com seus pais, e eu *não posso* estar grávida.

— Eu não acho que os bebês se importam com nada disso, mas sei lá, né?

— Delia, por favor, vá na farmácia. Se eu for, dentro de uma hora todos nesta cidade estarão falando sobre como comprei um teste de gravidez. Eu *não posso* ir.

Ela solta um suspiro profundo e se encosta no batente da porta.

— E então eles estarão fazendo drama sobre mim?

— Deals... — falo, seu apelido soando como um apelo.

Delia ergue os braços.

— Certo. Vou na cidade mais próxima e compro um.

— Obrigada. Só preciso do teste para saber que não estou e posso seguir em frente.

Ela me olha de lado e sorri.

— Está bem então.

Capítulo 29

Grayson

— Então, o que você acha que eles vão servir no jantar? — Jessica pergunta, enquanto estamos em frente às grandes portas duplas de madeira.

— Com sorte, eles vão comer corvo.

Sua mão aperta a minha. Deixei Amelia na casa da minha irmã, me recusando a trazê-la para este lugar, caso as coisas dessem errado. Além disso, Jessica e eu não temos uma noite sozinhos há duas semanas, e eu preciso dela. Preciso ficar sozinho com ela esta noite, amá-la e não me preocupar com tudo ao nosso redor.

— Vai ficar tudo bem, Gray.

Nego com a cabeça.

Meu Deus, eu odeio esta casa. Todos os anos de felicidade que tive foram destruídos por causa das pessoas que ainda vivem aqui. Agora, tudo que vejo é a raiva e desaprovação à espreita nas sombras. Trazer Jessica aqui vai contra todos os meus instintos de proteção.

— Você diz isso, mas não os conhece.

— Ah, acho que sim.

Eu olho para ela, que está usando um vestido azul-marinho, seu cabelo está enrolado e puxado sobre um ombro, me permitindo ver sua tatuagem. *Força não é mensurável*. Meu Deus, como isso é verdade, porque sinto que toda a minha força está sendo sugada por esta porra de lugar.

— Você está linda — digo a ela novamente.

— Você está protelando.

— Estou pronto para que isso acabe.

Jess se vira, seus olhos cor de mel encarando os meus.

— Quanto mais cedo entrarmos, mais cedo terminaremos. Eu... há coisas que quero falar com você, coisas boas, todas são coisas boas, mas quero terminar este jantar para que possamos ser apenas nós.

Esfrego sua bochecha com o polegar.

— Você me deixou curioso.

Ela sorri e seus dedos envolvem minha mão.

— Bom, agora vamos entrar, comer e sair daqui sem derramamento de sangue.

A porta é aberta antes que possamos dizer qualquer outra coisa, e meu pai está lá.

— Planejando entrar ou nos fazer esperar por você?

E a noite começa.

Ele dá um passo para trás, indicando que sua pergunta não exigia resposta e que devemos entrar. Damos um passo à frente, minha mão na parte inferior das costas de Jessica, a guiando para a sala de estar.

— Olá, pai.

— Sua mãe está de mau humor. Muita coisa está acontecendo, e... Bem, é melhor acabarmos com isso.

Não tenho ideia do que diabos isso significa, mas ele parece irado e não apenas porque teve que abrir a porta para nos deixar entrar.

Já se passaram quase quinze anos desde que veio morar aqui, mas o lugar é exatamente o mesmo. Minha mãe mandou construir esta casa ridícula quando estava grávida de Joshua. É exatamente como ela queria e completamente exagerada.

Há uma grande escadaria que pode ser escalada da direita ou da esquerda com uma enorme varanda aberta de onde você pode olhar para baixo. Passamos sob essas escadas e descemos os dois degraus para a grande sala da família. Não sei por que chamamos assim, já que ninguém está aqui, mas acho que a maior parte é verdade.

Grandes janelas triangulares permitem a entrada de luz máxima, e toda a parte de trás da casa é composta por janelas. A coisa toda. Além dos dois quartos da frente, todos os quartos têm vista para a montanha. Onde a casa está posicionada, há cem por cento de privacidade. Meus pais garantiram isso.

Minha mãe se levanta com a graça de uma bailarina.

— Olá, Grayson.

— Mãe — cumprimento, beijando sua bochecha. Os cabelos da minha nuca se arrepiam ao olhar ao redor.

— Jessica, que bom te ver. Estou feliz que você pôde vir.

Jessica sorri calorosamente.

— É bom te ver também.

— O jantar está pronto, esperávamos beber primeiro, mas, como vocês se atrasaram, vamos ter que beber durante. — Ela me olha com óbvia decepção.

— Amelia demorou um pouco mais para ficar com Stella.

Ela franze os lábios.

— Sim, bem, eu posso entender isso, acho. Por mais que esperasse que você a trouxesse, provavelmente é melhor que ela não esteja aqui.

— Ah, bom, então haverá derramamento de sangue esta noite no menu.

Os olhos de Jessica piscam de raiva quando ela olha para mim. Encolho os ombros. É verdade, e não vou deixar que ela ou meu pai digam nada depreciativo onde Amelia possa ouvir. Ela não tem ideia sobre como foi meu último jantar aqui, e eu gostaria de manter assim.

— Tudo bem, vamos comer — convida meu pai, a tensão aumentando. — Jessica, posso levá-la para dentro? — Ele estende o braço para Jessica, que o pega.

Faço o mesmo com a minha mãe.

A mesa está posta, a comida já pronta. Deus sabe que minha mãe mandou a cozinheira preparar a refeição, porque ela não cozinha há anos. Sentamos, meus pais nas cabeceiras da mesa e Jessica e eu em frente um do outro. Pelo menos posso me concentrar nela.

Meu pai sorri, serve uma taça de vinho para todos nós e levanta a taça.

— À família e reconexões.

Minha mãe solta uma risada enlouquecida.

— Ah, que adequado, Mitchell.

Todos nós levantamos nossa taça junto com ele, Jess e eu nos olhamos. Há um silêncio assustador ao nosso redor. Um que faz com que todo instinto "bater ou correr" grite. Não sei o que está acontecendo, por que eles foram inflexíveis sobre esse jantar, mas parece... estranho.

Jessica me encara algumas vezes, me dando um olhar que diz que ela também está desconfortável com isso.

Abaixo meu garfo e limpo minha garganta.

— Estou assumindo que você nos queria aqui por um motivo?

Minha mãe dá um tapinha nos lábios.

— Sim. Seu pai e eu queremos discutir uma situação.

— Você quer dizer Jessica e eu?

— Não que tenhamos um problema com isso — papai interrompe. —

Acho que só queremos saber o que tudo isso significa. Você deve herdar sua parte do Park Inn Enterprises, e Jessica está ciente disso.

— Claro que estou, mas isso não tem nada a ver com o motivo pelo qual estou com Grayson.

— Eles sabem disso — declaro, olhando para meus pais.

— Sim, nenhum de nós acredita que as intenções de Jessica não sejam puras — papai acrescenta rapidamente. — Estou mais preocupado com as possibilidades de complicações que seu relacionamento traz.

— Você percebe que sou um homem adulto?

— Sim, mas não é isso que eu...

Eu olho para minha mãe, a silenciando.

— Não, eu não acho que você percebe. Não tenho certeza de qual é o problema e, honestamente, não dou a mínima. Eu não sou criança. Nunca te pedi absolutamente nada. Eu construí minha casa, cuido de Amelia e cuido da maldita pousada, enquanto nenhum de vocês faz absolutamente nada.

— Onde você acha que conseguiu os fundos para construir sua casa, Grayson? Não sejamos ignorantes. Você ganha muito mais dinheiro do que qualquer outra pessoa na sua posição — meu pai fala, com um tom cortante. — Você age como se estivesse trabalhando na fábrica e economizando seu salário. Você recebeu muito de nós.

A simpatia nos olhos de Jessica me esmaga. Ela se volta para meu pai.

— Eu não quero o seu dinheiro. Quero deixar isso claro. Não estou infeliz com minha sorte na vida. Economizei meu próprio dinheiro, trabalhei muito e ganho muito menos do que outra pessoa faria em meu cargo na sua empresa. E não reclamo; na verdade, trabalharia de graça se pudesse porque, durante toda a minha vida, tentei conquistar vocês dois. Não tenho certeza do que já fiz, mas realmente não importa, porque você acha que não sou boa o suficiente. No entanto, a sua opinião não é o que conta, certo? — Jessica me pergunta.

— Não. Não conta.

— Eu nunca vou ser querida por vocês, e está tudo bem, porque Grayson é o que importa.

Minha mãe vira seu olhar de um lado para outro entre nós e depois para meu pai.

— Você é o que importa — asseguro-lhe.

Ela sorri.

— Que bom. — Ela se volta para minha mãe. — Então você pode

gostar de mim ou não. Pode me lembrar de quão abaixo de você eu estou ou que minha mãe uma vez limpou seus banheiros, tudo bem. Ela limpou. Não temos vergonha disso, independente do que você possa esperar.

Eu fico de pé, caminho até ela e estendo a mão.

— Você é o que importa — repito.

Jessica coloca sua mão na minha.

— Eu sei.

Como se tivesse tirado minha capa, me sinto mais leve. Olho para meus pais sem ódio, com mais pena, porque são eles que estão de fora. Mesmo que me excluam, ainda terei mais do que jamais poderia ter com meu trabalho e dinheiro. Tenho uma mulher incrível e uma linda garotinha.

— Mãe, pai, gostaria de dizer que foi um prazer, mas seria mentira. Não sei por que vocês não conseguem superar essa ideia de que tem algo a dizer sobre quem eu amo, mas eu escolho Jessica. Vocês podem ficar um com o outro.

Minha mãe se levanta, seus olhos astutos e calculistas.

— Eu não queria fazer isso — começa, caminhando até uma mesa lateral e pegando um envelope. — Eu queria que conversássemos e discutíssemos coisas que não tinham nada a ver com Jessica, mas você viu esse jantar como outra coisa.

Eu vi o que era, uma emboscada contra Jessica e eu. Mesmo assim, me pego perguntando.

— Então do que se tratava?

Ela olha para meu pai e de volta para mim.

— Eu te chamei aqui esta noite, Jessica, porque, independente de sua formação e situação financeira, eu acredito que você realmente ama meu filho. Deus sabe que ele vai precisar disso.

— O que você quer dizer? — pergunto.

— Eu queria apenas você aqui para jantar antes de falar com o resto de seus irmãos. Na verdade, nem disse uma palavra ao seu pai sobre isso. No entanto, ele está tendo um caso.

Eu rio uma vez.

— Você pode querer mudar do singular para plural. Não dá para me dizer que realmente não estava *ciente deles*.

Minha mãe engole em seco e depois se endireita.

— Não seja ridículo, eu sei disso há anos. Eu aceitei, lidei com o constrangimento e dei a outra face, porque, quais eram as minhas outras opções?

Até agora, nunca precisou da minha atenção ou trouxe constrangimento para esta família desta forma. Isso mudou e, depois de quase quarenta anos de casamento, estou deixando-o.

— Mudou por quê?

— Por causa disso. Não vou permitir que continue. — Ela me entrega o envelope. — Abra. Está tudo aí.

Quando faço isso, vejo a foto dele e... *dela*.

Antes que eu possa entender o que está acontecendo, dou um soco no rosto do meu pai e não vejo nada além da raiva.

Capítulo 30

Jessica

Grayson não disse uma palavra em quinze minutos. Ele continua fechando e abrindo seus punhos sujos de sangue. Quero conversar, perguntar quem estava na foto, mas fico quieta. A cena era algo saído de um filme. Seu pai estava lá no chão com sangue, saindo do nariz e Grayson gritando em seu rosto.

Ele não estava falando coisas que fizessem muito sentido. Foram muitos gritos e ameaças antes que eu fosse capaz de afastá-lo de seu pai. Então ele olhou para mim, agarrou minha mão e praticamente saiu correndo da casa sem dizer uma palavra.

O silêncio está me comendo viva.

Nós paramos em sua garagem, ele joga o carro em ponto morto e apenas se senta. Cada respiração é difícil — claramente, o impulso não fez nada para diminuir a raiva.

— Grayson? — mantenho minha voz uniforme e calma.

Ele balança a cabeça.

— Não, Jess. Por favor, não.

— Não o quê?

— Não... porra, não me pergunte o que eu vi.

Em todos os anos que o conheço, nunca o vi assim. Ele sempre foi o cara equilibrado e controlado. Esta versão de Grayson, eu não conheço.

— Ok, não vou perguntar. — No entanto, farei cerca de um milhão de suposições e todas elas não terminam bem.

Ele solta um suspiro muito pesado e então bate a mão no volante.

— Ele está fodendo Yvonne.

Ah, ok, bem. Não sei o que dizer. Meu queixo está pendurado e pisco algumas vezes.

— Sua ex?

— E mãe de Amelia.

E então uma nova sensação de pânico me atinge. Se ele está dormindo com a ex de Grayson, onde diabos ela está?

— Na França?

Ele aperta a ponte do nariz.

— Parece que a propriedade que ele está pensando em comprar está no exterior.

Seu pai sempre foi um porco, mas isso é um novo nível. Dormir com a mãe da sua neta. Quero dizer, quem faz isso? Sério. Não consigo entender o raciocínio que ele teve que usar para justificar algo assim, mesmo que apenas para si mesmo.

— Não sei o que dizer, Grayson.

Ele ri uma vez sem humor.

— Sim, nem eu.

Todos os planos que eu tinha para nós esta noite foram destruídos. Não há como eu contar a ele nenhuma das minhas novidades agora. Hoje à noite, ele está sofrendo e… por mais que me mata esconder isso dele, sei que não é o momento certo, mas gostaria que fosse.

Mapeei tudo em minha cabeça, me preparando para que se ele não ficasse feliz por eu ser liberada, pelo menos saberia o que sinto por ele e que *quero* ficar. Eu o quero.

Quase inconscientemente, ele agarra minha mão.

— Eu preciso de você, Jess. Eu… Eu sei que estou uma bagunça, mas só preciso de você.

— Você me tem — digo a ele. — Você sempre me tem.

Saímos do carro, subindo as escadas sem falar. Sei que ele está em um lugar sombrio agora, e só quero estar aqui com ele. Sei como é difícil quando seus pensamentos estão confusos e você não consegue fazer cara ou coroa com eles.

Uma vez lá dentro, retiramos nossos casacos, os jogando nas costas da cadeira. Ele está lá, olhando para mim, seus dedos deslizando contra minha bochecha. Posso sentir a carga no ar, a mistura de raiva e necessidade girando entre nós. Antes que eu possa separar meus lábios para falar, sua boca está na minha. A queda parece um trovão e seu toque queima como um raio. Suas mãos no meu cabelo enquanto ele me apoia contra a parede. Eu o deixo me beijar, pegar meu amor e sentir que estou aqui com ele.

Meus dedos estão na bainha de sua camisa, e eu a levanto, jogando do outro lado da sala. Nós dois nos movemos rapidamente, puxando um ao outro.

— Porra, Jess — geme contra minha boca.

Ele tenta separar minhas pernas, mas minha saia está apertada no joelho. As mãos de Grayson deslizam pelo meu corpo, puxando a saia até meus quadris. Não há doçura, nem sutileza, enquanto ele move minha calcinha para o lado, afundando os dedos com força.

Eu gemo de prazer quando seus dentes beliscam meu pescoço. A pressão aumenta enquanto ele me fode com a mão.

— Você está tão molhada.

— Apenas por você.

Essa resposta deve ser o que ele precisava, porque me beija com mais força, movendo seus dedos para dentro e para fora, seu polegar circulando meu clitóris.

— Mal posso esperar — diz, a outra mão se atrapalhando com o cinto. — Eu preciso te foder bem aqui.

— Isso é bom. O que você está esperando?

Eu não quero esperar.

Quero que ele me leve ao limite, lembre que estou aqui com ele e que sou dele.

Meus dedos vão para sua cintura, empurrando suas calças junto com sua boxer para baixo. Mal estamos despidos quando me levanta e eu afundo nele. A respiração de Grayson está acelerada contra meu pescoço.

— Enrole suas pernas em volta de mim.

Eu faço e ele se posiciona para ir ainda mais fundo. Levanto seu rosto para que olhe nos meus olhos.

— Eu sou sua, Grayson. Sou sua.

Eu preciso que ele saiba que, neste momento, nenhuma palavra mais verdadeira pode ser dita. Eu o amo e sempre serei de Grayson Parkerson.

Ele se levanta, usando toda a sua força para me foder. Isso pode ser primitivo, mas é nosso.

— Jessica. Você. É. — Ele ofega forte, empurrando para dentro de mim novamente. — Tão. Perfeita.

Minha cabeça cai para trás, um quadro caindo da parede. Nenhum de nós se importa o suficiente para olhar. Na verdade, a queda o empurra ainda mais.

— Estou perto — avisa.

Eu também. Seus dedos estão cavando em minha bunda e ele me levanta mais alto. Eu o beijo com força, desejando poder rastejar para dentro dele e proteger seu coração de mais dor. Ele me curou e eu gostaria de poder lhe dar o mesmo. Uma onda de emoção profunda toma conta de mim quando penso em tudo o que aconteceu entre nós. Que sorte eu tenho de ter isso mais uma vez. Ter Grayson, meu Grayson, me deu tudo e muito mais. Ele me amava tanto, mesmo quando eu não estava ao seu lado. Amo tanto este homem que é demais para meu corpo.

Nossos lábios se movem juntos, e então eu grito, meu orgasmo me atingindo com tanta força que as lágrimas escorrem pelo meu rosto.

— Eu te amo — eu digo repetidamente, enquanto Grayson segue com seu próprio orgasmo.

Afundamos no chão, ele ainda dentro de mim, eu me agarrando a ele.

Não tenho certeza de quanto tempo passa, mas Grayson levanta a cabeça primeiro.

— Você está bem?

Meus olhos se erguem para os dele.

— Estou definitivamente bem.

— Aquilo foi... não era meu plano.

— Você está bem? — pergunto.

— Não, bem, eu não estava, mas agora, eu sinto...

— Você sente o quê?

Ele me dá um sorriso torto, aquele que amo, porque faz sua covinha se aprofundar.

— Eu me sinto muito melhor.

Beijo seu nariz.

— Que bom. Ironicamente, eu também.

Grayson me levanta em seus braços, me carregando como se estivéssemos em uma cena de um filme, para o quarto. Ele me ajuda a tirar o resto das minhas roupas e então subimos na cama. Uma vez deitados, há um silêncio constrangedor ao nosso redor.

— Eu sinto muito... sobre antes.

— Você não me deve desculpas.

Seu braço está em volta de mim, os dedos espalmados contra minhas costas, e nos pressionamos mais perto.

— Eu não deveria ter reagido dessa maneira.

— Você estava chateado. Eu ficaria chateada.

— Eu ainda não tenho certeza do que diabos pensar. Não me importo com Yvonne — declara, rapidamente. — Eu juro, não é sobre ela. Não me importo com o que ela faça ou com quem.

— É que seu pai te traiu.

Ele fica de costas, olhando para o teto.

— Não foi o que planejei para esta noite.

— Bem, acho que nenhum de nós sabia.

Sua cabeça muda, olhando para mim com um sorriso triste.

— Você disse que tinha novidades? Algo sobre o qual você gostaria de conversar?

Minha garganta fica seca e os nervos tomam conta. Não sei se devo dizer alguma coisa, mas também não tenho certeza de como sair dessa. Sinto que já menti para Grayson o suficiente e... talvez ele fique feliz? Quero dizer, são boas notícias. Estou autorizada a dirigir e podemos viajar ou andar de bicicleta.

Pelo menos vou começar por aí.

— Tem certeza de que deseja falar sobre isso? — pergunto. — Você teve uma noite louca.

Ele sorri, sua mão segurando meu rosto.

— Eu aceito uma boa notícia, você não?

Certo. Sim, nós dois gostaríamos de uma. Quero dizer, só passei as últimas semanas temendo esse momento e agora meio que não posso voltar atrás. Eu tenho tudo mapeado, como deixar claro para ele que isso não muda nada, exceto que é uma escolha minha. Uma que estou fazendo sem medo.

— Não tem que ser hoje, as notícias; quero dizer, podemos esperar.

— Jessica, eu quero saber.

Tudo bem. Aqui vai.

— Então, fui ao médico e me deram a notícia de que estou liberada para dirigir novamente. Foi realmente inesperado, mas as dores de cabeça realmente diminuíram e não consigo me lembrar da última vez que fiquei tonta. O médico acha que meu cérebro sarou. Não estou gaguejando muito... — paro, sentindo as emoções ficando fortes.

— Então, você pode dirigir?

Eu concordo.

— Eu posso.

— Isso é ótimo. — Ele se inclina, me beijando. — São boas notícias. Estou feliz que você foi liberada.

Alívio como eu não posso expressar me preenche. Ele está reagindo tão bem. Eu sorrio, com vontade de dizer a ele que o resto é a coisa certa.

— Ele disse que eu também poderia voar. Que estou livre para voltar ao normal e...

Grayson empurra as cobertas e se levanta.

— Você tem permissão para voar? Então, você pode o quê... ir embora?

Eu me sento, puxando o cobertor em volta de mim.

— Sim... mas eu...

— Excelente. Você pensou que era isso que eu queria ouvir? Que esta noite você me avisaria que está indo embora? — Ele enfia as pernas pelas calças com movimentos raivosos.

— Eu não disse isso. Acabei de dizer que estou autorizada a voar, não isso...

— Mas é isso que você queria desde o dia em que chegou aqui. Ir embora. Você nunca escondeu isso. Agora está pronta para ir.

A mudança em seu humor é tão abrupta que estou momentaneamente atordoada.

— Grayson, eu não disse que queria ir embora.

— Você não disse que queria ficar.

— Você não me deixou chegar lá! — Eu fico de pé, me movendo em direção a ele.

— Quando? Quando você foi ao médico e obteve essa liberação?

Solto uma respiração pesada.

— Algumas semanas atrás.

— Então você estava mentindo para mim.

— Não, eu só... Eu não estava pronta para te contar. Fiquei preocupada que você reagisse mal, o que claramente eu estava certa. — Puxo o cobertor mais apertado em torno de mim, desejando que fosse um escudo que pudesse impedir que suas palavras perfurassem meu coração.

— Por que seria melhor não dizer boas notícias como essa? Não, é porque você estava planejando seu próximo movimento, tentando encontrar o momento perfeito para me avisar que está partindo novamente.

Neguei com a cabeça.

— Você está errado. Eu estava tentando decidir como. Você. Não. Sair. — Deixei as lágrimas caírem. Odeio, pela primeira vez em semanas, estou gaguejando. Limpo meu rosto e tento de novo, mas ele me interrompe.

— Estou feliz que descobrimos agora. — Ele passa os dedos pelos cabelos, olhando para a vista.

— Descobrir o quê?

— Tudo isso. Que meu pai tem fodido a mãe de Amelia, que você está autorizada a ir embora, torna tudo muito mais fácil terminar as coisas agora sem complicações.

Dou um passo para trás, meu peito doendo enquanto suas palavras se estabelecem ao nosso redor.

— Terminar as coisas? Você quer acabar com as coisas?

Ele se vira, seus olhos cheios de raiva e decepção.

— Não vai funcionar. É claro que as coisas são complicadas demais para nós. Que piada de merda era tudo isso, certo? Quem encontra o amor assim duas vezes? Você e eu sabíamos que não iria durar, e agora podemos pelo menos admitir.

— Nós sabíamos? Quando decidimos isso? Porque eu não estava lá — pergunto, sem saber realmente o que diabos está acontecendo.

— Desculpe, acho que sim. Ainda bem que não contamos a Amelia. Ela não precisa de outra mulher em sua vida que simplesmente vai embora. Acho que ela já sentiu dor suficiente, e já vi os sinais para saber o que é isso.

As lágrimas picam conforme a raiva aumenta.

— Eu nunca disse que estava indo embora, Grayson. Eu estava dizendo que fui liberada e quero ficar.

— Eu não quero que você fique! Estou te dizendo para ir embora!

— Do que você está falando? Eu amo você!

Ele ri.

— Certo. Você ama a liberdade. Ama viajar. Você é como todo mundo que eu amei, você ama ir embora.

Meu lábio treme enquanto olho para ele. Ele está com raiva, eu entendo. É por isso que eu não queria dizer nada, mas isso é ridículo.

— Você está me machucando porque está com dor.

— Estou acordando do nevoeiro, é isso que está acontecendo. Eu estava tão desesperado para te amar que me convenci de que era tudo real. Você está liberada, Jess. Vá. Apenas vá.

Estou atordoada. Absolutamente atordoada pra caralho. Quem é esse homem? Aquele que precisava de mim agora está me afastando.

— Isso é o que você quer? Me afastar quando estou agarrada a você? Como isso faz sentido? Estou dizendo que quero ficar e você não está me ouvindo! Eu quero você, nós e Amelia e isso...

— Estou dizendo para você ir embora. Volte para a vida que você deixou e nós voltaremos para a nossa. Como deveria ter sido.

— Então, porque você está com medo, você está me empurrando para longe?

Grayson se vira.

— Eu não tenho medo. Sou realista. Eu vi você ir embora uma vez. Observei Yvonne fazer o mesmo. Esta autorização é a desculpa que ambos precisávamos e sabíamos que estava por vir. Não há razão para você ficar, e prefiro que vá agora, antes que partamos o coração da minha filha também. Terminamos e vou ficar bem. Não é como se tivéssemos planos.

Minhas mãos se movem para o meu estômago enquanto o nó cresce lá. Só que não é um nó, é um bebê — nosso bebê. Penso sobre como esta noite deveria ter sido e como deu terrivelmente errado. As coisas que ele está dizendo, porém… Não posso ficar aqui e ouvir mais. Ele está me destruindo e tenho que parar com isso.

Lágrimas caem descaradamente enquanto a dor atravessa meu coração.

— Eu não estava te deixando. Eu estava compartilhando com você.

Ele vira as costas para mim.

— Ninguém nunca fica. Por que você seria diferente? — Ele ri uma vez. — Eu sabia disso, porra, sou apenas um bobo.

— Não, você é um idiota — digo, recolhendo minhas roupas e me vestindo porque, não importa o que aconteça, eu não mereço isso.

Envio uma mensagem de texto de emergência para Delia, pedindo-lhe que venha me buscar, ao que ela responde quase que instantaneamente, dizendo que estará aqui em cinco minutos.

Assim que estou vestida, caminho em direção à porta, sentindo tanta dor que custa respirar. Eu paro, esperando que ele pelo menos olhe para mim. Mas Grayson não se vira, apenas fica parado, olhando pela janela, de costas para mim.

— Então é isso? — pergunto.

— Estou fazendo o que você fez antes. Estou indo embora antes que você tenha a chance de fazer isso comigo.

— Certo. Me machucar antes que eu pudesse te machucar? — insisto. Ele fica quieto. A mensagem vem de Delia dizendo que ela está aqui. — A parte triste é que eu estava animada para ser liberada, não porque estava indo embora, mas porque tudo em que conseguia pensar era em nossa vida aqui. Eu vi nossa vida juntos, não eu pegando um avião e partindo. O que eu não vi foi essa reação. Nunca pensei que você fosse terminar as coisas, mas vou te dar o que você quer, Gray. Eu irei. Vou fazer o que você espera, mas não é o que quero. Estou saindo desta casa porque não vou te deixar me tratar assim. Não vou te deixar me fazer de vilã quando eu não fiz nada de errado. Lamento que seu pai seja um idiota. Lamento que Yvonne esteja fazendo isso com você e Amelia. E lamento mesmo que, quando era mais jovem, não vi o quanto te amava e que poderíamos ter tentado. Desta vez, porém, é com você. Não vou embora porque quero. Estou indo embora porque você me empurrou porta afora.

Eu espero. Meu coração batendo forte, rezando para que ele se vire e… nada. Me pare, implore, me diga que está apenas com medo, mas ele não faz nada.

Apenas fica lá, de frente para o mundo exterior e me fechando.

Então, eu me viro e faço o que ele pede, o deixando com meu coração despedaçado no chão ao me soltar.

Capítulo 31

Jessica

Paro na entrada da casa, precisando de algum tempo para mim. Chorei mais lágrimas do que qualquer humano deveria ser capaz de derramar.

Estou sozinha.

Sinto-me desolada e magoada de uma maneira que não esperava. Não há nada a fazer a não ser passar algum tempo tentando descobrir o que fazer.

Uma parte de mim sabe que ele estava zangado com a situação, mas isso não nega o fato de ter dito o que disse. Já se passaram 12 horas desde nossa briga e não ouvi uma palavra dele.

Não há nenhum outro lugar onde eu pudesse pensar em ir, onde pudesse me sentir perto dele e ao mesmo tempo sozinha.

Olho para a porta amarela, sentindo as lágrimas quentes caindo pelo meu rosto.

— Bem, bebê, somos só nós — sussurro para o meu estômago, carregando minha bolsa escada acima.

Parece loucura ter estado aqui há apenas um mês. Como a viagem foi diferente daquela vez com Amelia tagarelando e Grayson segurando minha mão. Agora, há lágrimas e sofrimento ao meu redor.

Eu entro e ligo para Delia.

— Estou aqui — digo, quando ela atende.

— Você está bem?

— Não — respondo, honestamente. — Não estou.

Quando ela me buscou, sabia que eu não podia falar. As lágrimas eram implacáveis e eu soluçava tanto que meu peito doía fisicamente. Eu apenas dizia: "por favor, casa de praia".

Então, ela dirigiu até a casa de Stella, tentou transmitir o pouco que sabia, e Stella me puxou para seus braços e me deu a chave. Dormi por cerca de uma hora e depois entrei no carro para dirigir até aqui. Engraçado como a primeira vez que dirigi novamente foi para vir a este lugar.

— Pode me contar o que aconteceu?

Sento-me no sofá, acendo a luz e puxo o cobertor ao meu redor. Está congelando aqui, mas estou exausta demais para me levantar.

— Ele terminou tudo. É complicado e eu estou... Não sei, mas já se passaram horas e ele não ligou.

— Você contou a ele sobre o bebê?

— Não, eu não cheguei tão longe, e então... Eu não consegui. Ele foi inflexível sobre o nosso fim e contar sobre isso seria uma maneira de segurá-lo.

Delia suspira profundamente.

— Então, e agora?

— Agora, eu cuido do meu coração partido e descubro o que fazer, acho. Estou grávida, isso é fato. Estou liberada e preciso bolar um plano.

— Você vai embora?

A questão paira lá, pesada e inquietante.

— Não sei. Uma parte de mim ficou esperando que ele ligasse e me implorasse para perdoá-lo, mas ele não o fez. Pensei que ele era um homem racional que não agia assim e que acordaria para ver que foi um idiota.

— Ainda pode acontecer.

— Cada hora que passa fica mais difícil de acreditar nisso.

— Bem — a voz de Delia é suave —, se torna sua decisão mais fácil, eu quero que você fique. Sei que está sofrendo, mas a verdade é que, uma vez que Grayson descobrir sobre o bebê, ele não vai dar as costas. Ele não é assim.

— Eu sei.

— Ele espera que você vá embora. Acho que é por isso que estava sendo tão idiota. Ele viu pessoa após pessoa que amou se afastar.

— Ele me empurrou para fora, Deals.

— Eu sei, e ele merece lidar com isso, não me entenda mal, mas vocês dois se amam.

Ela está certa. Mesmo agora, quando sinto que poderia me enrolar em uma bola e chorar o suficiente para encher um rio, eu o amo. Ele está com raiva, e tudo bem, mas eu não serei seu saco de pancadas.

— Ele mesmo tem que perceber isso.

— Você vai se esconder na casa de praia até que ele o faça?

Isso seria muito fácil, mas vim aqui porque esperava que ele viesse atrás de mim. Ele saberia que eu estava aqui, esperando por ele, porque é a nossa casa. Podemos não ser os proprietários, mas é nossa.

Descanso a cabeça no travesseiro, enrolando o cobertor em volta de mim mais apertado.

— Não sei.

— Ok.

— Eu só preciso de alguns dias. Talvez então possa colocar minha cabeça no lugar e formular um plano que não me faça chorar. Quero contar a ele sobre o bebê, mas só depois de saber o que estou fazendo. Dessa forma, a escolha terá sido feita e não com base no que ele quer.

— Isso faz sentido.

— Será? — pergunto, com uma risada. — Sinto que é tudo uma porcaria. A verdade é que quero que ele veja que não sou sua ex ou a mesma garota de antes.

Delia cobre o telefone, fala com alguém e depois volta para mim.

— Desculpe, eu tenho que voltar ao trabalho. Estou aqui se você precisar de mim.

— Obrigada. Apenas... por favor, não diga a ele onde estou.

— Seu segredo está seguro comigo.

Desligamos e o frio é demais. Há um vento forte que está enviando uma corrente de ar pela casa, então me levanto e ligo o aquecedor, esperando que comece a funcionar rapidamente.

Recuso-me a dormir naquele quarto. Eu não posso... já é difícil estar aqui e não pensar em Grayson. Esta casa guarda memórias que ninguém pode levar de mim. É onde fizemos amor pela primeira vez e onde concebemos este filho. É onde rimos, sorrimos e encontramos esperança. Eu preciso de alguma esperança agora.

Vou para o quarto rosa, pego o edredom da cama e volto para o sofá.

Minhas pálpebras estão pesadas porque, entre as lágrimas e a gravidez, estou sempre cansada.

Olho para o meu telefone e a tela é preenchida com uma foto de Grayson, Amelia e eu, sorrindo à beira-mar. Estávamos muito felizes e eu realmente acreditava que tínhamos nos tornado uma família.

— Seu homem estúpido — digo a ele, sentindo a tristeza crescer novamente.

Fecho meus olhos, uma lágrima escorrendo pelo meu rosto, odiando que essa dor não vá diminuir.

Meus pulmões doem. Cada respiração parece difícil.

Jesus. Este sonho. Eu não posso lidar com isso agora.

Abro os olhos, mas está muito escuro para ver qualquer coisa. Eu tusso, tentando respirar.

Este é um novo sonho, onde tudo é muito real. Meu coração dispara ao me mover de um lado para o outro, tentando acordar. Meu corpo está quente, o suor ao meu redor.

Tento ver de novo, mas há... fumaça.

Ai, meu Deus.

Eu não estou sonhando. Rolo para fora do sofá, batendo no chão com força e puxando o cobertor sobre a cabeça para tentar proteger a respiração. Meu telefone. Estava na minha mão. Procuro por ele e toco a tela. Ele acende, mas não consigo ver nada. Pressiono onde está o telefone, esperando acertar.

Toca e toca, pelo menos vou falar com alguém.

— Jessica...

Claro que é ele. Liguei para Grayson. Por mais que eu queira chorar, sei que estou em apuros.

— Grayson, há um incêndio.

— O quê? — Sua voz muda. — Onde você está?

— Eu estou... está em toda parte. — Tusso mais forte. — Não consigo respirar.

— Jessica! — ele grita no receptor. — Onde você está?

— Praia — falo, antes que outro acesso de tosse assuma. Eu preciso sair daqui. Puxo o cobertor por cima da cabeça, permanecendo abaixada e cobrindo a boca. — Estou na casa de praia.

Sua voz muda para ser quase assustadoramente calma.

— Ok, onde você está na casa?

— A sala de estar. Debaixo de um cobertor.

— Tudo bem. Preciso que você tente não respirar muito. Respire fundo agora, e então quero que se oriente para encontrar uma porta ou janela.

Eu aceno, embora ele não possa me ver. Por mais que eu desejasse ter ligado para minha irmã ou Delia, há um estranho alívio por ser ele. Se algo acontecer, sua voz será a última que ouvirei. Grayson também é bombeiro e pode me dizer o que fazer. Ele vai saber como agir. Eu não posso... não consigo pensar nisso.

— Levante o cobertor e olhe onde você está.

Eu faço o que ele diz, mas a fumaça é tão densa que é difícil ver. Volto para baixo.

— Gray, não consigo ver.

— Ok. Fique abaixada e vamos rastejar até a porta. Estou ao telefone com a emergência agora, fique ao telefone. A ajuda está chegando. Estou chegando.

— Estou com medo.

— Eu sei, amor. Meu Deus, estou... Ouça, se você estiver no sofá, a porta estará à esquerda. Você pode sentir ao lado do outro sofá?

— Sim.

— Ok, fique debaixo do cobertor, mas rasteje e sinta o caminho ao redor. Você conhece esta casa, Jess. Prenda a respiração. Tente não respirar a menos que seja absolutamente necessário.

Faço o que ele diz, ficando o mais abaixada que posso, rezando para poder chegar até a porta. Caminho pela sala tateando, abraçando o sofá. Estou tão tonta. Tudo ao meu redor está turvo e meus olhos só querem fechar.

Eu o ouço falando, e meus pulmões estão gritando por ar. É tão difícil me mover e estou lutando para ter força.

— Gray — digo o nome dele, mas está quieto —, dói.

— Continue indo, Jess, chegue até a porta.

Eu quero chorar, mas sei que se, me permitir, vou parar de me mover. Tenho que pegar ar. Preciso respirar e então penso no bebê. Deus, o bebê.

Eu preciso salvar nós dois.

Empurro com minhas pernas, indo o mais longe que posso, e prendo a respiração. Eu posso fazer isso. Eu preciso.

Algo cai no chão à minha direita um segundo antes de o vidro se estilhaçar em algum lugar.

— Jess! — Ele está gritando, mas não consigo respirar, a fumaça está baixando.

Eu juro que posso ver a porta, está bem ali. Empurro de novo, mas parece que alguém está segurando meus pés, não permitindo que eu avance e me puxando para trás.

— Jessica! Por favor, amor! Fale comigo!

Eu respiro profundamente, mas não alivia a dor. Usando a última gota de energia que tenho, forço meu caminho mais perto, e então percebo que não é a porta, é o corredor.

Eu estava indo para o lado errado.

Capítulo 32

Grayson

Eu dirijo. Dirijo, e não sei quantos quilômetros se passam, mas eu dirijo. Minha mente dispara e meu coração não para de bater.

Estou tão longe dela.

Muito longe.

Eu deveria ter estado lá com ela. Não, porra, eu deveria tê-la em meus braços em casa.

Fui tão burro. Tão egoísta e... zangado. Quando ela saiu, meu coração se partiu, não porque foi ela quem fez isso desta vez, mas porque fui eu. Eu fiquei lá, querendo correr atrás dela, mas não sabia o que dizer.

Tudo o que eu pensava era que ela vai me deixar.

Agora, meu Deus, agora ela realmente pode me deixar, e é tudo culpa minha.

Meu telefone toca, o nome de Stella na tela.

— Grayson? Grayson! Acabei de receber uma ligação do papai. — Eu posso ouvir minha irmã chorando. — Jessica. Por favor, me diga que você falou com ela.

Cerro a mandíbula, o medo e a raiva aumentando novamente.

— Estou a caminho.

— Ela veio aqui. Ela veio aqui e estava muito chateada. Disse que precisava das chaves e o que você... por favor, me diga que você falou com ela!

O puro pânico na voz de Stella faz com que as lágrimas que venho segurando fluam.

Retransmito o telefonema, as lágrimas caindo mais rápido do que consigo enxugá-las enquanto tento me concentrar na estrada. Eu falhei com ela em todos os sentidos.

— Ah — Stella faz uma pausa. — Ah, eu nem sei o que dizer.

— Sim, eu também não.

Minha irmã fica quieta.

— E a briga?

Por mais que eu não queira falar sobre isso, me encontro abrindo o coração para Stella. Ela e eu não somos os mais próximos em idade, mas somos os mais próximos no coração. Conto a ela sobre Yvonne, papai, mamãe e depois a briga com Jessica.

Isso me permite uma pausa muito, muito breve de me preocupar com a possibilidade de nunca mais ver Jessica novamente.

— Meu doce irmão, sinto muito, mas você precisa consertar isso, e quando estiver em casa com Jessica nos braços, vamos descobrir o que fazer com o resto desta bagunça.

Espero que ela esteja certa, mas a verdade é que não tenho ideia do que diabos vou encontrar quando chegar lá. Meu estômago dá um nó e meu peito está apertado enquanto corro pela estrada, rezando para que ela esteja bem.

— Se... E se... ela... Eu não posso falar.

— Ok. — A derrota em sua voz é quase insuportável. — Por favor, me ligue.

— Eu irei. Não posso...

— Eu sei. Eu te amo e estarei aqui.

— Ligue para Jack — peço. — Diga a ele. E Winnie e sua família.

— Eu posso fazer isso — Stella diz, rapidamente. — Vou manter Amelia no escuro e apenas dizer que você teve que ir ver Alex ou Josh.

Eu termino a ligação, incapaz de pensar sobre isso. Se ela não estiver bem... Se...

Se eu chegar lá e ela se for, não sei como vou continuar. Minha vida simplesmente deixará de ser a mesma.

Uma coisa era perdê-la antes. Foi difícil, mas o esquecimento da juventude funcionou para mim. Eu não conhecia nada melhor. Isso, porém, é diferente. Amá-la do jeito que amo agora não é um sentimento de alguém jovem ou ingênuo. É a coisa mais linda que já senti, e o vazio nunca será preenchido.

Pisando no acelerador com mais força, corro para chegar até ela. Quando chego à cena, meu coração afunda.

Estou fora do carro, correndo em direção à casa, mas um policial me agarra.

— Filho, você não pode entrar aí.

— Essa é a minha casa!

— Ok, mas você não pode...

— Havia uma garota lá dentro. Minha namorada. O nome dela é Jessica Walker. Você pode... ela está... — mal consigo pronunciar as palavras. Estou tremendo por causa da adrenalina que está me inundando. — Sou bombeiro. Aqui. — Dou a ele meu distintivo e ele olha para o comandante antes de acenar para ele.

Ele se dirige para nós, com fuligem por todo o rosto.

— Este é o dono, ele também é um bombeiro. Achei que pudesse falar com ele.

Aceno com a cabeça.

— A garota. Você achou a garota? Ela... ela me ligou e... o telefone. Por favor, me diga.

— Nós a encontramos e ela foi transportada para o hospital.

— Ela estava viva? — pergunto, minhas mãos tremendo.

— Sim, ela estava viva — garante. — Ela foi retirada antes de entrarmos em cena, mas... Não sei o prognóstico dela.

— Onde fica o hospital? Como... eu preciso...

O policial coloca a mão no meu braço.

— Eu te levo lá.

Solto uma respiração pesada, olhando para onde a casa que amamos uma vez ficava. O lugar que guardava tantas memórias para nós agora é cinzas. Eu caio de joelhos, sentindo tanta perda que não posso suportar seu peso. Jessica estava lá e eu não pude fazer nada. Não tenho ideia se ela ainda está viva e não vou aguentar.

Há uma mão no meu ombro, segurando.

— Vamos, vamos — convida o policial. Ele me ajuda a entrar no carro e passamos dez minutos sem falar. Fico feliz que ele não tente, porque não tenho palavras.

Se eu tentar falar, vou desmoronar. A única coisa que me mantém inteiro é que eles a encontraram e ela pode estar bem.

Envio uma mensagem de texto para Stella, informando o nome do hospital, e ela me avisa que a família de Jessica está a caminho.

Quando entramos, o policial informa aos funcionários quem eu sou e pergunta sobre o estado de Jessica. Ela explica que agora eles não têm nenhuma informação além de que ela está na UTI e que terei que esperar até que falem com seu parente mais próximo.

Não sou da família e eles não podem me dar nada.

Retorne para nós dois

Não tenho ideia se ela está acordada ou inconsciente. Ela está lutando pela vida ou desistindo? Está perguntando por mim ou espera que eu não apareça?

Se você está ouvindo, Deus, simplesmente não a leve. Deixe-a viver e deixe-me passar o resto da minha vida compensando meu erro por ela.

Minha cabeça repousa nas mãos e eu choro. Simplesmente choro, porque fiz isso com ela. Eu a afastei, a fiz correr porque eu tinha certeza de que ela iria embora, porque é isso que acontece sempre. Ela é tudo para mim e eu desisti dela.

Agora, ela pode realmente ter ido embora.

Como posso viver comigo mesmo? Como posso olhar para o horizonte novamente e não morrer um pouco por dentro?

As horas passam. Horas, e não importa o quanto eu implore, nenhuma informação será liberada para mim.

Meu telefone toca e é Delia.

— Gray, estamos no hospital. Onde deveríamos ir?

Ela deve ter entrado no carro logo depois de mim.

— Estou no quarto andar.

— Ok — responde, ofegante.

Alguns minutos se passam antes que a porta se abra e Delia, Winnie e sua mãe entram na sala. Sua irmã corre em minha direção. Seus braços me envolvem e nós dois começamos a chorar.

— Sou um babaca de merda — digo. — Eu fiz isso com ela.

— Pare com isso. Ela vai ficar bem. Ela tem que ficar bem. Quem diabos sobrevive a um acidente de avião para morrer em um incêndio em uma casa? — indaga, como se isso tornasse tudo mais fácil.

Então sua mãe está ao meu lado, me encarando com os olhos vermelhos, e eu a puxo para perto.

— Sinto muito. Eu sinto muito.

A Sra. Walker afaga minha bochecha.

— Minha filha é uma lutadora. Ela não vai desistir.

— Eles não vão me dar nenhuma informação.

Ela concorda.

— Vou ver o que consigo descobrir.

Delia balança para frente e para trás, mordendo o lábio, e enquanto seus olhos estão em mim, ela fala com a mãe de Jess:

— Certifique-se de perguntar sobre o bebê.

E então eu afundo no chão, não sendo mais capaz de me segurar pela segunda vez em tantas horas.

Capítulo 33

Grayson

Ando até o quarto dela e fico na porta, grato que a cortina esteja fechada e eu não posso vê-la.

Eu não estou preparado. Vi vítimas de queimaduras. Vi pessoas lutarem para respirar após inalar a fumaça, e amaldiçoo o conhecimento que vem com isso. Estão preparando mais uma curta sessão na câmara hiperbárica de oxigenação porque, mesmo grávida, é a forma mais segura e rápida de tratar os pulmões. Eles já fizeram vários testes e, finalmente, estão nos permitindo vê-la antes de colocá-la nesta rodada.

A enfermeira está atrás de mim.

— Demos a ela algo para a dor e para ajudá-la a descansar mais facilmente, então ela está dormindo.

Estou do lado de fora, com medo de vê-la sofrendo. Conto até três e abro a cortina. As lágrimas se formam instantaneamente.

Ela está na cama, parecendo muito pequena e frágil. Existem algumas queimaduras em seus braços, mas, no geral, não é tão ruim quanto poderia ser.

Os testes mostram que ela tem danos moderados, e eles estão fazendo tudo o que podem para ajudá-la, tratando não apenas a fumaça, mas também um possível envenenamento por monóxido de carbono. Por causa da gravidez, eles estão fazendo as coisas meticulosamente e monitorando os dois.

Agradeço a Deus pelo vizinho bombeiro que sentiu o cheiro da fumaça e foi capaz de tirá-la de lá rapidamente. Aquele homem... ele salvou a vida dela.

Eu nunca vou ser capaz de agradecer a ele.

Chego na beira da cama dela, pegando seus dedos que não estão enrolados nos meus. Ela se move sutilmente e, por mais que eu queira ver seus olhos, mantenho minha voz apenas um sussurro para não perturbar.

— Porra, eu sinto muito, Jessica. Eu te amo demais, e não mereço você — eu digo, minha cabeça descansando na grade da cama. — Eu errei ao te afastar, e se você voltar para mim, lhe darei o mundo.

Coloco a outra mão em seu estômago, olhando para o monitor fetal que silenciosamente pisca junto com os batimentos cardíacos do bebê.

— Você, você aí, lute. Você fique aí, e você... — eu paro. Palavras se tornam demais. Minha palma cobre nosso filho. Um bebê que fizemos e que quero mais do que tudo.

Perdê-los. Perder qualquer um deles não é uma opção. Eles precisam lutar. Eles têm que estar bem. Se amor é suficiente para salvar alguém, então esses dois têm mais amor do que podem precisar de mim.

— Você tem uma irmã. O nome dela é Amelia e ela precisa de você. — Eu admiro Jessica. — Ela precisa de você, e eu preciso de você. Preciso de você mais do que preciso de ar, Jessica. Eu estava tão errado. Por favor — imploro —, por favor, me perdoe. Por favor, me deixe consertar isso.

O som de um pigarro vem da porta. A enfermeira me dá um sorriso triste, e viro a cabeça e respiro fundo, tentando controlar minhas emoções.

— Precisamos levá-la para a câmara agora.

— Sim. É claro.

Outra pessoa entra.

— Olá, sou a Dra. Ryan e estou monitorando qualquer mudança no bebê.

— Eu sou o pai. Você pode me dizer alguma coisa?

Ela sorri.

— O primeiro turno na câmara ajudou, por isso estamos fazendo de novo. A partir de agora, me sinto esperançosa.

A enfermeira termina de colocar as coisas na lateral da cama antes de dar um tapinha no meu ombro.

— Estamos prontos.

— Nós sairemos em breve para que todos vocês saibam como foi.

E agora esperamos... de novo, e espero que ela lute e volte para mim.

Winnie se estica, pegando minha mão.

— Vai ficar tudo bem.

Fecho os olhos, descansando a cabeça na parede.

— Eu a ouvi durante o incêndio. Eu escutei e... Eu simplesmente continuei pensando que iria ouvi-la morrer. Estava a horas de distância e não podia chegar até ela. Ela iria morrer e eu não podia salvá-la, e a última coisa que eu disse a ela foi para ir embora.

— Vocês brigaram?

— Eu descobri algo... bem, isso fez com que eu fosse um idiota. Eu a machuquei.

— Jessica também tem culpa, Gray. Ela se sentiu péssima por ter sido liberada e ter escondido isso de você.

— Ela também está grávida — adiciono, não querendo me lembrar da terrível discussão sobre ela ter sido liberada para voar novamente.

Winnie sorri suavemente.

— Eu sei. Isso muda as coisas?

— Claro que sim.

— Acho que ela também estava preocupada com isso.

Eu olho para sua irmã, uma versão mais jovem de Jessica.

— Por quê?

Winnie suspira e encolhe os ombros, puxando a mão para trás.

— Vocês dois são idiotas. Quero deixar registrado. Sua última namorada engravidou e deixou você. Aqui estava ela, grávida e com permissão para partir. Ela estava apavorada.

— E eu fiz exatamente o que ela temia.

Ela não contesta.

— Delia me contou o que Jess disse a ela, o que não foi muito. Tenho certeza que seu lado é diferente.

Conto tudo para Winnie. É como se uma vez que a primeira palavra foi dita, elas não parassem. Conto a ela sobre o jantar, a briga com meu pai, a discussão que tive com ela e depois a ligação de Jessica. Não tenho certeza de quanto tempo falo, mas minha voz está rouca e me sinto quebrado no final.

— Isso é... muito para absorver — Winnie diz, olhando para a porta. — Eu não tenho certeza do que dizer, mas você e Jessica? É sobre vocês que as pessoas escrevem. É por isso que existem histórias de amor, e eu tenho que acreditar que *esse* tipo de amor torna as pessoas mais fortes.

— Olha o que isso fez com ela. Se aquele bebê não sobreviver, o que acontecerá?

— Então vocês encaixam as peças... juntos.
Ela faz isso parecer tão fácil.
— Eu a machuquei.
—Talvez, mas importa quem machucou quem? De verdade, Grayson. Importa?
Olho para Winnie, ponderando sua pergunta.
— Não sei.
Seu ombro cutuca o meu.
— Eu quero acreditar que, quando você ama alguém, realmente não importa. Você não marca pontos porque não é sobre isso. Ela ficará arrasada se perder o bebê? É claro. Ambos vão. No entanto, haverá culpa suficiente para todos e, ainda assim, o que vocês dois precisam é um do outro. Esteja lá para ela.
— Eu nunca vou deixá-la novamente.
— Que bom. Quando ela acordar, diga isso a ela. Diga até que ela acredite em você. E então diga novamente para garantir.

Passa uma hora, o tratamento correu bem, mas não estão deixando a gente voltar porque ela está descansando. Enquanto caminho pelo corredor, recebo um telefonema do comandante dos bombeiros para voltar para a casa.
Eu pego o carro de Delia e, quando estaciono, meu cérebro luta para processar a cena na minha frente.
Todo o lado esquerdo da casa se foi, apenas uma parede queimada está de pé. Há água e móveis queimados por toda parte. Está completamente destruído.
— Grayson Parkerson? — um homem chama meu nome e me viro para ele.
— Comandante.
Ele concorda.
— Como está a sua esposa?
Esposa. A palavra vibra através de mim, se estabelecendo em meu peito. É o que ela deveria ser.
— Ela está bem.

— Que bom. — Ele limpa a garganta e aponta para a casa. — Achei que gostaria de ver o que encontramos como a causa do incêndio.

Caminhamos até a caixa elétrica.

— Foi a fornalha que causou o desenrolar da chama. Sua localização e idade causaram uma tempestade perfeita.

— Ela nunca deveria ter estado aqui — comento, mais para mim mesmo.

— Vamos lacrar tudo, então se houver algo de que você precise, vá em frente e pegue agora.

— As únicas coisas de que preciso estão no hospital.

A casa pode ter pegado fogo. Posso ter perdido o lugar onde tantas lembranças maravilhosas foram feitas, mas não vou perdê-la.

Não vou deixar mais nada explodir em chamas.

Eu olho para trás, para a estrutura, uma última vez antes de sair para salvar o que realmente importa: nós.

Capítulo 34

Jessica

Minha mão repousa no meu estômago, as lágrimas caindo. Estou tão cansada. Tão… sobrecarregada. Parece que tudo pesa cinquenta quilos e não consigo tirar nada do peito.

Penso em como ele implorou para eu não desistir e o que ele disse para o bebê. Ele sabe, e agora não sei o que fazer a respeito.

Nada parece real, e minha cabeça está muito confusa para decidir qualquer coisa.

Há uma batida na porta e Delia entra.

— Jess. — Ela corre para frente, com lágrimas nos olhos. — Ai, Jessica!

— Estou bem.

— Tem certeza?

Eu concordo.

— Acho que sim. Disseram que, se eu tivesse ficado mais um minuto, teríamos um final muito diferente.

Ela funga e enxuga os olhos.

— Juro, você tem a pior sorte do mundo, então não pode sair da bolha que fizemos para você.

— Eu acho que uma bolha soa bem.

Sua mão agarra a minha.

— Nós estivemos tão preocupados. O médico disse que você vai precisar de oxigênio por um tempo.

— Sim, eles ainda estão monitorando as coisas, mas a câmara ajudou muito. Onde está Grayson?

Ela olha para a porta e depois para mim.

— Na sala de espera. Ele está fora de si, Jess. Nunca o vi com tanto medo antes. E então, sinto muito, eu disse a ele sobre o bebê.

Aperto a mão dela.

— Está tudo bem.

— Eu apenas... Sei que você não contou a ninguém, mas queria que os médicos soubessem.

Minha mão se move para o meu estômago, mais lágrimas caindo.

— Você fez a coisa certa.

— Eu fiz?

— Sim. Você... Você foi...

As emoções ficam demais e começo a chorar. Delia pega alguns lenços de papel e os entrega para mim. Nós duas choramos juntas enquanto luto para lidar com tudo o que aconteceu. Eu quase morri. Quase morri em um incêndio na casa que significou muito para mim. Tudo é demais.

Delia se move para o lado da cama, enxugando meu rosto.

— Jess... Eu tenho que perguntar...

Meus olhos olham para cima quando alguém para bem na frente da porta. Grayson está lá, parecendo exausto e ainda muito lindo ao mesmo tempo. Ele nos observa e Delia se levanta.

— Eu vou lá fora. Vocês têm muito que conversar. — Ela se inclina, beijando minha bochecha.

Ele dá um passo para o lado para que ela possa passar e se aproxima de mim, parecendo um pouco nervoso, e posso sentir meu pulso acelerando.

— Por favor, não fique nervosa. Eu apenas... sinto muito, Jessica.

— Eu também.

Ele se move para o lado da minha cama.

— Você não tem nada para se desculpar. Eu fui um idiota. Nada do que disse a você era verdade. Não quero que você vá embora. Nunca. Eu quero... bem, eu quero tudo com você e estava com raiva e com medo de te perder.

Por mais que eu queira ficar com raiva, não estou. Eu o amo e posso odiar o que aconteceu, mas também sei o que é viver sem ele. Nunca mais quero fazer isso.

— Eu não ia embora — digo as palavras que ele não ouviu antes. — Eu estava feliz porque sabia que ficar com você era tudo que queria. Não por causa do bebê, mas por nossa causa. Por sua causa e de Amelia. Eu queria o futuro à nossa frente e...

— Eu te amo — declara, com naturalidade. — Eu te amo, e não queria te ver ir embora novamente. Achei que te expulsar daria a vida que você realmente queria.

Neguei com a cabeça.

— Você é a vida que eu quero.

— Então fique comigo, Jess. Me deixe compensar você.

Se ele fosse qualquer outro homem, eu não poderia ceder com tanta facilidade, mas é Grayson. A outra metade para minha alma e o único homem que já deteve meu coração. Nós brigamos e, em vez de desistir, vou lutar por ele... por nós.

— Grayson... — falo, as lágrimas escorrendo. — O bebê...

Ele dá um passo à frente, suas mãos segurando minhas bochechas.

— Nós a perdemos?

Minhas lágrimas caem com mais força e envolvo os dedos em seu pulso.

— Não. — Olho para o monitor. — Ele ou ela ainda está aqui, mas eles me avisaram: estou muito no início da gravidez, e isso tem sido... traumático. Precisamos estar preparados.

Ouvir o médico explicar os riscos e possibilidades foi incrivelmente difícil. Se tivermos sorte, teremos um bebê saudável. Mas serão semanas de testes e monitoramento para garantir que nenhum de nós tenha problemas residuais.

A testa de Grayson cai na minha. Nós respiramos um ao outro.

— Não importa o que aconteça, estou bem aqui. Não vou deixar você. — E então ele sobe na cama comigo, seus braços em volta de mim com força, me segurando em seu peito. — Você nunca vai me perder de novo, amor, porque não há ninguém mais neste mundo para quem já dei meu coração. Descanse, eu vou te abraçar e manter os pesadelos longe.

Fecho os olhos, ouvindo o som de seus batimentos cardíacos, e durmo sem sonhos pela primeira vez em meses.

— É ótimo conhecê-lo, Grayson — cumprimenta a Dra. Warvel. Ela perguntou se Grayson viria a esta sessão comigo para discutir tudo o que aconteceu.

— Eu ouvi falar muito sobre você.

Ela sorri.

— Espero que coisas boas.

— É claro.

Eu bufo.

— Não minta para uma terapeuta.

Dra. Warvel ri.

— Vou fingir que ele está dizendo a verdade.

— É a verdade — garanto, com um sorriso. — Nós dois... estamos enfrentando tudo o que aconteceu.

— Primeiro — começa, olhando para mim —, quero dizer o quanto estou feliz por você estar bem. Eu estava preocupada e te ver aqui agora é um milagre.

— Parece que estou usando a cota de milagre do mundo todo este ano.

Seu sorriso é caloroso.

— Direi que não conheço ninguém que tenha sobrevivido a um acidente de avião e um incêndio em uma casa em um período de seis meses.

— Sim, sou uma anomalia.

— Isso é verdade — Grayson concorda. Fui liberada há cinco dias com instruções muito rígidas para ficar calma e relaxada.

Dra. Warvel acena em concordância.

— Em segundo lugar, quero dizer que estou feliz por vocês dois estarem aqui hoje. Eu gostaria de ter uma ideia de como os dois estão.

— Estou bem — afirmo. — Estou bem, os médicos estão muito felizes com a minha função pulmonar e não estou tendo problemas com o meu traumatismo craniano. Eu temia que isso fosse desencadeado, mas, até agora, estou curando e não perdi o bebê.

Essa é provavelmente a única razão pela qual estou tão bem. A obstetra explicou o que observar e disse que todos os meus exames, incluindo o ultrassom, não mostraram nada de anormal. Se eu perder o bebê neste momento, pode não ter nada a ver com o incêndio e apenas ser um aborto espontâneo. Ela disse para ir com calma, me manter o mais relaxada possível e entrar em contato com ela se alguma coisa mudar.

— Isso é ótimo.

— Eu concordo. Me disseram que deveria ir com calma e conhecer meus limites — digo, olhando para Grayson.

Grayson está levando a coisa calma ao extremo. No primeiro dia, foi fofo. Ele foi tão carinhoso e fazia tudo por mim. No segundo dia, foi... bem, ainda um pouco fofo. Amelia também levou o papel de enfermeira muito a sério. Ela ficou ao meu lado, me alimentando com macarrão e me fazendo beber minha água cada vez que o alarme disparava.

No terceiro dia, não era mais tão divertido.

Eu queria me levantar, dar uma caminhada, mas tudo o que eu tinha permissão para fazer era sentar no deck enquanto Amelia e Grayson pairavam sobre mim.

Informei-o de que queria dar uma volta, mas ele foi inflexível quanto a ser muito cansativo. E quase perdeu a cabeça quando fui para a cozinha, me preparando para cozinhar algo, o que me acalma.

Ontem, quando ele se sentou no banheiro enquanto eu tomava banho, perguntando se eu precisava de ajuda, eu perdi o controle. Para evitar uma briga, fui para a cama às seis horas, fingindo cansaço.

Ele levanta as duas mãos.

— Estou apenas me certificando de que você não faça muito.

— Você está se certificando de que eu não faça nada. — Volto-me para a Dra. Warvel. — Eu o amo. Amo que queira cuidar de mim, mas eu não sou uma inválida.

Ela se mexe, o que significa que está decidida a dar algo a um de nós, e espero que seja a ele.

— Jessica — ela começa e eu gemo —, você sabe o que é sofrer um trauma. Sobreviveu à queda do avião, teve pesadelos paralisantes, gagueira e uma série de outros problemas físicos. O que você está vivendo agora com Grayson é outra versão disso.

— Eu entendo.

— Entende?

— Você acabou de dizer que eu deveria.

Ela sorri.

— Mas isso não significa que você entende. Estou apontando que ser superprotetor faz parte dele lidar com seu trauma. — Seus olhos se movem para Grayson. — Você disse a Jessica o que passou em relação ao incêndio?

Ele olha para mim e depois para ela.

— Na verdade, não.

— Por que você não tenta?

— Tenho certeza que foi pior para ela que estava no incêndio — explica.

Dra. Warvel acena lentamente, posso ver seu cérebro trabalhando no melhor ângulo.

— Tenho certeza que é verdade, mas você viveu isso também. Talvez não da mesma forma que ela, mas ainda há sua versão disso, correto?

— Sim. Eu não estava no fogo, mas ouvi. Tive que dirigir até ela, sem saber de nada. Então, quando cheguei lá, tive que esperar até que alguém me dissesse se ela ainda estava viva. Tive que esperar e me preocupar, vendo a porra da casa queimar. Literalmente, a casa estava pegando fogo. Não apenas a casa de praia, mas nós também. Nosso relacionamento estava pegando fogo.

Cara, ela é boa. Apenas algumas perguntas e ele está deixando tudo sair. Eu me viro para ele.

— Nós não estávamos pegando fogo.

— Não? Com certeza parecia que sim. Eu perdi você, Jessica. Pensei que você estava morta. Eu escutei...

Meus dedos descem pelo seu rosto.

— Eu estou bem aqui.

— Sei disso, e estou tentando dizer a mim mesmo para parar de pirar, mas perdi a porra do meu coração quando você não atendeu o telefone. Gritei por cinco minutos, correndo para minhas chaves, tentando encontrar meus sapatos, e o tempo todo, eu gritei seu nome sem parar, ouvindo os sons de vidros quebrando e o que pareciam ser bombas explodindo na casa. E então a linha ficou muda, e eu não tinha ideia...

Eu não sabia disso. Durante minha passagem pelo hospital, foquei muito no meu prognóstico e no monitoramento do bebê. Não falamos sobre o incêndio, exceto quando eu repassei os eventos para o oficial de bombeiros. Minha mãe e minha irmã voltaram para Willow Creek dois dias depois do incêndio, e Delia partiu no dia seguinte, me deixando com Grayson.

Stella desceu com Jack e Amelia, porque ela estava preocupada com ele, que estava longe por tanto tempo e tinha ouvido Jack e Stella discutindo sobre o incêndio.

A cada dia, eu me curava um pouco mais, tanto mental quanto fisicamente. Eu tinha Grayson. Eu tinha minha vida. Eu estava bem.

Mas ele não estava, e eu não vi isso.

— Por que você não me contou? — pergunto. — Eu sabia que algo estava errado, mas você não me disse nada.

— Você tinha que ficar calma e sem estresse.

Esfrego meu polegar sobre sua bochecha, a barba mais longa do que o normal.

— Temos o péssimo hábito de tentar proteger um ao outro, escondendo as coisas do outro.

— Eu não estava tentando esconder nada de você. Honestamente, não percebi até que começamos a conversar.

— Dra. Warvel faz isso. Ela te faz dizer coisas mesmo quando você não sabe que precisa.

Ela sorri para nós.

— Eu tento, mas vocês dois acabaram de fazer meu trabalho por mim. Seu relacionamento tem uma base maravilhosa. Vocês se conhecem de uma maneira que muitos casais apenas sonham. Seu amor não diminuiu com o passar dos anos, quase como se vocês estivessem esperando para voltar um ao outro o tempo todo. Agora, você está aqui e sua casa tem a estrutura e as paredes. Confie nisso. Não queimou, não está pegando fogo, só precisa que confiem um no outro e continuem construindo.

Capítulo 35

Grayson

— Estou vendendo minha parte na empresa — digo a Stella.

— Hmm, você o quê?

Jessica aperta minha mão em apoio. As últimas duas semanas foram ocupadas. Desde o jantar com meus pais, não voltei mais ao Park Inn. Uma razão é que eu precisava cuidar de Jessica, mas a outra é que gostaria de colocar fogo, e incêndio criminoso não é realmente minha praia.

Desde o encontro com a Dra. Warvel, Jess e eu nos concentramos em nós. Conversamos sobre tudo e uma coisa em que ambos concordamos é que trabalhar para meu pai não é mais possível para mim.

Vou desistir de minha função, bem como de qualquer participação na empresa familiar, porque é hora de começar a fazer o que sempre sonhei: consertar Lago Melia.

— Há alguns anos comprei um terreno. Tem um hotel antigo… ou o que poderia ter sido um nele, e fica à beira de um lago. É o lugar perfeito para abrir minha própria pousada.

Stella se recosta na cadeira, olhando para mim.

— Anos?

— Quando Amelia nasceu.

— Uau. Então, você quer me dizer que nos últimos cinco anos poderíamos ter nos afastado de nossos pais de merda e ganho dinheiro para nós mesmos?

— Stella, você não vai embora.

— O caramba que não vou. Se você vai, eu também vou.

— Vou levar anos para colocá-lo em funcionamento e preciso atrair investidores. Jessica e eu estamos indo para Nova York na próxima semana para assistir a uma estreia com Jacob Arrowood. Enquanto eu estiver lá, vou perguntar a ele se está interessado.

Ela se levanta e pega seu telefone. Antes que eu perceba, meu telefone está tocando com uma chamada de vídeo dela.

— O que você está fazendo? — pergunto.

— Atenda a chamada, Gray. — Então vejo meus irmãos, um por um, atenderem a ligação. Stella olha para Jess e a adiciona: — Você também, Jessica.

Ela abre a chamada, olhando para mim confusa. Dou de ombros porque, com Stella, nunca se sabe.

— Bem, este é um grupo muito bonito — Oliver comenta, com um sorriso.

Alex ri.

— A maioria de nós, pelo menos. Grayson é um pouco duvidoso.

Josh interrompe:

— Pelo menos ele não parece um pré-adolescente como você, Alex. Isso faz com que ele ganhe um dedo do meio.

— Oi, Jessica. — A voz de Alex é um pouco doce demais para o meu gosto.

— Olá, Parkersons.

Eu me aproximo de Jess, jogando o braço em volta dela.

— Meu Deus, esqueci como Grayson é possessivo com ela — observa Ollie.

— Certo, como se ela já tivesse nos olhados com outros olhos. — Alex balança a cabeça.

Meus irmãos continuam zombando de nós, e eu realmente não me importo. Ela está aqui, perto de mim, e podemos ter essa conversa. Vou aceitar todas as suas merdas e mais um pouco.

— Tudo bem, idiotas. — Stella limpa a garganta. — Estou ligando porque precisamos ter nossa própria reunião entre irmãos e, uma vez que Jessica e Grayson são um resultado inevitável, então ela também é da família. Precisamos conversar sobre algo.

— Stella — advirto.

Ela continua:

— Todos nós sabemos que nosso pai é o maior pedaço de merda. Todos nós o odiamos. Nenhum de nós quer algo com ele, mas todos nós sentimos que não tínhamos escolha. Grayson está indo embora. Vai abrir mão de suas ações e já possui um terreno.

Josh apenas olha para a câmera, ecoando o silêncio atordoado de todos os meus irmãos.

Alex fala primeiro:

— Você possui um terreno?

— Eu possuo cerca de duzentos acres com um lago.
— Você é dono de uma porra de um lago? — Josh pergunta.
— Sim, comprei quando tive Amelia.
Oliver ri uma vez.
— É um baita presente de aniversário. Por que eu só recebo um cartão vazio?
— Porque você é o pirralho mimado — diz Stella. — Foco. É sobre Grayson abrir sua própria pousada... sem nós.
— Gente — interrompo —, não foi isso que planejei, mas não posso ficar perto dele. Acabou, não quero o dinheiro dele ou ter nada a ver com ele.
— Grayson, nenhum de nós quer isso — Josh fala, antes de qualquer outra pessoa.
— Não, mas se você está abrindo sua própria pousada, por que diabos não nos levaria junto? — Alex pergunta. — Além disso, não pegar o dinheiro dele o caralho. Ele tem o suficiente. Todos nós podemos vender nossas ações.
Jessica olha para mim e não sei o que pensar. Eles querem fazer isso também. Querem deixar a empresa do meu pai e começar de novo comigo?
— Espere. Vocês todos querem deixar suas vidas e empregos muito confortáveis, ganhando um bom dinheiro, para abrir uma pousada que não temos ideia se irá funcionar bem?
Todos eles falam em uníssono:
— Sim.
Eu volto para Jess, que está sorrindo.
— Vocês todos poderiam ser sócios.
— E todos eles estariam aqui — complemento.
— Se precisássemos de financiamento ou de outro investidor, sei que Jacob ajudaria.
Por melhor que fosse receber dinheiro de fora, seria incrível ter todos os meus irmãos de volta aqui. Amamos administrar o Park Inn antes de meu pai começar a se ramificar.
Eu volto para a tela.
— Vocês sabem que não vai ser fácil. Competiremos contra um estabelecimento muito conhecido.
O sorriso de Joshua é largo e ele parece quase tonto.
— Sim, e quão doce será quando eles tiverem que fechar por que seus filhos os derrubaram.

— Exatamente — diz Alex. — Além disso, sinto falta de casa.
Oliver concorda.
— Economizei dinheiro, é um investimento muito melhor do que um barco.
Eu rio.
— Stella?
— Tenho poupado dinheiro desde meus dezoito anos. Não há nada que eu ame mais do que a ideia de possuir uma pousada com meus irmãos. Além disso, nossas ações têm algum valor, Gray. Muito valor.
Bem, parece que vou fazer negócios com meus irmãos.

Jessica e eu assistimos Amelia correr ao longo do lago.
— Acha que posso ter uma casa aqui? — pergunta.
— Não, bonequinha, vamos consertar aquela casa e ter nossa própria pousada.
— No Lago Melia?
— Sim.
— Podemos chamá-la de Amelia Inn?
Eu ri.
— Vamos colocar isso na lista.
As últimas duas semanas foram um turbilhão. Dissemos a Amelia que estávamos juntos e ela começou a chorar porque estava muito feliz e queria que Jessica fosse sua nova mãe. Como tudo correu bem e Jess já estava lá todas as noites, então lhe pedi que ficasse comigo.
— Você está bem? — Jess pergunta, enquanto andamos de mãos dadas.
— Sim, apenas... Não sei. Se você tivesse me dito há seis meses que essa seria a nossa vida, eu teria rido.
— Conheço esse sentimento.
— É bom demais para ser verdade.
Jess encosta a cabeça no meu ombro.
— Isso eu não sei. Talvez seja como deveria ter sido e felicidade é o que devemos ter.
— Isso foi muito Dra. Warvel da sua parte.

A risada musical de Jessica ecoa nas árvores.

— Eu vou ter certeza de dizer a ela que você acha que ela está se infiltrando em mim. Me diga, como foi sua conversa com Jack?

— Acho que correu bem. Discutimos sua ideia e parece que ele ficou intrigado.

Ela se anima com isso.

— Acha que ele administraria sua empresa aqui?

Jessica deu uma ótima sugestão que nos ajudaria a nos diferenciar de sua típica pousada rodeada de bosques. Ela falou sobre como os pilotos e comissários de bordo faziam um retiro com a empresa todos os anos e pensava que esse seria o local perfeito para eles. Jack seria capaz de expandir seus negócios oferecendo uma experiência de vínculo para os grupos que reservassem conosco e, com sorte, isso os levaria a querer voltar.

— Ele não disse não.

— Acho que o que vai nos diferenciar é poder oferecer muitas opções aqui. Se nós não formos apenas uma coisa, vai nos ajudar no começo.

Eu sorrio com uma palavra que ela usou.

— Nós.

Seu olhar encontra o meu.

— O quê?

— Você disse nós.

— Você deu a entender...

Nós paramos na beira da água e envolvo meus braços nela por trás, minha mão descansando em sua barriga.

— Somos sempre nós, amor. Sempre seremos nós.

Nos últimos meses, toda a minha vida foi revirada. Encontrei Jess novamente. Vou ser pai de novo. Estou abrindo meu próprio negócio e construindo em um terreno que nunca pensei que iria desenvolver. Tudo parece que é porque ela voltou para mim.

Um presente que se multiplicou e se tornou mais do que eu esperava. Beijo a curva de seu pescoço e ela suspira.

— Por mais que ame a casa, também adoro este lugar.

— Eu também. Sinto que precisa de um bom nome.

— Alguma ideia?

Ela inclina a cabeça para trás.

— Não sei. Fico pensando em nós e como combinar tudo. Além disso, sua família, já que eles também são donos.

— Então, quais são as suas palavras para nós?

Jessica ri baixinho.

— Fogo. Avião. Voar. Acidente. Vista. Montanha. Retorno.

— Bem, não sei se acidente é uma boa palavra para um resort.

— Concordo.

— Mas, que tal Vagalume?

Sua cabeça repousa no meu ombro.

— Como o que costumávamos pegar quando crianças?

— Bem, você estava em um incêndio e um voo.

— Este não é o meu lugar. É seu.

Quero discutir com ela, mas é muito melhor simplesmente deixar isso pra lá por enquanto.

— Continue pensando, amor. Temos tempo, mas precisamos pensar em outro nome.

Sua mão se move para a minha, onde o bebê está crescendo com segurança.

— Também temos tempo para isso.

— Temos meses, pelo menos.

Amelia vem correndo e Jess dá um passo à frente para olhar para o pequeno coelhinho que ela está carregando na mão.

— Acha que eu posso ficar com ele? — Amelia pergunta.

Eu a pego em meus braços.

— Já temos uma bagunceirinha, não precisamos de mais nada.

Ela faz beicinho com o lábio inferior.

— Eu quero um coelho.

— Acho que não.

Jessica se aproxima, seus olhos dançando com travessura.

— Pensei que você tinha dito algo sobre um cachorro?

Olho para ela.

— Eu te amo, mas não a incentive.

Os olhos de Melia brilham.

— Eu amo cachorros.

— Eu sei, e eu disse que quando você fizesse cinco anos, conversaríamos sobre isso.

— Tenho quase cinco anos.

— Sim, eu sei, mas estava pensando que poderíamos conversar sobre conseguir outra coisa. — Tento desviar sua atenção para o motivo pelo qual vim aqui. — Você se lembra do que conversamos? — pergunto a Melia.

Seus olhos se arregalam e ela acena com a cabeça.

— O que vocês dois estão fazendo? — Jess indaga, olhando para Melia, já que ela é definitivamente a única que provavelmente vai falar.

— Nada — diz ela, com um sorriso tímido.

— Hmm, não acredito em você.

Amelia cobre a boca e ri.

— Eu não posso dizer!

Os olhos de Jess se arregalam.

— Então, *é* um segredo?

Ela concorda.

Jessica se aproxima, mantendo a voz baixa.

— E se eu prometer não contar ao seu pai?

Dou um sorriso para Amelia e nego com a cabeça.

— Não faça isso.

— Papai! Conte você a ela.

— Certo. Vou contar a ela nosso grande segredo. — Eu suspiro dramaticamente, colocando Amelia de volta no chão e caindo de joelhos. Amelia se ajoelha ao meu lado.

Chego para trás, pegando o anel do bolso da jaqueta.

— Ai, meu Deus. — Jessica engasga quando o levanto.

— Acho que não é um segredo, mas uma pergunta. Há muito tempo, conheci uma garota e ela roubou meu coração. Pensei que tinha aprendido a viver sem ele, mas então ela o trouxe de volta, e percebi o quanto eu precisava daquilo, mas, principalmente, eu precisava dela.

Amelia sussurra:

— Ele está se referindo a você.

Jessica ri e enxuga as lágrimas, sussurrando de volta:

— Obrigada.

— Quando pensei que te tinha perdido, bem, eu não sabia que poderia sentir dor naquele nível. Você é meu coração e alma... nosso coração e alma. Amelia e eu decidimos que queremos mantê-la, e esperamos que você também queira nos manter. Eu te amei por mais da metade da minha vida e ainda gostaria de passar o resto dela te amando. Farei qualquer coisa para te fazer feliz, Jessica. Só temos uma pergunta para você.

Eu olho para minha filha, que está sorrindo brilhantemente.

— Quer se casar conosco?

Jess cai de joelhos, puxando Amelia e eu em seus braços. Ela está chorando tanto que só consegue dizer uma coisa sem parar.

— Sim. Sim. Sim.

Capítulo 36

Jessica

— Jacob! — grito, e corro em direção a ele. Não posso acreditar que já se passaram quatro meses desde o acidente e aqui estamos nós, em Nova York, para jantar antes da grande estreia amanhã.

— Você está linda — ele diz, me puxando para um abraço.

— Obrigada. Você parece bastante elegante.

Ele ri.

— Estou nervoso com esta maldita estreia, é isso que estou.

— Bem, é difícil dizer.

— Esta é Brenna — Jacob aprensenta, enquanto uma linda ruiva dá um passo à frente.

— Sinto que somos velhas amigas — diz ela, com uma risada, me puxando para um abraço.

— Eu também.

Grayson e Jacob apertam as mãos, e então Brenna e Grayson também. Chegamos um dia antes para passar algum tempo com Jacob e Brenna e conversar com eles sobre uma oportunidade de negócio que ele exigia que discutíssemos.

— Seu anel é lindo — observa Brenna.

— Anel? — Jacob diz, pegando minha mão. — Você não disse nada.

— Ele me pediu há dois dias.

— Parabéns, pessoal. Esta é uma grande notícia. — Ele levanta a mão para o garçom. — Seu melhor champanhe.

Estamos na sala dos fundos de um restaurante que nos dá privacidade para conversar. Jacob nos fala sobre as crianças e como está voltando para sua cidade natal. Eu rio e explico minha própria experiência.

— Então, isso é uma tendência? — Brenna pergunta. — Todas as pessoas em cidades pequenas vão embora e depois voltam para consertar suas vidas?

Jacob ri.

— Acho que sim.

— Tenho passado aos pacientes a terapia errada todo esse tempo.

Grayson passa o braço em volta de mim, seus dedos apenas roçando a pele do meu ombro.

— Não tenho certeza de que instruir pacientes a entrar em um acidente de avião seja a melhor terapia também.

— Não — Brenna concorda. — Definitivamente não. Embora, parece que levou esses dois na direção certa.

Jacob se inclina em direção a ela, sua voz baixa.

— Eu voltaria para você de todo jeito.

Há tanto amor nesta sala que poderia sufocar alguém. Jacob e eu lamentamos muito quando o avião estava caindo. Lembro-me dele implorando para que eu contasse a Brenna como ele se sentia se não sobrevivesse.

Foi uma época terrível que realmente me forçou a ver minha vida por uma lente diferente.

Agora, estou aqui com Grayson e não posso deixar de ser grata por tudo. Se as coisas tivessem acontecido de maneira diferente, eu não estaria noiva e grávida.

Brenna sorri calorosamente para mim.

— Como vai a gravidez?

— Ok. Faremos outro ultrassom em breve e, se der certo, nos sentiremos muito mais tranquilos.

— Por causa do incêndio?

— Sim — afirmo, sentindo o nervosismo novamente. — A taxa de crescimento do bebê é o que estamos observando agora. Até o momento, os testes que conseguiram fazer voltaram a nosso favor, mas... — Os olhos de Grayson me estudam. O calor azul-esverdeado me dá força. — Saberemos mais na próxima semana, então estamos apenas cautelosamente otimistas.

— Não importa o que aconteça, estaremos bem — Grayson me tranquiliza.

— Sim.

— Vocês dois estão lidando bem com isso — observa Brenna.

Jacob ri.

Retorne para nós dois 265

— Por favor, não faça sua coisa de psiquiatra com eles.

— Eu não estou. Apenas estou dizendo a verdade. Todos vocês já passaram por muita coisa e estou feliz que todos estejam lidando bem com isso. É apenas uma observação, não uma terapia.

Ele pega a mão dela, beijando sua palma.

— Claro, querida.

— Você é uma encrenca.

— Mas eu sou a *sua* encrenca.

Seus lábios se abrem e ela geme.

— Deus me ajude.

A comida e o champanhe, que é da minha safra favorita, são trazidos para nós. Como não posso beber, tomo meu suco de maçã numa taça e finjo.

Comemos e conversamos sobre o filme e os planos de Jacob de morar na Califórnia e na Pensilvânia. Em seguida, a conversa roda sobre o que queríamos discutir com ele.

Grayson fala tudo, uma vez que são negócios e não sobre a amizade que tenho com Jacob.

— Basicamente, meus irmãos e eu queremos destruir meu pai.

— Bem, agora estou interessado.

Grayson começa a história, deixando algumas informações de fora, mas explicando o suficiente sobre o motivo de isso ser importante para ele. Eu escuto, vendo-o de uma maneira que nunca vi antes.

Este é um homem que comanda a sala e, embora conheça todos os detalhes, estou atenta a cada palavra.

Isso é terrivelmente sexy.

— Então, você está pedindo capital para comprar uma empresa que deseja basicamente fechar? — Jacob pergunta.

— Não e sim. Eu quero forçá-lo a sair, não necessariamente fazer a empresa entrar em colapso. Ele nos deu nossas ações, que vamos fazer com que ele recompre ou vamos vendê-las. Estamos propondo que você seja o comprador. As ações têm valor e poderíamos vendê-las a qualquer interessado, mas gostaríamos de controlar quem é o comprador, se pudermos. De qualquer forma, todos nós decidimos vender se ele decidir não nos comprar.

Jacob se recosta na cadeira.

— Me deixe falar com meus irmãos. Oliver e Devney têm alguma história e não quero tornar as coisas estranhas.

Grayson aceita com um aceno de cabeça.

— Oliver sabe que isso faz parte do meu plano. Ele não ficou feliz, mas entende a necessidade de ter um reforço.

— Eu entendo, mas meu irmão é quem me assusta um pouco. — Todos nós rimos. — De qualquer forma, acho que há potencial. Devo muito a Jessica e acho que Sean sente o mesmo por seu irmão. Embora possuir uma rede de pousadas nunca tenha sido um objetivo, eu entendo sobre pais horríveis e o inferno que eles causam em nossas vidas. Vou te dar um retorno de qualquer maneira.

— Não importa o que estamos ganhando com a empresa, mas, se você comprar, meus irmãos e eu ajudaremos a garantir que você não perca seu investimento.

Ele concorda.

— Vou pensar sobre isso.

E com isso, voltamos a conversa para familiares e amigos.

— Quando você quer se casar? — pergunto a Grayson, enquanto estamos deitados na cama no hotel em Nova York.

— Esta noite.

Reviro os olhos.

— Você é doido.

— Eu sou. Mas é isso que eu quero.

Sua mão sobe e desce pela minha espinha, e me derreto nele.

— Não quero esperar muito.

— Acho que é melhor para Amelia se fizermos isso antes de contar a ela sobre o bebê.

— Eu me preocupo que estamos mudando tantas coisas em seu mundo rápido demais.

Grayson dá um pequeno grunhido.

— Se ela estivesse mostrando qualquer sinal de estar chateada, eu diria que deveríamos esperar, mas ela não está.

Amelia está mais animada do que qualquer coisa. Conta para todos que me pediu em casamento e eu disse que sim. Na escola, ela foi o centro das atenções com essa história. Meu coração não sabia que poderia amar assim, mas Amelia e Grayson me deram muito para cuidar.

— Ainda assim, eu quero protegê-la.

Grayson beija o topo da minha cabeça.

— E é por isso que quero me casar com você agora. Porque você não apenas me ama, você ama minha filha.

Eu me inclino, olhando em seus olhos.

— Como eu não poderia amar? Ela é parte de você.

— Sério, Jess, não quero esperar para ter você como minha esposa. Quero que comecemos nossa nova vida criando nossos dois filhos como um casal. Me chame de antiquado, eu não me importo, mas é importante para mim.

— É para mim também. Então, vamos definir uma data.

— Eu quero fazer isso antes que essa merda com meu pai aconteça.

Em breve, os irmãos Parkerson se afastarão de tudo que já conheceram e se unirão. Sei que Grayson está lidando não apenas com o que descobriu sobre seu pai, mas também com o fato de seus irmãos estarem desistindo de tudo.

Não acho que eles se sintam assim, mas ele sente.

Eles viveram uma vida muito privilegiada e se deram muito bem. Isso vai mudar para eles. Haverá um período em que as finanças podem ser difíceis. Felizmente, eles estão conversando e planejando tornar as coisas o mais fáceis possível.

Já que a terra que Grayson possui é enorme, Alex e Joshua vão ficar na propriedade. Assim que a construção começar, isso garantirá que alguém esteja sempre presente e que essa pessoa também tenha privacidade.

Oliver vai ficar com Stella, o que deve ser hilário.

Eu me mexo e fico de bruços, olhando para ele.

— Ok, bem, não temos muito tempo então.

— O que é parte do meu plano.

— Ah, é? Você tem um plano?

Seu sorriso se aprofunda e aquela covinha que eu amo se torna proeminente.

— Eu sempre tenho planos para você, amor.

— É bom saber, mas e o casamento?

— Eu quero me casar no lago.

— Mesmo?

— Onde você achou que eu gostaria de me casar com você?
Levanto um ombro.
— Nenhuma pista, mas... — Eu meio que pensei que ele escolheria a casa de praia. É onde nos tornamos Jessica e Grayson, ou Gressica, como gosto de brincar para fazer sua cabeça explodir. Eu não estava realmente animada com a ideia, mas isso é, bem... — Eu acho que é perfeito.

Eu amo aquele lago. O lago é novo. O lago é onde está nosso futuro. É onde construiremos essa nova vida.

— É por isso que temos que fazer isso logo, antes que seja arruinado por caminhões de construção.

— Você tem uma lógica muito sólida.

Ele ri.

— Eu direi qualquer coisa para fazer você concordar.

Eu me aproximo dele, o beijando suavemente.

— Você não precisa dizer mais nada.

Epílogo

Grayson

— Acalme-se — Jack pede, me dando um tapinha nas costas. — Ela estará aqui. Garotas demoram muito para essas coisas.

— Isso vem de toda a sua experiência com mulheres e casamentos? Ele bufa.

— Não, mas era para ser reconfortante, já que sou seu padrinho e tudo mais.

— Bem, não foi.

Escolher Jack para ser meu padrinho foi burrice. Tenho três irmãos muito competitivos, e ter que decidir entre eles parecia um campo minado onde eu certamente seria explodido, então evitei.

Além disso, Jack é como um irmão. Não há ninguém que não seja de sangue em quem eu confie tanto quanto ele.

— Bem, dê uma chance então, isso deve te acalmar.

Não estou nervoso. Não da maneira que ele pensa. Jessica estará aqui, não tenho dúvidas disso. É mais uma excitação e ansiedade. Estou pronto para isso. Eu a amo e quero começar nossa vida como marido e mulher.

Jack me entrega uma dose de uísque e eu tomo antes de levantarmos nosso copo.

— Pela irmandade.

É o que dizemos cada vez que brindamos.

— Pela irmandade.

O líquido queima seu caminho para baixo, me aquecendo ao longo do caminho.

— Amelia foi se arrumar com Jess?

— Sim, ela disse que é uma menina e precisa estar com elas.

Jack ri.

— É muito engraçado que quase todo mundo que vai ao seu casamento está realmente *no* casamento.

Ele não está errado. Nossa festa de casamento é composta por quatro padrinhos e quatro damas de honra, o que é mais da metade dos convidados.

— Queríamos que fosse íntimo.

Ele concorda.

— Posso te perguntar uma coisa, Gray?

Eu me viro, encontrando o ar normalmente despreocupado ao redor dele diferente.

— E aí?

— Como você... bem, como vocês decidiram seguir em frente?

Ok, isso é uma surpresa.

— Você quer dizer tentar de novo? — Ele concorda, e eu prossigo: — Não sei, acho que sempre foi feito para ser. Não foi fácil, mas não acho que era para ser.

— Certo.

— Isso é sobre o que aconteceu semanas atrás? — pergunto, me lembrando da noite em que ele apareceu completamente bêbado.

— Não. Aquilo foi apenas eu bêbado — afirma, um pouco rápido demais.

— Quem era a garota?

Jack encolhe os ombros, desviando o olhar.

— Nenhuma garota.

— Jack, você estava falando sem parar sobre uma garota.

— Ela não é ninguém. Sinceramente, não me lembro da metade da noite e eu... Não é nada.

— Não parece nada.

Todo o comportamento de Jack muda e ele sorri amplamente.

— Não estaremos falando sobre encontros de bêbados hoje, irmão. É o seu casamento, e está na hora de sairmos daqui. Vejo o Jeep descendo com sua noiva agora.

Quero pressioná-lo, mas Jack é assim, e eu o conheço bem o suficiente para saber que é inútil continuar insistindo. Quem quer que seja essa garota, ela claramente o despedaçou, e até que esteja pronto para lidar com isso, ele simplesmente negará.

Josh, Alex e Oliver caminham em seus ternos azul-safira, que combinam com o meu e de Jack. A única diferença entre nossas roupas é que eles têm gravatas douradas e a minha é branca.

Fomos bem simples sobre o casamento, mas queríamos que algumas das coisas tradicionais ainda acontecessem.

Vejo Stella sair do carro e ela acena.

— É incrível que nenhum dos caras que afugentamos de perto dela tenha prestado queixa — observa Josh.

Jack bufa.

— Sim, nenhum cara quer ficar entre vocês, idiotas.

Certo. Sabemos que Stella é linda e boa demais para qualquer homem.

— É por isso que deixamos Gray aqui para garantir que os lobos não aparecessem.

Reviro os olhos.

— Por favor, acho que Stella é o lobo.

Oliver assente.

— Ele não está mentindo. Ela é mais assustadora do que nós quatro.

— Bem, cinco se você contar Jack, ele é como um irmão.

Jack ri e acena com a cabeça.

— Você poderia dizer isso.

A próxima é Delia, e eu olho para Jack, que está focado nas meninas. Ele não tira os olhos delas. Estou começando a achar que Jess estava certa quando disse que ele tinha uma queda por Delia.

Josh pigarreou.

— Você não deveria ir ajudar sua noiva?

— Eu não sei, Jess disse algo sobre não fazer nenhum corredor e que ela iria andar até aqui?

Oliver me dá um tapa nas costas.

— Belo jeito de foder seu casamento antes de começar. Você não prestou atenção?

— Não — eu gemo. — Eu estava muito ocupado me certificando de que vocês não ficassem tão bêbados que não pudessem chegar aqui, seus filhos da puta.

Antes que eu possa discutir ou tentar pensar sobre que diabos eram as direções, Amelia pula para fora do carro, suas mãos indo e voltando rapidamente como se ela quisesse que eu andasse até ela. Quando me movo para dar um passo, ouço um coro:

— Não!

— Viu, eu devo ficar aqui — digo, como se fosse meu plano desde o começo.

E então... então meu coração para. O mundo para de girar quando ela sai do carro.

O sol está atrás dela, espreitando por entre as árvores e lançando o mais belo halo ao seu redor, fazendo parecer que está brilhando.

Sei que deveria ficar aqui, mas minhas pernas querem ir. Só quando sinto a mão de Jack agarrar meu antebraço é que percebo que estava me movendo.

Jessica pega a mão de Amelia.

Minha irmã vem em nossa direção primeiro e, quando chega perto de mim, beija minha bochecha.

— Estou orgulhosa de você.

Eu ri.

— Obrigado.

Então ela sorri para o resto da galera atrás de mim.

A próxima é Delia, que me dá uma piscadela divertida ao passar.

Winnie, a dama de honra de Jessica, balança os dedos ao passar.

A mãe dela é a última, e a puxo para um abraço quando ela chega perto de mim.

— Cuide da minha garota.

— Sempre.

— Sabe — diz, suavemente —, sempre esperei que fosse você. Você é um bom homem, Grayson Parkerson.

— Acho que sempre seríamos nós, não importa o quê.

A Sra. Walker sorri.

— Eu também acho.

E então é só ela e Amelia. As duas começam a vir até mim, evitando cuidadosamente as pedras, enquanto minha filha acena aleatoriamente. Ambas estão sorrindo, e eu juro, meu coração pode voar para fora do meu peito. Nunca conheci uma pessoa que pudesse ter tanto amor.

— Oi — Jess diz primeiro.

— Meu Deus você está linda.

Ela sorri.

— Estou feliz que você pense assim.

Amelia olha para mim.

— E você está muito bonita.

— Obrigada, papai. Você está pronto para se casar? — Melia pergunta.

Olho para Jessica, nossos olhos se encontram e eu aceno.

— Sim, bonequinha, com toda certeza.

— Nunca pensei que veria esse dia — Josh comenta, me entregando uma cerveja.

— Que eu me casaria?

— Não, que você convenceria Jessica a se casar com você.

Eu ri.

— Eu fiz algo certo.

— Percebi que você convidou a mamãe.

Atualmente ela está dançando com Oliver, e mal trocamos algumas palavras.

— Eu não queria me arrepender mais tarde.

— Entendo. Ela sabe que estamos prestes a destruir sua vida?

Duvido que ela saiba. Quando nós cinco exigirmos uma compra ou ameaçarmos vender nossas ações, minha mãe terá um rude despertar. O estilo de vida que ela tem estará acabado, porque meu pai terá que se esforçar para conseguir o dinheiro, o que significa menos pensão alimentícia. Aquela casa provavelmente será a primeira coisa que ele tentará vender.

— Não é realmente minha preocupação hoje.

— Eu sei, eu só... Estou feliz que você a convidou, só isso.

— Era a coisa certa a se fazer.

— Sim, as mulheres em nossas vidas são um pé no saco, mas nós as amamos — disse Josh, antes de tomar um longo gole de sua bebida. — Falando nisso, para onde Stella fugiu?

— Eu não sei, queria dançar com ela.

— Eu também.

Olho em volta, mas não a vejo.

— Vou procurá-la — aviso.

Quando começo a caminhar até a linha das árvores, Jessica vem correndo da área da barraca.

— Onde você está indo?

— Lugar algum. Estou apenas procurando Stella.

Ela espia ao redor.

— Bem, ela não está aqui, devemos dançar.

— Você disse que queria se sentar.

— Eu disse. Eu sentei. Estou bem. Vamos. Eu gosto dessa música. Olho para a pista de dança flutuante em confusão.
— Não há música tocando.
— Nós fazemos nossa própria música — declara, um pouco rápido demais.
— Jessica, do que você está falando?
Ela ri, e então ouço algo atrás das árvores. Sua mão agarra a minha, me puxando para longe.
— Vamos, amor. É o dia do nosso casamento.
— Então você vai fingir? Como... se não fosse nada? — A voz de Stella está abafada, mas sei que é ela.
Há uma resposta baixa, mas não consigo entender.
— Temos que lidar com isso. Não podemos... não podemos mais fingir. — Há uma camada de mágoa e desespero na voz de Stella.
Eu me viro para minha esposa com uma sobrancelha levantada.
— É por isso que você quer dançar?
Ela solta um suspiro baixo, que é muito mais como um som derrotado.
— Deixe sua irmã resolver isso.
— Você sabe o que está acontecendo?
Jess bufa.
— Eu sei tudo.
— Então quem diabos está em nosso casamento que ela...
Eu vou matá-lo.
Eu vou matá-lo, porra.
Eu me viro, me movendo rapidamente na direção de onde estão as vozes.
— Você ainda sente algo por mim, eu sei que sim! — Stella diz, e eu pego o ritmo.
Ainda?
— Não sinto. — Eu ouço Jack, claro como a porra do dia. — Eu sinto... mas eu *não posso*.
— Você não pode fingir comigo, Jack.
— Não podemos — diz ele.
Quando chego à clareira onde eles estão, as mãos dele estão nos braços dela e ela está segurando sua camisa. Meu coração está batendo forte ao encarar meu melhor amigo, olhando minha irmã como se ele estivesse quebrado.
— Meu Deus, Stella, não podemos. — Então, antes que eu possa dizer qualquer coisa, ele pressiona seus lábios nos dela.

Jessica está tentando me puxar de volta, mas vejo vermelho. Como diabos ele pôde fazer isso? Ele disse repetidamente que não gostava dela. Nunca imaginei que *ela* seria Stella.

Ele não gosta dela? Então me permita lembrá-lo disso.

— Tire suas malditas mãos da minha irmã — falo, minha voz soando estranha para mim.

Eles se separam, mas Stella é a primeira a reagir e dar um passo em minha direção.

— Grayson...

— Como você pôde? — pergunto a Jack.

— Não é o que você pensa — Stella tenta intervir.

Eu sei que, se abrir minha boca de novo, vou enlouquecer. Em vez de fazer uma cena naquele que é um dos melhores dias da minha vida, nego com a cabeça, olhando para Jack o tempo todo.

Ele dá um passo à frente.

— Sei que você está chateado, e eu entendo, mas você tem que saber...

Levanto a mão para silenciá-lo. Jessica me dá um sorriso triste e diz:

— Vamos, amor, vamos dançar e deixá-los conversar.

— Conversar? Você viu aquilo? Eles não pareciam estar conversando quando ele a beijava.

Jessica inclina a cabeça para o lado, olhando para mim.

— Sim, e não é da nossa conta. Sua irmã pode cuidar disso.

A raiva que pensei ter sentido antes dobra. Meu melhor amigo e minha irmãzinha. É uma imagem que com certeza não vou tirar da cabeça tão cedo. Eles estavam mentindo, porra, e eu nem consigo me lembrar de todas as merdas que ele estava divagando quando estava bêbado. Bem, se ele não gosta dela, é melhor nunca mais tocá-la.

Stella dá um passo à frente.

— Vá com sua esposa, Gray. Conversaremos amanhã.

Dou uma última olhada com ódio para o meu padrinho, o pior padrinho possível, e permito que Jessica me afaste. Eu não acredito nisso.

Jess não fala nada, apenas anda com cuidado, e mantenho meu braço em volta dela para que não tropece e nem se machuque.

Minha esposa, me conhecendo melhor do que eu mesmo, me leva para a pista de dança, onde envolve os braços em mim, então não posso reunir meus outros irmãos para lidar com Jack.

— Bem, isso foi interessante — diz ela após alguns segundos.

Eu levanto uma sobrancelha.

— Isso não está acontecendo.

Ela ri como se eu tivesse dito algo cômico.

— Ah, Grayson, seu homem bobo e doce, que pensa que pode controlar tudo. Você não aprendeu nada? A vida é imprevisível, mas o que deve, ser será.

— Como nós?

Ela concorda.

— Exatamente. Agora me beije e diga que sou bonita.

Eu faço o que ela pede e juro passar o resto da noite pensando no melhor lugar para enterrar o corpo de Jack.

Agradecimentos

Ao meu marido e filhos. Vocês se sacrificam tanto para que eu continue vivendo meu sonho. Dias e noites ausente, mesmo quando estou aqui. Estou trabalhando nisso. Prometo. Eu os amo mais do que minha própria vida.

Meus leitores. Não há como agradecer o suficiente. Ainda me surpreende que vocês leiam minhas palavras. Vocês se tornaram parte do meu coração e alma.

Blogueiros: acho que vocês não entendem o que fazem pelo mundo dos livros. Não é um trabalho pelo qual você são pagos. É algo que vocês amam e fazem por causa disso. Obrigada, do fundo do meu coração.

Minha leitora beta, Melissa Saneholtz: meu Deus, não sei como você ainda fala comigo depois de todo o inferno que te fiz passar. Sua opinião e capacidade de entender minha mente quando nem eu mesma entendo me surpreende. Se não fosse por nossos telefonemas, não consigo imaginar onde este livro estaria. Obrigada por me ajudar a desvendar a teia do meu cérebro.

Minha assistente, Christy Peckham: quantas vezes uma pessoa pode ser demitida e continuar voltando? Acho que já extrapolamos a contagem. Não, mas, de verdade, não consigo imaginar minha vida sem você. Você é um pé no saco, mas é por sua causa que não desmoronei.

Sommer Stein, por mais uma vez fazer essas capas perfeitas para o livro em inglês e ainda me amar depois que brigamos porque eu mudo de ideia um milhão de vezes.

Michele Ficht e Julia Griffis por sempre encontrarem todos os erros de digitação e coisas malucas.

Melanie Harlow, obrigada por ser a Glinda para minha Elphaba ou a Ethel para minha Lucy. Sua amizade significa o mundo para mim e eu amo escrever com você. Sinto-me tão abençoada por ter você em minha vida.

Carrie Ann, Chelle, Jessica, Sarina, Julia e o resto da equipe do Zoom. Obrigada. Vocês não têm ideia de como me salvaram quando eu estava me afogando. Todas as manhãs, fico ansiosa para vê-las.

Bait, Crew e Corinne Michaels Books: eu as amo mais do que imaginam.

Minha agente, Kimberly Brower, estou muito feliz por tê-la em minha equipe. Obrigada por sua orientação e apoio.

Melissa Erickson, você é incrível. Eu amo você. Obrigada por sempre me impulsionar a saltar dos penhascos que são poderosamente altos.

Aos meus narradores, Andi Arndt e Sebastian York, vocês são os melhores e estou muito honrada em trabalhar com vocês. Vocês dão vida à minha história e sempre conseguem fazer os audiolivros mais mágicos. Nossa amizade nesses últimos anos só cresceu e eu amo muito seus corações. Obrigada por sempre me apoiarem. Por muitos mais shows e festas do pijama em meio à neve.

Vi, Claire, Chelle, Mandi, Amy, Kristy, Penelope, Kyla, Rachel, Tijan, Alessandra, Laurelin, Devney, Jessica, Carrie Ann, Kennedy, Lauren, Susan, Sarina, Beth, Julia e Natasha: obrigada por me incentivarem a me esforçar para ser melhor e me amarem incondicionalmente. Não há autoras-irmãs melhores do que todas vocês.

A The Gift Box é uma editora brasileira, com publicações de autores nacionais e estrangeiros, que surgiu no mercado em janeiro de 2018. Nossos livros estão sempre entre os mais vendidos da Amazon e já receberam diversos destaques em blogs literários e na própria Amazon.

Somos uma empresa jovem, cheia de energia e paixão pela literatura de romance e queremos incentivar cada vez mais a leitura e o crescimento de nossos autores e parceiros.

Acompanhe a The Gift Box nas redes sociais para ficar por dentro de todas as novidades.

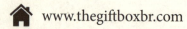 www.thegiftboxbr.com

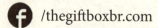 /thegiftboxbr.com

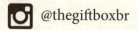 @thegiftboxbr

 @GiftBoxEditora